NONSOLO

Carapax

Erste Auflage, März 2023

Titel der italienischen Originalausgabe: *Cara pace*

Lektorat: Irene Pacini
Satz und Layout: Andrea Wöhr

Carapax ist die zweite Publikation aus einer Reihe von fünf Romanen, die zum Projekt *Identität und Diversität in der italienischen Gegenwartsliteratur* gehören. Das Projekt wird im Rahmen des *Creative Europe Programme* (CREA) von der Europäischen Union gefördert.

MIX
Papier | Fördert gute Waldnutzung
FSC® C083411

Klimaneutraler Druck

Printed in Germany
ISBN 978-3-947767-10-6

Lisa Ginzburg

CARAPAX

Co-funded by
the European Union

Wenn ich ich bin, weil ich ich bin,
und du bist du, weil du du bist,
dann bin ich ich und du bist du.
Aber wenn ich ich bin, weil du du bist,
und du bist du, weil ich ich bin,
dann bin ich nicht ich und du bist nicht du.
Rabbi Menachem Mendel von Kotzk

Die Vergangenheit ist ein Leuchtturm
und kein Hafen.
Russisches Sprichwort

Für meine Mutter

Erster Teil

Strömungen

Ich beschließe, dass ich unbedingt nach Rom muss. Ich beschließe es eines Abends, während ich mich abschminke. Pierre liegt schon im Bett, im Badezimmerspiegel kann ich ihn durch den Spalt der leicht geöffneten Tür sehen, wie er so tut, als lese er *Der Mann, der den Zügen nachsah*, den Krimi von Simenon – aber er tut eben nur so: Er ist hundemüde und viel zu beschwipst, um sich tatsächlich konzentrieren zu können.

Wir sind gerade von einem dieser offiziellen Dinner zurück, zu denen ich ihn in meiner – wie ich finde, ziemlich gut gespielten – Rolle der Diplomatengattin begleite. Langweilige und immergleiche Abendessen, immer gleich die Käsesorten vor dem Dessert, die üppigen Torten, der Ton der Gespräche, die Gesichter, das Getue, das Hin und Her zwischen Themen, die mich weder interessieren noch jemals überraschen.

Wie man sich abschminkt (und schminkt), hat mir Leyla beigebracht, eine befreundete Kosmetikerin – genauer gesagt, meine Kosmetikerin und inzwischen beste Freundin. Wir führen völlig unterschiedliche Leben, sie und ich. Leyla ist nicht verheiratet, sie hat keine Kinder. Sie kümmert sich um ihren Vater, den es vor über fünfzig Jahren aus Fort-de-France auf den Kleinen Antillen nach Paris verschlagen hat, einen reizenden älteren Herrn mit weißem Haar, das prächtig mit seiner dunklen Haut kontrastiert (einmal, an einem unvergesslichen Sonntag, war ich zusammen mit Leyla bei ihm zu Hause, in Champigny, zum Mittagessen eingeladen). Ihr Geschäft hat Leyla vollkommen allein aufgebaut, und gerade steht sie kurz davor, die über fünfundzwanzig Jahre lang angemieteten Räume ihres Kosmetiksalons im 17. Arrondissement zu kaufen, ein Etappenziel, auf das sie zu Recht stolz ist. Ich fühle mich wohl in Leylas Gesellschaft, ich liebe es, mich mit ihr auf einen Kaffee oder zum Lunch zu treffen. Manche Menschen schlagen dich von der ersten Sekunde an in ihren Bann, scheinen dich zu beflügeln, und Leyla ist solch ein Mensch für mich: ihr Kampfgeist, ihre Eleganz, das stets perfekte Make-up – die bunten Schals über den dunklen Kleidern, der auffällige Schmuck, die hohen Absätze, auf denen sie mit echter, beneidenswerter Nonchalance durch die Welt geht. Ich vertraue Leyla, vielleicht, weil sie mich ein bisschen an meine Mutter erinnert: Sie durchschaut die Dinge, ist achtsam, niemals taktlos, die Erfahrung hat sie gelehrt, auf dem Boden der Tatsachen zu bleiben, ohne dabei in Zynismus zu verfallen, und trotz ihres nicht immer ganz einfachen Lebens als Woman of Color in Frankreich habe ich sie noch nie wütend oder verzagt erlebt. Leyla hat mir also erklärt: Bevor man das Gesichtswasser verwendet, muss zuerst die Reinigungsmilch eingezogen sein – die letzten Reste von Eyeliner, Wimperntusche oder Kajal entfernt man am besten nach der Reinigungsmilch und vor dem Gesichtswasser. Die Lippen werden mit einer Arganöl-Creme befeuchtet, die man mit dem Finger einem sündhaft teuren, winzigen Döschen entnimmt, das ich, müde wie ich bin, nicht mehr aus meiner Tasche drüben holen will. Ich belasse es bei Reinigungsmilch und Gesichtswasser. Pierre hat kapituliert, mit letzter Anstrengung hat er das LED-Nachttischlämpchen ausgeschaltet und ist weinselig eingeschlafen. Ich sehe mich im Spiegel und finde mich wie üblich weder schön noch hässlich, ehrlich gesagt sehe ich mich gerade überhaupt nicht, so gedankenverloren, wie ich bin.

Ich war nur selten in Rom in den letzten Jahren, und auch nur zu „besonderen" Anlässen. Gemeinsam mit Nina zur Beerdigung unserer Mutter. Davor, lange davor, zu Weihnachten, zusammen mit Pierre und den Kindern, Valentina und Samuel, die damals noch klein waren. Pierre hatte darauf bestanden, mit Nachdruck, fast schon indigniert: „Sie müssen doch auch die Stadt kennenlernen, in der ihre Mutter aufgewachsen ist; ihre Wurzeln liegen nicht nur in Paris, Maddalena, sondern auch in deiner Heimat!" In meinem Kopf bleibt Rom jedoch ein schwieriger Ort: ein Gewirr aus Erinnerungen, bei denen ich aus einer Art Selbstschutzinstinkt nicht allzu lange verweile.

Aber sieh an, heute Abend habe ich es beschlossen, ohne Wenn und Aber. Ich muss nach Rom.

Nina und ich waren schon immer ständig in Kontakt, doch seit sie nach New York gezogen ist, hat sie ein noch größeres Bedürfnis sich auszutauschen. Wegen jeder Lappalie ruft meine Schwester mich an oder schickt mir WhatsApp-Nachrichten. Sie treffen rund um die Uhr ein, ohne jede Rücksicht auf die Zeitverschiebung zwischen uns. Mitten in der Nacht, am frühen Morgen, tagsüber, wenn ich allein unterwegs bin, abends genau dann, wenn ich mich gerade mit Pierre und den Kindern zu Tisch setze. Gnadenlos verkündet der Mitteilungston des iPhones den Eingang neuer Worte. Übergriffige Attacken, störend wie ein nerviges Nebengeräusch. Mittlerweile schalte ich das Handy oft aus, um unerreichbar zu sein; doch sobald ich es wieder einschalte und Ninas Nachrichten sehe, werde ich jedes Mal unruhig und fühle mich verpflichtet, ihr zu antworten. „Ich hab geschlafen", „Ich kann gerade nicht", „Können wir morgen telefonieren?", tippe ich hektisch, in der Hoffnung, meine Schwester möge den leisen Wink verstehen und sich kommunikativ ein wenig zügeln. Doch vergebens: Nina bleibt sich treu, stört uns weiterhin unbarmherzig. „Oh Maddi, wie dumm von mir, tut mir leid, daran hab ich echt nicht gedacht!": eine Meisterin der Entschuldigung, nur um gleich darauf völlig unbekümmert, als wäre nichts gewesen, abermals zu den unmöglichsten Zeiten ihre Salven abzufeuern. Ich sehe es ihr nach; doch Pierre ist stinksauer. „Das gibt's doch nicht! Deine Schwester ist dermaßen narzisstisch, sie würde ohne mit der Wimper zu zucken sogar ein Baby aus dem Schlaf reißen!", flucht er, wenn ich vergessen habe, das Handy auf stumm zu schalten und uns der

Mitteilungston von WhatsApp unsanft weckt. Wieder tippe ich geduldig: „Bitte, Nina, denk an die Zeitverschiebung, sonst krieg ich Ärger mit meinem Mann…". Erneut stelle ich telematische Stille her – unterbrochen von einer Flut aus Emojis, die Nina mir schickt und die ich später entdecke, Myriaden von Gesichtern, Herzchen-Augen, betenden Händen, ein Sonnenschirm, zwei sich berührende Sektgläser, Blumensträuße, geschälte Bananen, unzählige Noten, die unsere neuerliche Harmonie symbolisieren (oder heraufbeschwören) sollen.

Alles wie gehabt. Nina: Sie ist es, die zählt, sie an erster Stelle. Im Gegensatz zu Pierre regt mich ihre Egozentrik nicht auf. Ich kenne meine Schwester nicht anders, sie ist so, seit wir auf der Welt sind. Nina, meine kleine Schwester, schön und launisch, überschäumend, schwierig, die Primadonna. Anstrengend. Das komplette Gegenteil von mir, Maddalena, Kurzform Maddi, die schüchterne ältere Schwester, nüchtern, zurückhaltend. Die Nina stets unterstützt, die sie rechtfertigt, die ihr Schutzschild ist; ich, ihr liebstes Publikum.

Ich weiß genau, welche Gründe hinter den Exzessen meiner Schwester stecken, ich kenne jeden einzelnen. Wenn sie übertreibt, wenn sie fantasiert, wenn sie mit bestimmten Situationen oder ihrem Gegenüber nicht zurechtkommt, dann vor allem deshalb, weil sie sich selbst nicht unter Kontrolle hat. Ihr Wesen ist impulsiv und vielschichtig, ein Auf und Ab aus ständig schwankenden Stimmungen. Und verkompliziert wird das Ganze noch durch ihre Schönheit: magnetisch, von einer Anziehungskraft, deren wahres Ausmaß Nina bis heute nicht begreift. Selbst als erwachsene Frau erkennt sie noch immer nicht, welche Wirkung sie auf andere ausübt.

„Wow, was für ein Blick!": Schon Abertausende Male habe ich dieses an sie gerichtete Kompliment aus dem Mund von Bekannten, Verwandten, Fremden vernommen. Allesamt hingerissen von der Farbe ihrer Augen, grün wie die von Gloria, unserer Mutter. Ein sattes Grün, aus dem Verletzlichkeit, aber auch Dominanz spricht – eine Kombination von irritierender Faszination. Ein Blick, dem man sich nicht entziehen kann, von einer Intensität, die noch betont wird durch die ebenfalls makellos schönen, wie Möwenflügel geschwungenen dunklen Augenbrauen. Während ich den Körperbau der Cavallari, der Familie unseres Vaters, geerbt habe – grobe Knochen, leicht kantige hohe Hüften, Sebas schmale Schultern –, hat Nina Glorias Figur, dieselben langen Beine, wohlgeformt und gerade, den vollen Busen, den im Verhältnis zu den Beinen etwas (aber nur eine Spur) zu kurzen Oberkörper. Denselben Gang von natürlicher Anmut, eine spontane Eleganz, die ich immer für unerreichbar hielt.

Ich lebe seit jeher mit Ninas Persönlichkeit, ich kenne sie in- und auswendig. Noch während sie ihre Mitmenschen mit ihrer aufdringlichen Natur beglückt, scheint sie sich dafür zu entschuldigen. Sie treibt einen zur Weißglut, doch gleichzeitig bettelt sie, völlig hilflos, um Verständnis. Ich, ihre (einzige) Schwester, kann das spüren. Den anderen entgeht dieser stumme Hilfeschrei: Auf sie macht Nina den Eindruck einer wunderschönen und temperamentvollen, aber auch launischen und widersprüchlichen Frau. Ninas Gesellschaft ist schön und schwierig zugleich – und unfassbar anstrengend.

Einmal, an einem Samstagnachmittag, nahm unser Vater uns mit zu einer Astrologin nahe der Via Nomentana. Viale Pola lautete die Adresse, eine kleine Seitenstraße im Schatten der Platanen entlang einer endlosen Mauer, niedrige Jugendstilhäuser mit karmesinroten und weißen Stuckelementen an den Fassaden. Die Astrologin wohnte im Erdgeschoss, sie erstellte ihre Horoskope in einem großen Zimmer am Ende eines Korridors, inmitten von mit altrosa Samt bespannten Wänden. Alles in ihrer Wohnung wirkte alt, staubig und bizarr, so bizarr wie sie selbst – groß, stämmig, schwarze Lockenmähne, rollende, leicht hervorstehende Augen. Während des gesamten Besuchs ließ sie die riesigen Papierbögen mit unseren Geburtshoroskopen vor sich auf dem Tisch liegen: kryptische Arabesken, auf die sie von oben schaute, während sie ständig den Zwicker mit ovalen, randlosen Gläsern auf der Nase zurechtrückte, von dem man nicht wusste, ob er tatsächlich als Sehhilfe diente oder nur Show war. Ihr Name war Angela Perrone; sie hatte eine Horoskop-Kolumne in einer großen Frauenzeitschrift und war offensichtlich stolz auf diese Aufgabe, was sich auch an der Inbrunst zeigte, mit der sie ihre Orakelsprüche deklamierte, untermalt von übertrieben vielsagenden Blicken – sie glich einer Zauberin, die uns hypnotisieren wollte. Seba, unser Vater, hatte sie während der Arbeit auf einer Hochzeit kennengelernt, zu der sie eingeladen war. Nicht, dass sie im eigentlichen Sinne schön gewesen wäre, aber sie hatte ihm gefallen und sobald er erkannte, dass sie ohne Begleitung war, begann er sie mit derselben freundlichen Beharrlichkeit zu umgarnen, mit der er sie später zum Essen einlud und dann ins Bett lockte. Zwei oder drei Treffen, mehr nicht, einer dieser Flirts, die schon zu Ende sind, bevor sie richtig begonnen haben. Allerdings nicht ohne Spuren zu hinterlassen, denn seitdem glaubte Papa an Horoskope. Auch wenn sich Angela Perrone in die Schar der einst geliebten „guten Freundinnen" eingereiht hatte, nutzte Seba die Astrologie weiterhin als bevorzugtes Instrument, um das Leben zu interpretieren. Die Deutung der Planeten blieb aus seiner Sicht die zuverlässigste unter den mannigfaltigen Zukunftsprognosen, auf die er in seiner Unruhe und Verlorenheit vertraute, nachdem unsere Mutter fortgegangen war. Es gab die Phase der Glückskekse, die beim Chinesen auf der Piazza Vittorio zusammen mit der Rechnung gebracht wurden. Papa zerbrach sie ungestüm, um die Sprüche auf den kleinen Zetteln zu lesen, die er danach faltete und im Portemonnaie aufbewahrte, und jeden Sonntag wollte er aufs Neue in dieses Restaurant, nur um noch mehr zu bekommen. „Eine Niederlage ist das Samenkorn des Erfolgs" war der Favorit, gut sichtbar an den Kühlschrank geklebt. Danach folgten nacheinander die Vorteile der veganen Ernährung, die unglaubliche Wirkung des Ashtanga Yoga, die Irisdiagnostik und das Handlesen, die Analyse der Körpersprache sowie die hellseherischen Künste der Grafologie und der Numerologie. Doch wie auch immer die Prophezeiung lautete, die Diagnose blieb ein und dieselbe. Seba Cavallari litt an Traurigkeit. Er war von der Mutter seiner beiden Töchter verlassen worden und nun, wie bei Depressiven in der ersten posttraumatischen Phase so oft der Fall, wollte es ihm einfach nicht gelingen, wieder auf die Beine zu kommen. Über die Gründe seines Schicksals spekulieren, das vermochte er, doch sich „in sein Schicksal ergeben" war ihm unmöglich.

Seit damals sprach unser Vater bei jeder sich bietenden Gelegenheit mit wem auch immer über Astrologie. Über die Sterndeutung offenbarte er seinen Kummer, jene dumpfe Niedergeschlagenheit, die ihn peinigte. „Gloria, Jungfrau mit Aszendent Jungfrau, mit Mond und Mars im Skorpion... nur ein Stier mit

Aszendent Krebs und dem Mond im Schützen wie ich konnte auf die bescheuerte Idee kommen, mit so einer Frau eine Familie zu gründen", hörte ich ihn einmal sagen. Ich lauschte hinter der Tür zum Wohnzimmer, wo er nach dem Essen telefonierte, während er auf Nina aufpasste, die wie hypnotisiert *Susi und Strolch* schaute. Keine Ahnung, mit wem Papa sprach; aber gewiss waren es jene Worte, jenes „nur jemand wie ich konnte auf die bescheuerte Idee kommen...", die bei mir den Groschen fallen ließen. Er und Mama würden nie mehr zusammenkommen. Wir konnten toben, verzweifeln, uns mit aller Kraft wünschen, die Zeit möge sich wie ein Band zurückspulen lassen. Wir konnten das Leben verfluchen, so viel wir wollten: Zwischen Seba und Gloria, zwischen unserem Vater und unserer Mutter, war es aus und vorbei.

Ich war neun, Nina acht. Gloria war inzwischen seit einigen Wochen weg. Es handelte sich nicht um eine Pause, nicht um die vorüberziehende Wolke eines heftigeren Streits als sonst, nicht um ein vom Schicksal mit hinterhältiger List ausgeheccktes kurzeitiges Ereignis. Nein: Nach diesem aufgeschnappten „auf die bescheuerte Idee kommen, eine Familie zu gründen" war alles anders. Der Himmel barg weitaus mehr, als die Erde fassen konnte; wenn in den Sternen geschrieben stand, dass Seba Cavallari und Gloria Recabo, unsere Eltern, sich trennen sollten, dann konnte man wirklich nichts mehr machen. Man konnte es nur noch akzeptieren.

Die Astrologin hatte nur die beiden bettlakengroßen Papierbögen mit unseren Geburtshoroskopen, Ninas und meinem, nebeneinanderlegen müssen, um die wesentlichen Charakterzüge zu erfassen, die unsere vollkommen gegensätzlichen – „aber auch gut zusammenpassenden", wie die Dame eiligst betonte – Persönlichkeiten bestimmten. Nina, Jungfrau Aszendent Zwilling mit dem Mond im Widder, „blitzschnelle Auffassungsgabe, brillant, aber empfänglich für Stimmungsschwankungen; ein weiter Weg bis zum Gleichgewicht der Selbstbeherrschung". Ich, Krebs mit Aszendent Steinbock und dem Mond in den Fischen, riskierte das

Gegenteil: Meine außerordentliche Empfindsamkeit würde mich daran hindern, mich mitzuteilen und in der Welt zu behaupten. Dann machte sie sich auf Sebas Bitte daran, Mamas Persönlichkeit zu entschlüsseln und verschiedene Zukunftsszenarien für die schwer kriselnde Beziehung der beiden zu wagen. Völlig überwältigt, wie ich inzwischen war, hörte ich in diesem Moment schon gar nicht mehr zu. Ich suchte Trost in den Sternzeichensymbolen, die mit Stecknadeln an den Samtwänden angeheftet waren, jenen Figuren halb Mensch, halb Tier. Fasziniert vor allem von der majestätischen Freiheit des Schützen, die Pferdefüße ein großartiger Kontrast zu dem menschlichen Oberkörper.

„Mama, wo bist du, warum rufst du nie an?" Von der Kraft der Figuren ermutigt, fand die Sehnsucht eine Stimme, brach sich in Worten Bahn.

Es war bereits dunkel, als wir endlich wieder im Freien standen und uns auf dem schmalen Gehsteig der Viale Pola auf den Rückweg zum Auto machten. Die Astrologin hatte uns einen durchsichtigen Plastikbären mit kleinen, in buntglänzendes Stanniolpapier eingewickelten Schokoladenbärchen darin geschenkt. Im Auto schlugen wir ihm den Kopf auf, um uns gleich darauf wütend um die kreuz und quer über den Sitz verteilten Süßigkeiten zu streiten. Ein heftiger Streit; bis Nina zu heulen begann, mit der zermürbenden Ausdauer ihrer Launen, gepaart mit leiser Verzweiflung. „Schalt das Radio aus, Papa, hier hinten versteht man rein gar nichts!", hörte ich sie schluchzen. Die Musik war tatsächlich viel zu laut, sie erfüllte den ganzen Innenraum und ließ die Fenster erzittern – Papa musste sie aufgedreht haben, um unseren Streit zu übertönen. Doch das wirklich Entscheidende war nicht die Spannung; sondern Ninas Selbstherrlichkeit, mit der sie ihren Schmerz abreagierte, die Show, die sie abzog, indem sie alles herausließ, womit sie nicht umgehen konnte. Und es war egal, dass stets sie es war, die lamentierte, niemals ich. Ninas Szenen gaben unser beider Traurigkeit eine Stimme. Meine Schwester war mein Megafon.

Gloria fehlte uns. Unsäglich. Ihre Abwesenheit war ein Loch: ein Abgrund, der uns seit unerträglich vielen Tagen zu verschlingen drohte.

Im Augenblick will ich noch niemandem von meiner möglichen Reise nach Rom erzählen, weder Pierre noch den Kindern. Die Idee muss erst reifen, in meinem Kopf klare Formen annehmen, damit ich sie richtig kommunizieren kann. Mir schwebt ein kurzer Aufenthalt vor, eine Woche höchstens. Ich werde zum ersten Mal allein verreisen; ein Novum, das meine Kinder möglicherweise erstaunen, vielleicht verärgern wird. Ich zögere, verheddere mich in meinen eigenen Fragen.

„Ich muss was Dringendes mit dir besprechen, Maddi, hast du eine Minute?" Ich habe vergessen, das Handy auszuschalten, Ninas WhatsApp-Nachricht schneit mitten in der Nacht herein. „Was heißt ‚hast du eine Minute'? – die Nacht hat viele Minuten und alle sind ungünstig", denke ich, so unsanft aus dem Schlaf gerissen, verärgert. Pierre schlummert seitlich zusammengerollt, die mageren langen Beine rechtwinklig angezogen, in einer seltsamen halb-fötalen Stellung, die mich anrührt. Zum Glück hat ihn der Mitteilungston nicht geweckt, seinem Atem lauschend, versuche ich mich zu beruhigen, im Halbdunkel folge ich mit angestrengtem Blick dem kaum wahrnehmbaren, von seinem leichten Schnarchen verursachten Auf und Nieder der Bettdecke. „Es ist spät, Nina, richtig spät", tippe ich leise, dann schicke ich meine Antwort wütend ab. Sie soll das endlich begreifen, verdammt nochmal!

Nicht, dass das, was sie mir mitzuteilen hat, keinen Anruf wert wäre. In Paris ist es zwölf Uhr mittags, ich stoße die schwere Glastür des Club Med Gym in der Rue Cadet auf, wo jeden Mittwoch mein Pilates-Kurs stattfindet, als das Handy in meiner Manteltasche vibriert.

„Guten Morgen, Ninutschka... sag, was gibt's, ich bin gerade auf dem Sprung, aber schieß los." Trotz meines versöhnlichen Tons signalisiere ich, dass ich in Eile bin, doch vergebens – Nina kümmert sich grundsätzlich nicht um die Bedürfnisse der andern, sie sind ihr völlig egal.

„Ich verlasse Brian, Maddi."

„Wie, du verlässt ihn? Oh Nina, aber..."

Ich bemerkte ein Zittern in ihrer Stimme, dieses unmerkliche Kippen kurz vor dem Weinen. „So ein Arsch, ich will nichts mehr von ihm wissen! NICHTS, verstehst du?!"

Willkommen zurück, Kummer. Da seid ihr ja wieder, Sorgen der Vergangenheit. Es ist lange her, dass ich als Blitzableiter für die Wutausbrüche meiner Schwester herhalten musste, dass ich mir ihretwegen Gedanken machte. Seit sie Brian kennengelernt hat, habe ich mich erleichtert gefühlt, freier. Nina hatte endlich ein echtes eigenes Leben, unabhängig von mir. Was der Geografie nicht gelungen war, hatte die Liebe vermocht: Ein weiter leerer Raum trennte uns. Ein erfrischendes Gefühl, eine Möglichkeit, mich nur auf mich zu konzentrieren. Eine gesunde Distanz nicht so sehr aufgrund von Meilen und Meeresarmen als vielmehr aufgrund von Respekt, Autonomie, Stille. Zwei Schwestern, zwei Leben. Weniger Einmischungen. Und mit einem Mal reicht die Ankündigung einer bevorstehenden Trennung und schon werde ich wieder in Ninas Leben hineinkatapultiert. Als wäre kein Tag vergangen, seit wir untrennbar waren, undenkbar die eine ohne die andere.

Brian O'Brien: Ire, übergesiedelt nach Brooklyn, wo er nacheinander drei Kunstgalerien eröffnet hat, jedes Mal mit Erfolg. Alle in der Familie hatten auf ihn gesetzt – alle außer Pierre, der immer bissig ist, wenn es um seine schöne und launische Schwägerin, die stürmische und übergriffige Nina, geht: „Den serviert sie auch ab, du wirst schon sehen", prophezeite er mir schon am Ende des Abends, an dem sie uns Brian vorstellte. „Nein, diesmal hält es!", widersprach ich ihm. „Er ist ein richtiger Mann, erwachsen, eine echte Persönlichkeit." Der Grund für meinen Optimismus an jenem Abend war jedoch weder Brians sympathische Art noch sein gutes Aussehen – Nina hatte schon immer eine Schwäche für schöne Männer, nichts Neues also. Was mir Hoffnung machte, war vielmehr, dass ich sie ganz anders erlebte als sonst, freundlich, aufgeräumt, großmütig. „Kann ich dir helfen?", hatte sie gezwitschert, als sie zu mir in die Küche kam – und wir waren zusammen dortgeblieben, um Pestonudeln und einen tropischen Salat zuzubereiten, ganz die aufopfernden braven Schwesterlein, deren Männer derweil im Wohnzimmer gute Gespräche führen, ein so klischeehaftes wie neuartiges Drehbuch für uns.

Sieh an, anstatt sich wieder und wieder an den falschen Männern die Zähne auszubeißen, hat sich meine Schwester endlich entschlossen, erwachsen zu werden, hatte ich schon am Telefon gedacht, als sie mir zum ersten Mal von Brian erzählte. Auch sie war also in der Lage, sich eine „gute" Liebe zuzugestehen. Vielleicht würde sie nie heiraten, sagte ich mir damals, aber zumindest gesetzter werden – das rechte Maß finden, etwas mehr zur Ruhe kommen, weg von dem gehetzten Rhythmus, den sie nicht nur sich selbst ständig aufzwang, sondern auch mir, ihrer Schwester, die sich auf der andern Seite des Ozeans zögerlich auf dem unsicheren Terrain zwischen Imagination und Realität bewegte, nur um ihr nahe zu sein.

Und jetzt plötzlich dieser Anruf, die Nachricht, dass sie ihn verlässt. Was treibt sie dazu, vor allem nach so langer Zeit? Hat Brian sie etwa betrogen? Er sieht irre gut aus mit seinem rötlichen Bart, dem hellen Teint und den Sommersprossen, den fröhlichen und wachen blauen Augen: leicht möglich, dass er sich von irgendeinem Mädchen hat bezirzen lassen, das in seiner Galerie aufgetaucht ist, irgendeine günstige Gelegenheit, zu der er schwer nein sagen konnte...

„Was für ein Wichser, Maddi, ich sag's dir! Er hat mir vor allen Leuten eine Szene gemacht, weil ich neulich auf der Vernissage eines griechischen Künstlers angeblich viel zu viel um den Typen, diesen Künstler, herumscharwenzelt bin und ihm schöne Augen gemacht habe. Eine Eifersuchtsszene vom Feinsten und das einfach so in der Öffentlichkeit, ohne daran zu denken, was das bedeutet. Und weißt du, was sich der Vollidiot dann noch getraut hat mir ins Gesicht zu sagen?"

Ich würde viel lieber mehr über den griechischen Künstler erfahren, aber ich halte mich zurück.

„*Du bist nichts als eine armselige Verführerin*: Das hat er zu mir gesagt... mich so zu demütigen, vor all den Leuten, die ich kenne. Du weißt ja, wo die Galerie liegt, in der Montague Street, du hast sie ja selbst gesehen, nur ein paar Blocks vom Sri Chinmoy Center entfernt, wo ich immer zur Meditation hingegangen bin. Der perfekte Standort: Zusammen mit der Vernissage des Griechen wollten wir den Jahrestag der Galerie feiern – so gut wie alle unsere New Yorker Freunde und Bekannte waren da. Nach ein paar Minuten hat es mir gereicht, diese Szene war einfach zu viel: Ich hab mein Glas auf den Boden geschmissen und bin abgehauen, nach Hause. Es war schrecklich, Maddi, ehrlich. Einfach nur schrecklich..."

Ninas Wutanfälle: Ein Terrain, das mir bis auf den letzten Millimeter vertraut ist. Ihre Wut ist ebenso intensiv wie zuvor ihre Liebe. Jähzorn, Gereiztheit, verletzter Stolz. Abläufe, die ich blind und fehlerfrei rekonstruieren kann, einfach deshalb, weil ich sie so perfekt verinnerlicht habe wie ein Schauspieler seine Rolle kurz vor der Premiere. Nina: wie sie jede Dynamik zerstört, indem sie mühsam aufgebaute Beziehungen für null und nichtig erklärt. Wir waren noch in der Schule, da schaffte es meine Schwester während der Probe zu einer Tanzvorführung, sich mit all ihren Klassenkameradinnen zu zerstreiten, weil sie sich nicht auf ihre Seite geschlagen hatten, als sie mit der Lehrerin über eine Stelle der Choreographie diskutierte, die aus ihrer Sicht zu steif wirkte. „Der reinste Kindergarten, lauter kopflose Hühner, die einer Prinzipienreiterin hinterherlaufen, warum muss ich bei so was mitmachen?", zeterte sie tags darauf vor mir. Vermutlich hatte sie recht, aber ihre Wut war eine Zumutung; mir wurde klar, dass meine Schwester eine Zicke war, und das beunruhigte mich. Nur mit viel Geduld und noch mehr Überredungskunst ließ sie sich schließlich umstimmen und nahm trotz ihres Grolls an der Aufführung teil. Armer Brian, denke ich jetzt: Er hat keine leichten Tage vor sich.

Während ich noch immer am Telefon bin, reicht mir der Junge an der Rezeption des Fitnessstudios ein Handtuch und das Schloss für den Spind in der Umkleidekabine. „Sorry, Ninutschka, ich muss jetzt wirklich aufhören... lass uns so bald wie möglich weiterreden. Aber versuch bitte nichts zu überstürzen. Lass dir Zeit."

„Zeit wofür, Maddi? Und aus welchem Grund sollte ich nichts überstürzen? Es ist aus. Ich mach Schluss. So jemanden will ich nicht, so einen beschissenen, eifersüchtigen Mistkerl. Du weißt doch, unterdrückter Frust ist der schlimmste ... heute führt er sich so auf, nach all der Zeit, die wir nun schon zusammen sind, wagt es, mir bescheuerte Szenen zu machen. Und morgen? Was, glaubst du, kommt wohl als Nächstes?"

Wenn es nach ihr ginge, würden wir den ganzen Nachmittag reden, das weiß ich. Ich komme zu spät zum Pilates-Kurs, die Trainerin verweist mich mit einer freundlichen Geste auf einen Platz ganz hinten im Raum, wo ich meine Matte ausrolle. Eineinhalb Stunden pures persönliches Wohlbefinden. Die Muskulatur dehnen, die von meinen verrückten Spaziergängen verspannten Bänder lockern, den Atem kontrollieren und gleich einem „Fluss aus Licht" (so nennt es die Trainerin) in alle Glieder strömen lassen. Alles ausblenden, das mich nichts anzugehen braucht, während dieser kurzen Auszeit. Auf mich selbst hören, nur auf mich. Doch das Gespräch mit Nina hat die Alarmglocken in meinem Kopf läuten lassen: Wie niemandem sonst (und mehr noch als meinen Kindern) gelingt es meiner Schwester, sich meines Inneren, meiner Gedanken zu bemächtigen. Ich verfalle ins Grübeln, und dieses ununterbrochene Wälzen von Problemen – sich ständig im Kreis drehende Betrachtungen, die wieder und wieder beim ein und demselben Thema landen – macht die Wirkung von Pilates wieder zunichte. Eine mentale Unruhe, die mir nur allzu bekannt ist; und das gerade jetzt, wo ich überlege, ob ich nach Rom fahren soll oder nicht, wo ich einen klaren Kopf brauche, um mich dieser Möglichkeit zu widmen, ihr Für und Wider abzuwägen, ihr meine komplette Aufmerksamkeit zu schenken.

In der Wohnung im römischen Stadtteil Monteverde, in der wir als kleine Mädchen nach unserem Wegzug aus Genzano lebten, gingen die Fenster unserer beiden Zimmer auf die Parkanlage der Villa Doria Pamphili hinaus. Der umlaufende Balkon, der die Zimmer mit der Küche verband, weitete sich vor dem Wohnzimmer zu einer schönen Loggia, von der aus man viel Himmel und zur Seite hin die Anhöhe des Quattro Venti, am Horizont das Gasometer und, mit ein wenig Glück, zwischen vertrockneten Brombeersträuchern sogar ein kleines Stück Tiber sehen konnte.

Dank der Bäume in unserer Nachbarschaft klang das Asthma, das mich seit einiger Zeit quälte, ab; paradoxerweise hatte ich in Rom weniger Beschwerden als in Genzano, wo es natürlich viel Grün gegeben hatte, jedoch nicht in unmittelbarer Nähe. Vielleicht waren es auch psychologische Gründe, die meine Beschwerden linderten. Ich fühlte mich weniger verletzlich, weil unser häuslicher Alltag (Ninas und meiner) eine neue Form annahm, weniger absurd, weniger anstrengend wurde. Dennoch hielt sich die Verbesserung in Grenzen: Seit dem Umzug nach Rom traten die Anfälle zwar nicht mehr so häufig auf, dafür aber heftig wie eh und je.

Die ersten Anzeichen eines Asthmaanfalls waren mir bestens bekannt. Ein leichter Schmerz auf Höhe des Brustkorbs, ein nach und nach immer heftiger werdendes Stechen auf der Seite zwischen den Rippen. Und der Husten: Ein trockenes Hüsteln, in immer schneller aufeinanderfolgenden und immer quälenderen Stößen, begleitet von Erbrechen, wenn ich gerade gegessen hatte, ein Würgereiz, der ich selbst dann nicht unterbinden konnte, wenn ich Wasser in kleinen Schlucken trank, wie es mir der Arzt empfohlen hatte. Dieser Husten war der Vorspann der Attacke, die kurz darauf ihren Höhepunkt erreichte: Ich bekam keine Luft mehr, mein Herz begann wie verrückt zu rasen; mir wurde schwindelig und, wenn ich stand, musste ich mich an der Wand abstützen, um nicht das Gleichgewicht zu verlieren. Das Ventolin aus meiner dunkelblauen Kosmetiktasche, die Nina so schnell es ging aus dem obersten Fach des Badschranks holte. Und die Angst: eine Angst, die mich selbst danach nicht verließ, nachdem der Anfall vorbei war, wenn sich mein Atem wieder etwas normalisiert hatte, einatmen, ausatmen, die Lippen gespitzt wie ein Vogelschnabel – auch das hatte mir der Doktor beigebracht. Kleine Portionen Sauerstoff für meine gequälten Lungen. Nina stand mir bei: Einmal blieb sie über eine Stunde bei mir im Zimmer, wartete mit mir, bis die Tür wieder zur Tür wurde, die Wand zur Wand und Nina wieder zu Nina. Sie, die mir die ganze Zeit mit der Hand die Stirn gestützt, mit der anderen das Haar gerichtet, die schweißnassen Strähnen hinter die Ohren gestrichen hatte. Erfahren, fähig. „Es ist vorbei, Maddi, es ist schon wieder vorbei" – wie es mich beruhigte, wenn mir meine Schwester diese Worte ins Ohr flüsterte.

Während der Anfälle duldete ich nur sie in meiner Nähe. „Ich bleibe bei Maddalena, ich weiß, was zu tun ist", hörte ich sie zu den Erwachsenen sagen. „Lasst mich mit ihr allein, bitte, ich meine es ernst", beharrte sie – wie gebieterisch sie klang, wenn sie so redete. Sie hatte eine eigene Technik entwickelt, wechselnde, hilfreiche Positionen. Sie setzte sich hinter mich und umfasste mich in der Taille, um gleich darauf den Arm nach oben wandern zu lassen und die kleine Handfläche dort sanft auf das Zwerchfell zu pressen, wo sie den stärksten Schmerz vermutete (ich hatte ihr die Stelle nicht gezeigt, Nina hatte sie intuitiv entdeckt). In diesen so schwierigen und schmerzhaften Momenten vertraute ich ihr blind. Mit erstaunlicher Sorgfalt befolgte sie alle Anweisungen für den Notfall: die Kappe vom Ventolin abziehen, den Zylinder des Sprays drehen und mir sofort zum Inhalieren an den Mund setzen (mir selbst zitterten die Hände zu sehr, ich hätte diese Schritte nie alle auf einmal erledigen können).

Nina, die danach fieberte, immer im Mittelpunkt zu stehen, launisch, herrisch in ihrem Geltungsdrang, wurde in diesen Ausnahmezuständen zu einem anderen Menschen.

„Hörst du mich, Maddi?"

„Ja, ja, es wird schon besser... ein bisschen." Ich rang immer noch nach Luft, aber zumindest war der Schwindel weg.

„Komm, lass uns etwas rausgehen, meinst du, du schafft das, wenn ich mitkomme?"

Wir gingen spazieren, Arm in Arm, erst in Genzano, später dann im Park der Villa Pamphili, Schritte im Grünen, Ruhe, tiefe Atemzüge. Nach und nach bekam ich wieder Luft, glücklich, dass Nina für mich da war und nicht, wie sonst üblich, ich für sie. Abweichungen von Mustern, die uns noch mehr zusammenschweißten.

Zu der Zeit, als ich nach Frankreich zog, litt ich kaum mehr an Asthma. Die Anfälle waren immer seltener und schwächer geworden und hörten nach der Geburt meiner Kinder völlig auf. Doch trotz der Angst, die mir die Atemnot verursachte, hatten diese dramatischen Situationen auch einen positiven Effekt. Sie besiegelten unseren Pakt als Schwestern endgültig. Nina war die Einzige auf der Welt, auf die ich wirklich zählen konnte. Eine für die andere das rettende Ufer, ein Damm gegen das Chaos, durch das wir plötzlich hindurchmussten, dieses riesige Schlamassel, in das man uns, ohne nach unserer Meinung zu fragen, geworfen hatte. Unser Pakt war ein Schutz, ein Schild – ein Carapax, wie der Panzer einer Schildkröte. In den Momenten meiner größten körperlichen Gebrechlichkeit spürte ich ihn, ein deutlicher, klarer Gedanke, vom Körper direkt auf die Seele übertragen.

Danach verfiel Nina wieder in ihr heilloses Wirrwarr, ich in meinen Kontrollwahn, zurückgezogen, aber wachsam. An der Wand neben meinem oberen Stockbett hatte ich ein Foto von Gloria mit uns beiden aufgehängt. Seba hatte es aufgenommen, an einem Sonntag vor langer Zeit, als wir alle zusammen zum Nemisee gefahren waren. Es war windig gewesen an jenem Tag, wir hatten am Ufer mit Gloria Fangen gespielt: im Bild wir drei, Mutter und Töchter, mit zerzausten Haaren, atemlos, fröhlich. Mama in der Mitte, wir an sie geschmiegt. Ich betrachtete das Bild wieder und wieder. Abends, wenn ich mich unbeobachtet fühlte, drehte ich mich zur Seite und sah es an, während ich im Inneren Gespräche führte: stumme Dialoge, die mein großes Geheimnis waren.

Ich hatte schon einmal mit einem anderen Foto gesprochen, das mich noch genauso wie damals aufwühlte, wenn ich daran dachte. Ein Einzelporträt von Gloria, das – in fünfzigfacher Kopie – in einem weit zurückliegenden Februar tagelang überall in Genzano hing. Sie, Gloria, strahlte darauf, den roten Regenmantel in der Taille mit einem Gürtel gebunden, die Schnalle leuchtend und schwarz wie die Knöpfe. Mama hatte ihn in der Via Appia Nuova gekauft, diesen Regenmantel, an einem Samstag während eines gemeinsamen Bummels mit uns, wenige Wochen, bevor sie für immer wegging. Das Rot ging im Schwarzweiß des Bildes verloren, doch das Lichtspiel der Kontraste und die Eleganz des Mantels entsprachen der Realität. Unter der Fotokopie stand in Großbuchstaben das Wort „VERMISST“, und darunter, in kleinerer Schrift, eine Telefonnummer.

Nina und ich haben bei verschiedenen Gelegenheiten darüber gesprochen, die letzte ist noch gar nicht lange her. Die schwierigste Erinnerung bleibt für uns beide die an jenes Foto, das kopiert und überall aufgehängt worden war. Die Scham beim Gedanken, dass alle es sehen konnten, angeklebt an die Scheibe des Buswartehäuschens in Richtung Rom, in der Aula unserer Schule, am Eingang des Postamts und des Rathauses, in allen drei Bars auf dem Hauptplatz, an der Tür des Freizeitzentrums in der Via delle Rose, wo Jung und Alt die Wochenenden verbrachten – sogar dort. Der Ekel angesichts des gespielten Mitleids von Bekannten, Schulkameradinnen, Lehrern. Mit gesenktem Blick liefen wir an Oma Immas Hand durch die Straßen, das Herz vor Kummer zusammengeschnürt, stumm.

Nur abends redeten wir, kurz vor dem Einschlafen.

„Was denkst du, wo sie ist, Maddi?“

„Weit weg, glaube ich. Aber du wirst sehen, Mama kommt wieder, das weiß ich.“

„Wie kannst du dir da sicher sein?“

„Wenn sie tot wäre, würden wir es spüren. Dann gäbe es Zeichen.“

„Was denn für Zeichen?“

„Na, Zeichen eben, so was wie magische Vorzeichen. Aber schlaf jetzt, Nina, und denk nicht drüber nach...“

„Kann ich nicht.“

„Versuch es. Zähl die Perlen der Kette.“

„Welche Kette?“

„Irgendeine Kette, die du dir vorstellen kannst: zum Beispiel so eine wie die korallenrote von Mama...“

„Aber wenn ich an die Kette denke, muss ich auch an sie denken.“

„Stimmt. Du hast recht.“

Ich achtete auf unsere Worte, auf Ninas und meine: auf jedes Wort. Die Verantwortung, vor allem sie zu beschützen, lastete schwer auf mir; sie war meine kleine Schwester, irgendetwas im

Kopf befahl mir, ihr eine Erklärung für das absurde Leben zu liefern, das wir seit Tagen führten. Ihre Verbindung zur Welt war ich, so dachte ich. Ihre Festung. Falls Mama nicht mehr zurückkam, sagte ich mir, wenn wirklich etwas Schlimmes passiert war und sie für immer verschwunden blieb, oder wenn sie uns nicht mehr liebhatte und wir ihr nicht mehr wichtig waren, dann würde eben ich die Mutter sein müssen. Die Mutter von Nina und von mir selbst. Entsetzliche Fantasien, wagemutig in der Art jenes Wagemuts, der nur aus der Verzweiflung erwächst.

Gloria meldete sich am Donnerstag, knapp eine Woche nach dem Freitag, an dem sie verschwunden war. Sie rief abends an, während wir gerade aßen. Kurz zuvor hatte ich gespürt, dass ich nicht genug Luft bekam und kämpfte nun gegen einen beginnenden Asthmaanfall an – einen Anfall, der sich nach dem Telefonat auf wundersame Weise entschloss, mich zu verschonen. „Mama schickt euch viele Küsse“, teilte Seba uns eilig mit, als er sich wieder zu Tisch setzte. „Es ist alles in Ordnung, sie konnte eben nicht lange telefonieren, aber sie ruft euch in den nächsten Tagen mal gegen Abend an.“

„In den nächsten Tagen ... und wann genau?“, fragte Nina, schon damals eine Meisterin darin, Ärger und Verbitterung hinter Sarkasmus und Schmeicheleien zu verbergen.

„Wo bist du, Mama? Und was, bitte schön, hindert dich daran, uns am Telefon Hallo zu sagen?“, dachte ich währenddessen. Der Asthmaanfall, der mich verschont hatte, war der Beklemmung gewichen. Ein Kloß im Hals, das Hähnchen auf dem Teller eiskalt inzwischen. Nina fing an zu weinen, ich gleich darauf; beim Versuch uns zu trösten offenbarte Imma, unsere Großmutter, ihre völlige Untauglichkeit. Seba war wieder aufgestanden und rauchte nun am halboffenen Fenster, ohne auf die Kälte der Winternacht zu achten, jeder tiefe Zug an der Zigarette ließ Aushöhlungen wie kleine Abgründe in den Wangen entstehen. Vom Tisch aus, an dem ich noch immer saß, beobachtete ich ihn, wie er den langsam emporsteigenden Ringen aus Rauch nachsah, die ins eisige Dunkel entschwebten. Ein gebrochener Mann.

Die Angst, die uns während der vergangenen Woche daran gehindert hatte zu leben, hatte sich mit einem Mal in Luft aufgelöst, war verschwunden, ein Sandsack, der mit einem deutlichen dumpfen Plumps zu Boden fällt. Gloria war am Leben, war gesund und munter. Unsere heißgeliebte Mama. Alles gar nicht so schlimm, sie war einfach nur fortgegangen, mehr nicht: von zu Hause geflohen, ihrem Zuhause, weg von ihrer Familie. Und Seba ungläubig, blind gegenüber unserem Schmerz, der auch ein Ende, einen Schlussstrich markierte. Mama ging es gut, wir würden sie wiedersehen. Es gab keine Vermissten oder Verletzten, keine unerträglichen Verluste, die es zu akzeptieren galt. Ein Albtraum ging zu Ende, doch der Zerfall ging weiter, beschleunigte sich, Glorias Aufbruch ohne Vorwarnung war nur ein erstes Signal. Eine Mauer hatte zu bröckeln begonnen und würde nicht wieder damit aufhören. Was gerade zerfiel, war unser Vertrauen in die Erwachsenen.

Tags darauf auf dem Weg zur Schule die Erleichterung, an keiner Wand mehr dieses verdammte Foto kleben zu sehen. Seba hatte wohl im Morgengrauen sämtliche Kopien heruntergerissen, mit welch bitterem Trost auch immer im Herzen.

„Siehst du noch irgendwo das Foto, Maddi?"

„Nein, es ist weg, sie sind alle weg, Nina, beruhig dich." Jetzt wird alles wieder echt, hätte ich ihr gern gesagt: zerrüttet, aber präsent, aus Fleisch und Blut. *Fleisch und Blut*: Ja genau, das war es, wonach wir suchten. Anwesenheit, Beständigkeit, Echtheit dessen, was existiert, was da ist. Mit solchen Sicherheiten hätte ich meiner Schwester gern ein Gefühl der Geborgenheit geschenkt und konnte es doch nicht, weil Glorias allgegenwärtige Liebe von nun an anders sein würde, distanzierter, weniger greifbar, und es war, als wüsste ich das bereits.

„Kindchen, du wirst sehen, bald renkt sich alles wieder ein", hörte ich die Lehrerin mit gedämpfter Stimme zu mir sagen, als ich gerade das Klassenzimmer verlassen und zu den anderen Schülern in den Pausenhof gehen wollte. Ich zuckte mit den Schultern, blieb stumm; ich wusste, dass nichts davon der Wahrheit entsprach, dass keine Besserung für uns in Sicht war. Glorias Flucht war nur der Anfang, die Dinge würden sich noch mehr verkomplizieren. Doch wie auch immer, unsere Mutter war nicht tot, sie war nicht entführt worden, es hatte sich keine Tragödie ereignet. Das empfand ich als eine Art Rettung, vergleichbar mit jener, wenn sich das Asthma anschlich, um mir die Lunge zuzuschnüren, sie zu erschüttern, zusammenzupressen, und mir dann doch wie durch ein Wunder die Tortur eines neuerlichen Anfalls erspart blieb.

„Liebe Mama, dir ist nichts Schlimmes passiert. Danke, lieber Gott." Im Bett, vor dem Einschlafen, sprach ich flüsternd, damit Nina nichts hörte, an Gloria gewandt meine leisen und geheimen Gebete. Erleichterung und Dankbarkeit in mir; in Nina Wut, Splitter eines feindseligen Schmerzes. „Keine Mama würde ihre Kinder einfach so zurücklassen, Maddi. Unsere ist gemeiner als die von Hänsel und Gretel", wisperte sie. Und nach einer Pause: „Ich glaube, das werde ich ihr nie verzeihen, nur dass du's weißt, Maddalena." Nina und ihre unwiderruflichen Urteile. Worte wie Fausthiebe in die Magengrube, Wutausbrüche, die durch den Spalt zwischen unserem Stockbett und der Wand zu mir aufstiegen.

In unserer Wohnung in Monteverde hatte ich ein eigenes Zimmer und konnte mit Gloria, mit jenem Foto von ihr mit uns beiden am Ufer des Nemisees sprechen, wann immer mir danach war. Inzwischen versetzte mir Mamas Bild keinen Stich mehr, mir drehte sich nicht mehr der Magen um, wenn ich an sie dachte, noch schlug es mir auf die Lunge. Einzig Leere, Abwesenheit jetzt. Wir sahen Gloria mittlerweile wieder, durften sie sehen – an zwei Sonntagen im Monat, wie der Vormundschaftsrichter festgelegt hatte. Auf irrlichternde und unnatürliche Art war unsere Mutter wieder bei uns: abwesend und anwesend zugleich. Ein Meteor, eine Erscheinung; und später, wenn sie wieder ging, unangefochtene Königin unserer Gedanken.

„Gute Nacht, Mami." „Hallo Gloria, schönste Mama der Welt, du kannst stolz auf mich sein, ich bin stark, du solltest mal sehen, wie ich es schaffe nie zu weinen." Sie waren meine Welt, diese abendlichen Zwiegespräche mit dem Foto. Mein Rettungsanker in der Strömung des Schicksals, um den Faden nicht reißen zu lassen, der jedes unserer Treffen mit dem nächsten verband. Mit Mamas Foto zu sprechen, bedeutete diesen Faden zu spannen: auf dass er unsere zersplitterten – und seltenen – Glücksmomente zusammenhalten möge.

Brennend vor Ungeduld wartete ich auf das nächste Treffen. Pflichtbewusst, diszipliniert, hervorragend in der Schule – zu den sonntäglichen Treffen mit Gloria brachte ich meine Hefte mit, zeigte ihr stolz die perfekte Ordnung, freute mich über ihr Lob. Sie hieß alles mit einem hastigen breiten Lächeln gut. Als wollte sie sagen, wir müssen uns beeilen, schnell, die Uhr tickt, lasst uns jeden Moment ausnutzen, leben, wertschätzen, als Ersatz für die Zeit, die uns gestohlen wurde.

Wenn es mich nun so sehr nach Rom zurückzieht, dann vor allem deshalb, um bestimmte Orte wiederzusehen, manche mehr noch als andere. Den Stadtteil Monteverde und die Straße, in der unsere Wohnung lag, die Via di Villa Pamphili; den angrenzenden Park; die Via dei Quattro Venti, dort, wo sie breiter wird und sich Ninas und meine ehemalige Schule befindet. Aber auch die Straßen im Zentrum, durch die wir mit unserem Vater und unserer Mutter spazierten (entweder mit dem einen oder mit der anderen, niemals mit beiden zusammen). Die Via del Governo Vecchio, dort, wo sie in die Piazza di Pasquino mündet. Den Palazzo Taverna, auf einer Anhöhe gelegen, versteckt und magisch, Kies zwischen den uralten Mauern, Moos im Schatten der Springbrunnen, ein Ort, an den ich als Jugendliche mein Herz verlor und den ich häufig zum Ziel meiner einsamen Spaziergänge nahm. Die Piazza Santa Maria Liberatrice im Viertel Testaccio, wohin Mylène manchmal sonntags mit uns zum Eisessen ging, im Stechschritt folgten wir ihr über den Fluss, sie gab das Tempo vor und trieb uns an. Und die Via Borgognona, wo Mama arbeitete, viele Jahre lang.

Der Wunsch nach Rom zu fahren ist unvermutet aufgetaucht; warum gerade jetzt und warum mit dieser Dringlichkeit, kann ich nicht sagen. Auf jeden Fall ist es ein echter Wunsch, glasklar, der aus meinen Gedanken heraussticht wie eine Gestalt mit scharfen Konturen auf einem ansonsten völlig verschwommenen Foto. Nun, da Gloria tot ist, nun, da sie uns plötzlich verlassen hat und dieses Mal wirklich, läuft unsere zerplatzte Kindheit Gefahr, sich in Nichts aufzulösen; es gibt keine Beweise mehr, dass sie tatsächlich existiert hat, die Szenerie hat sich verändert, Nina, ich, Seba, auch Mylène, wir alle leben mittlerweile woanders. Nach Rom zu fahren bedeutet, die Erinnerungen wachzuhalten, zu verhindern, dass sie verblassen.

„Hör auf, dich zu quälen, Maddi", würde Nina sagen, wenn ich sie in meine Reisepläne einweihen würde. „Was willst du da? Was vorbei ist, ist vorbei. Lass endlich los!" Klar doch: Im Gegensatz zu mir ist sie in der Lage einen klaren Schnitt zu machen. Durch jahrelange fernöstliche Meditation hat sie sich im „Loslassen" geübt, zu dem sie aufgrund ihres Naturells schon immer tendierte. Sie hat mit Vittoria gebrochen, mit Petra, mit Rebecca – ihren besten Freundinnen aus Rom. Sie hat mit unzähligen anderen Leuten gebrochen, und immer ohne Nachwehen. Ihr Ungestüm und ihre jähzornige Ader verwandeln sich jedes Mal in lupenreine Gesten: Radikale Schlussstriche, plötzliche Abkehr, stets ohne Wiederversöhnung, ohne Bedauern. Sollte sie wirklich Schluss machen mit Brian, wie sie mir am Telefon verkündet hat, würde es mich nicht wundern, wenn sie ihr Leben wieder einmal völlig umkrempelt und Brooklyn, New York, die Vereinigten Staaten verlässt. Wo ich zu langsam bin, ist Nina blitzschnell. Sie ist kompromisslos, während ich Zeit zu gewinnen versuche, abwäge, lieber keine Entscheidung treffe als eine falsche und mich aus Angst zu übertreiben immer zügle.

„Halt, überstürz nichts!": Unzählige Male habe ich das schon zu Nina gesagt und möchte es ihr auch jetzt wieder sagen. Alles mit der Ruhe, komm runter; sei gnädig, gib den anderen eine Chance, richte dich auch mal nach ihrem Rhythmus. Aber als ob Nina je auf mich hören würde. Schon wieder meilenweit entfernt, rennt sie voraus. Sie rennt jeden Tag, weil sie eine begeisterte Joggerin ist, und genauso rennt sie durchs Leben, bei all ihren Entscheidungen und Taten.

Papa, Großmutter: bruchstückhafte Präsenzen als Notlösung für die einzige echte Abwesenheit – die von Gloria, unserer Mutter. Wir wurden zur Schule gebracht und wieder abgeholt, wurden betreut, ernährt, beaufsichtigt, wenngleich auf etwas oberflächliche Art. Ich hatte zugenommen, Nina hatte Gewicht verloren. Sie brachten uns zu einem Ernährungsberater in Ariccia, einem alten Herrn mit weißem Schnurrbart und jovialem Lächeln. „Die Frage ist nicht, wie viel die Mädchen essen oder nicht essen. Es geht eher darum, ob man ihnen die Möglichkeit gibt, sich frei auszudrücken, und wie viel an Unausgesprochenem sie über das Essen kompensieren", hörte ich ihn zu Papa sagen, der, verunsichert durch diese avantgardistische Diagnose, den Arzt einfach nur anstarrte, ohne ein Wort herauszubringen.

Papa ist Hochzeitsfotograf. Damals arbeitete er bereits viel und gut, er machte hervorragende Bilder, zügig, ohne die Frischvermählten zu lange hinzuhalten, die es nicht abwarten konnten, ihr Glück verewigt zu sehen. Eine Anlaufzeit von ein paar Jahren, bis er sein Ziel erreicht hatte: Seba war zu einem der gefragtesten Fotografen nicht nur bei Hochzeiten in den Castelli Romani, sondern auch in Rom selbst geworden. Dann der Durchbruch: Sein Name begann sich in ganz Italien zu verbreiten.

Als wir noch zusammenwohnten, nahm er uns mit in sein Studio, wenn er mit einem Auftrag besonders zufrieden war, um uns seine Arbeit zu zeigen. Er wollte unsere Meinung hören, sagte, das gebe ihm Kraft. Momente, die Nina und ich über alles liebten. Das Studio befand sich im Dachgeschoss des Hauses in Genzano, um es zu erreichen, mussten wir eine Sprossenleiter hinaufklettern – schon der Aufstieg machte uns ganz aufgeregt, kündete von kurz bevorstehendem Vergnügen. Oben saßen wir dann zwischen Lampen, Stativen und Flaschen mit Lösungsmitteln auf dem Boden und sahen uns die Dias an, die Papa eines nach dem anderen auf die Wand projizierte, indem er auf den „Abzug" einer Fernbedienung drückte (die just die Form einer Pistole hatte). „Das da!", riefen Nina oder ich im Befehlston und zeigten mit dem Finger auf die Wand, wenn ein Bild unser Interesse weckte. Dann „schoss" Seba erneut mit der Fernbedienung und zoomte in das Bild, damit unser aufmerksamer Blick die Details erfassen konnte. Wir registrierten alles: Die Freude der Brautleute, die Erschöpfung hinter dem glücklichen Anschein. Die strahlenden Mienen der Ehefrauen, die leicht überforderten der Männer. Die prächtigen Kleider der Gäste (wir schlossen Wetten ab, ob sie extra für diesen Anlass gekauft worden waren oder nicht, ob man viel oder wenig dafür gezahlt hatte). Eine echte Schule der Aufmerksamkeit für uns: beide von Mal zu Mal besser darin, sich nichts entgehen zu lassen, treffsicher die Freude und Begeisterung dieser Fremden anhand von Mimik, Blicken, Körperhaltungen zu entschlüsseln.

Papas Einfälle waren originell, auch poetisch. Er machte immer ein Gruppenporträt der Schwiegereltern (sofern alle noch lebten); außerdem Aufnahmen von Braut und Bräutigam neben dem jeweils ältesten und jüngsten Gast. Kreative fotografische Perlen, die ihm im Lauf der Zeit zu Ruhm verhalfen. Dank Mund-zu-Mund-Propaganda und Sebas Talent, sich zu vermarkten, ließ der berufliche Erfolg nicht lange auf sich warten. Der bis dahin unbekannte Seba Cavallari bekam mit einem Mal pausenlos Einladungen, Aufträge, Angebote.

Zu den glücklichsten Erinnerungen aus der Zeit, in der wir nur mit ihm lebten (ich meine das beständige Zusammenleben, nicht das sporadische der späteren Jahre), zählen jene Momente in seinem Studio unter dem Dach. Momente der Teilnahme, jedoch durchdrungen von unserer Traurigkeit. Die Freude, die wir auf Sebas Fotografien beobachten konnten, blieb uns verwehrt: ein unerreichbares, weil unbekanntes Ziel. Zwei Leben, zwei Schicksale zu vereinen, in der Überzeugung, sie für immer aneinander zu binden: Freuden dieser Art würden Nina und mir nie zuteilwerden, so dachten wir damals.

Ja, Familie war etwas für die anderen, nicht für uns. Auch Seba hatte nichts mit der Festlichkeit dieser Feiern zu tun: Er war kein Teilnehmer, nur ein Zeuge, um alles zu verewigen – jemand, der das Glück sehen, wiedergeben kann, gerade weil er nicht dazugehört, weil er nur ein Zaungast ist. Diese Gipfel des Glücks einzufangen und in Bilder zu verwandeln, das war Papas Job. Die Feiern waren für ihn nichts anderes als die Gelegenheit, etwas Anerkennung einzuheimsen – das eine oder andere Lob, unzählige „Dankeschön", das zufriedene Lächeln der Fotografierten, kostenlose Erfrischungen – sowie eine Möglichkeit, seine Visitenkarten an die Gäste zu verteilen, in der Hoffnung auf weitere Gelegenheiten, auf weitere Hochzeiten zum Fotografieren. Das war alles. Die Zukunft der frisch Vermählten ging ihn nichts an, ihn nicht und uns noch weniger. Familie – als Projekt, Konzept, Ideal, Anfang und Ende – war uns fremd, etwas, von dem wir nie Teil sein würden. Eine sanfte, vielleicht köstliche Brise, die andere umwehte, während wir aus der Ferne zusehen mussten.

„Kommt sie wieder zurück? Wohnt sie dann wieder hier bei uns?"

„Sie kommt nicht wieder."

„Und woher willst du das wissen?"

„Mama hat sich in einen andern Mann verliebt, Nina. In den Mann vom Spielplatz neulich, weißt du noch?"

„Und warum?"

„Weil..., weil sie Papa nicht genug vertraut hat."

Nina sah mich lange an, ohne etwas zu sagen. Ein melancholischer Schleier hatte sich über die sonst so strahlenden, grünen Augen gelegt und ihnen den Glanz genommen. Diese Bombe platzen zu lassen, erfüllte mich mit tyrannischer Genugtuung: So hart es gewesen war, die Wahrheit zu begreifen, so sehr erleichterte es mich nun, sie in ihrer ganzen Tragweite mit meiner Schwester zu teilen – eine dunkel, rachsüchtige Befreiung.

Was tatsächlich los war, hatte ich mir anhand von Details zusammengereimt: Informationsschnipsel, die ich wie Puzzleteile im Kopf zusammenfügte. Erstes Detail: die Bekanntschaft mit Marcos („dem Mann vom Spielplatz"), seine Aufmerksamkeit gegenüber Gloria. Zweites Detail: ein Gespräch zwischen Papa und Oma Imma, belauscht aus meinem Versteck hinter der Wohnzimmertür in der Wohnung in Genzano.

„Sie liebt ihn... genau das hat sie gesagt, dass sie sich verliebt hat", sagte Seba.

„Mein Gott, was für eine Schlange", hörte ich Oma antworten. „Eine Viper. Aber du, Sebastiano, du warst auch wirklich blauäugig!"

„Die Mädchen kann sie sich jedenfalls abschminken, das schwöre ich dir, Mama."

„Na hoffentlich! Das wäre ja noch schöner. Ich habe dich von Anfang an gewarnt, weißt du noch? Schon am ersten Tag, als du sie mitgebracht hast, hab ich sie sofort durchschaut, deine Gloria. Dieser hinterhältige Blick, von einer Ausländerin, die genau weiß, wie sie ihre neue Umwelt ausnutzen kann, und die es unbedingt zu was bringen will. Es war klar, dass sie dir nach kurzer Zeit Scherereien machen würde, diese Schlampe."

Das letzte Wort kannte ich nicht, aber das tat nichts zur Sache, denn ich flüchtete bereits in unser Zimmer, wo Nina schon im Halbschlaf im Bett lag. Schnurstracks schlüpfte ich in meines, zog die Decke bis über die Nase und rollte mich zusammen, mit rasselndem Atem, die Augen fest geschlossen, um nichts mehr zu sehen, es reichte, Ende und aus.

Einige Zeit später wurde Oma beerdigt und wir durften nicht dabei sein. Ich hatte mich bereits an jenem Abend von Imma verabschiedet, als ich ihre Schimpftirade belauschte. Schlampe? Niemand durfte es wagen, meine Mutter zu beleidigen, sie zu beschimpfen. Absolut niemand.

„Erzähl mir, wie sie waren", bat mich Nina einmal, als wir schon in Rom wohnten. Unser Altersunterschied ist minimal, kaum mehr als ein Jahr, trotzdem war (und bin) ich in ihren Augen als Erstgeborene die Hüterin unserer Erinnerungen.

„Wie sie als Paar waren, meinst du? Sie haben vor allem gestritten..."

„Dann erzähl mir, wie sie gestritten haben."

Sonntag, Licht über einem bereits frühlingshaften Rom, hie und da zartrosa Schleier an einem so blauen Himmel, dass es ein Genuss für die Augen ist. Wir hatten die Liegestühle aufgebaut und genossen auf dem Balkon das herrliche Wetter. Es war ziemlich warm, Nina trug kurze Hosen und ein T-Shirt, bereit für den Sport, ich war in einen Kimono gehüllt (Seba war kurz zuvor in Japan gewesen und hatte uns beiden einen mitgebracht, Ninas war rot mit einem Blumenmuster, meiner weiß mit dunkelblauen Rauten). Vor uns erstreckte sich die endlose Weite der Villa Pamphili, ein prächtiger, leuchtender Teppich in changierendem Grün. Bilder aus der Vergangenheit stiegen in mir hoch, bruchstückhaft, aber gestochen scharf. Tatsächlich erinnerte ich mich nur an zwei Auseinandersetzungen zwischen Seba und Gloria. Der erste Streit hatte im Auto stattgefunden, als wir von den Castelli über die Via Appia nach Rom fuhren. Seba am Steuer, neben ihm Gloria, die ihm feindselig den Rücken zukehrte und nach draußen schaute, die Stirn gegen die Fensterscheibe gedrückt. Über einem schwarzen Rollkragenpullover trug sie an jenem Tag eine beige Kunstpelzjacke, dazu glänzende, in die Stiefel gesteckte Leggins. Immer elegant, unsere Mama, ihr Äußeres duldete schon damals keine Nachlässigkeit, es gab nicht das kleinste Detail, das je den Gesamteindruck gestört hätte. Durch den Spalt zwischen Sitz und Fenster sah ich, wie sie sich auf die Lippen biss, um nicht zu weinen, völlig verkrampft in dieser verdrehten Position, immer mehr in ihrem Zorn gefangen. Seba hatte angefangen zu schreien, immer wieder nahm er die Hände vom Lenkrad und fuchtelte wütend durch die Luft. Er warf Gloria eine Reihe (aus seiner Sicht) inakzeptabler Fehltritte vor: Mamas angeblich schroffe Begrüßung einiger Bekannter, die sie am Sonntag zuvor am See getroffen hatten, ihr Fernbleiben von den Elternabenden, „Alle haben deine Abwesenheit bemerkt, du verstehst schon, was ‚alle' heißt? *Todos...*", und einige schnippische Antworten, die sie seiner Mutter Imma gegeben hatte, „die bis zum Beweis des Gegenteils deine Schwiegermutter ist, auch wenn du und ich nicht verheiratet sind, ist sie trotzdem ein Mensch, der dir mehr als nahe steht... oder irre ich mich? *Tu me entiendes o estoy equivocado?*" Papa beherrschte zu Ehren von Glorias argentinischer Herkunft ein paar Brocken Spanisch, aber diesen spärlichen Wortschatz benutzte er nur, wenn er – wie jetzt – wütend war und sie provozieren wollte.

Im Auto hallte jedes Wort wider. Neben mir auf der Rückbank saßen Nina und ihre Angst, die Panik, mit der sie am Schnuller nuckelte (für den sie eigentlich schon zu alt war) und darauf herumbiss, als wollte sie ihn verschlingen. Ihre Sorge pulsierte wie ein schlagendes Herz, eine dritte Präsenz zwischen uns auf der Rückbank, die gemeinsam mit uns zuhörte, wie unser Vater unsere Mutter anschrie und ihr Vorwürfe machte. So unklar mir die Bedeutung der Worte blieb, so klar konnte ich gewisse Strömungen spüren. Das Gift in Sebas Worten und den Schmerz von Gloria, die inzwischen die Fassung verloren hatte und lautlos weinte, bloß ein leichtes Beben der Schulter, ansonsten sorgsam darauf bedacht, dass wir hinter ihr möglichst nichts davon mitbekamen.

„Wie furchtbar! Mir wird ganz anders, wenn ich mir das vorstelle. Ob du es glaubst oder nicht, Maddi, ich kann mich an nichts erinnern, findest du das nicht auch komisch?“ Nina ging kurz in die Küche und kam mit einem Tablett zurück, auf dem zwei große Gläser Cola mit Zitronenscheiben und bunten Strohhalmen standen, die Eiswürfel klirrten auf dem Weg zu mir. „Und dann? Erzähl weiter, bitte“, bat sie mich, nachdem sie das Tablett auf dem Boden abgestellt und es sich mit untergeschlagenen Beinen (nackt und muskulös unterhalb der Shorts) in der Korbschaukel gemütlich gemacht hatte.

„Und dann, Maddi? Komm schon...“ Gierig nach Bildern aus einer für sie allzu fernen Zeit, meine Schwester, und doch konnte ich in diesem Moment kaum glauben, dass sie alles vergessen hatte.

„Wie ‚und dann‘? Der zweite Streit, meinst du?“

„Ja.“

„Der war echt heftig! Wir waren gerade beim Essen, es war Samstagabend und wir durften länger aufbleiben als sonst. Wir konnten uns nicht darauf einigen, welchen Film wir anschauen wollten; eine kindische Auseinandersetzung, absolut banal, die innerhalb weniger Minuten völlig verblasste neben ihrem Streit.“

„...einem schlimmen, wieder einmal.“

„Richtig schlimm. Diesmal wurden sie sogar handgreiflich...“

„Ernsthaft? Sie haben sich echt geschlagen?“

Nina stand abermals auf, um etwas zu trinken zu holen, mit energischem Schwung, der die Schaukelkette quietschen und ächzen ließ. Anstrengend, die Erinnerungslücken meiner Schwester füllen zu müssen. An diesem Rollenspiel teilzunehmen, bei dem immer nur Nina das Recht auf Vergessen hat.

„Papa hat den Arm gehoben, um Gloria eine runterzuhauen“, fuhr ich fort, „aber sie war schnell genug, um dem Schlag auszuweichen und in den Flur zu flüchten. Und von dort schrie sie ihn an, beschimpfte ihn aufs Übelste! ‚Du bist doch total durchgeknallt, Seba, durchgeknallt, du siehst Gespenster... es ist nicht so, wie du sagst… wie auch? Lass mich, lass mich in Ruhe, du dreckiger Lügner!‘“

„Schrecklich…“, meinte Nina, während sie langsam schaukelte und zur Villa Pamphili hinübersah, auf der Suche nach Frieden. Auch mir wäre es lieber gewesen, ich hätte mich nicht mehr an diese Bilder erinnert, düsterer noch an diesem herrlichen Vormittag auf unserem Balkon, wo bis ins kleinste Detail Harmonie herrschte – das Himmelblau der Bleiwurz, die Mylène in große quadratische Blumentöpfe gepflanzt hatte, in perfektem Einklang mit dem Violett des Blauregens, der sich an der Pergola emporrankte.

„… dann ist er ihr in den Flur nachgegangen und hat sich auf sie gestürzt, hat sie an den Haaren gepackt, daran gerissen…“

Inzwischen schrien beide, außer sich vor Wut. Sie waren so unterschiedlich und doch so gleich im Eifer des Gefechts, dachte ich noch, bevor sich mein ohnehin schon keuchender Atem zu einem schweren Asthmaanfall auswuchs. Unterschiedlich wie Tag und Nacht, auch vom Körperbau her: Gloria schmächtig, schlank, entwurzelt, ein Schilfrohr, das sich in der Raserei der Selbstverteidigung bog; Papa kleiner als sie, aber um einiges stärker, ein einziges, pulsierendes Nervenbündel, während er Mama mit einer Wut packte, die ihm ungeahnte Kräfte verlieh, sein Blick erschrocken und zornerfüllt zugleich.

Das Ventolin: den Deckel abreißen, das kurze Ende in den Mund stecken, sofort einen Sprühstoß auslösen, um Sauerstoff zu bekommen. Gloria war inzwischen an meiner Seite, noch immer aufgewühlt von dem Streit mit Papa, aber sie unterstützte mich trotzdem, indem sie mich auf die Stirn küsste und mir mit Zeige- und Mittelfinger sanft die Schläfen massierte. Auch Nina war da: ein Strom warmer Energie, die Gegenwart sowohl meiner Mutter als auch meiner Schwester, diese strömende Liebe, die uns drei verband, untrennbar. „Ganz ruhig, mein Schatz“, hörte ich Mama sagen. „Tief durch den Mund einatmen, Maddi, ja, genau so, sehr gut. Keine Angst, es ist gleich vorbei.“

„Erinnerst du dich denn nicht einmal mehr an meinen Asthmaanfall damals, Nina?“ Ich nahm einen großen Schluck von meiner Cola und schaute in die Ferne, dorthin, wo sich der Himmel und die Umrisse der Bäume zu einer Linie verbanden. Eine kurze Ablenkung von diesen schmerzhaften Erinnerungen, tückisch wie Dornen.

„Doch, irgendwie schon, allerdings nur als verworrenes Bild: du, wie du keuchst, das Asthmaspray. Aber es ist alles verschwommen…“

Wir versanken in Schweigen; vor uns der Park der Villa Pamphili, von oben betrachtet bildeten die Pinien eine einzige große Fläche aus unterschiedlichsten Grüntönen. Wunderschön. Kurz darauf brachen wir auf, Nina ging zum Training, ich setzte mich ans Klavier. Wir führten jetzt getrennte Leben, meine Schwester traf sich mit ihren zahlreichen Freundinnen (zu vielen aus meiner Sicht), ich hatte nur eine einzige, die Mauretta Gigli hieß und zwei Blocks von uns entfernt wohnte. Hin und wieder bereitete mir meine Menschenfeindlichkeit Sorge: Wenn es mir nicht gelang, die Gesellschaft anderer zu ertragen, war das ein Problem, ein Fallstrick, der mir die Zukunft verbauen würde, sagte ich mir. Aber ich kam damit klar, ein wenig hatte ich auch gelernt, mir selbst zu verzeihen. Mittlerweile verlief unser Leben in ruhigen Bahnen, ohne Erschütterungen, ein gemächliches Verstreichen der Zeit innerhalb der von Mylène aufgebauten Routine; wenn ich gelernt hatte, nachsichtiger mit mir selbst zu sein, dann nicht zuletzt dank dieses tröstlichen Rhythmus aus Gewohnheiten.

Erinnerungsblitze. Nach dem erbitterten Streit zwischen Seba und Gloria an jenem Samstagabend hatte sich Schweigen über das Haus gelegt. Wir waren aneinandergeschmiegt eingeschlafen, in Ninas Bett, völlig erschöpft. Mein Atem immer noch rau, der meiner Schwester ruhig. Aufruhr im Herzen, bei ihr wie bei mir; Bestürzung und Fassungslosigkeit wegen der Szene, deren Zeugen wir gerade geworden waren. Die Beziehung unserer Eltern war dabei, in die Brüche zu gehen, nach diesem Abend konnten wir nicht mehr so tun, als wüssten wir das nicht.

Manchmal träumte ich davon wegzulaufen. Mich jeder Verantwortung zu entziehen, die ich mir selbst auferlegt hatte, ein anderes Leben zu erfinden, eine andere Maddalena, weit weg. Zu sehr vom Leben anderer – vor allem von Ninas – abgelenkt, vernachlässigte ich meines. Ich war mir dessen bewusst und daher gestattete ich mir ab und zu den Gedanken an Flucht. Ich dachte nicht an die Zukunft, hegte keine Ambitionen. Meine einzige Freundin, Mauretta Gigli, träumte davon, Anwältin zu werden, Nina wollte Regisseurin werden, Rebecca Tierärztin, Petra Floristin und Vittoria Köchin. Ich nichts, ich hatte nicht die leiseste Idee. Nachdem Mylène schon einige Zeit bei uns war und ich sie viel beobachtet hatte, sagte ich mir, dass ich später, wenn ich groß war, ihre Ausgeglichenheit haben wollte, diese innere Ruhe, mit der sie die Tage meisterte. Einmal war Nina während der Osterferien mit Seba in Rom geblieben und ich war mit Mylène nach Frankreich gefahren, aufs Land, in die Nähe von Nantes, zu ihren Eltern. Nur ein paar Tage, um die andere Maddalena in mir kennenzulernen und ihr zuzuhören, die mit dem dickeren Panzer, tief in sich selbst ruhend, ohne sich von anderen aus dem Gleichgewicht bringen zu lassen. Dass ein Leben im Ausland die Lösung sein würde, muss ich wohl während dieser Reise mit Mylène erkannt haben. Eine Idee, die ich gleich wieder verwarf und die erst viel später Form annehmen sollte. „Ich seh dich als Schulleiterin", sagte Rebecca, die Freundin meiner Schwester, einmal zu mir. Wir waren in der Küche, sie machten Slime. In einer Schüssel mischten sie Mehl und Waschmittel und sahen dann zu, wie die hellblaue Glibbermasse aufging und Blasen schlug. „Schulleiterin? Wieso das denn?", fragte ich, während ich mich abmühte, die mit Spritzern und Schlieren ihrer ekligen Pampe übersäte Arbeitsfläche mit einem nassen Schwamm zu putzen.

„Weil deine Schwester recht hat", erwiderte sie. „Mit deiner verhuschten, scheinheiligen Art versuchst du doch ständig, alles und jeden zu kontrollieren, Maddalena." Nina nickte, zufrieden und überrascht über die unerwartete Solidaritätsbekundung. Ich floh auf den Balkon. Der Himmel war milchig, schmutzig weiß, die Stadt laut, müde. Ein Ausweg. Das war es, was fehlte.

Gloria war zwanzig, als sie Seba Cavallari begegnete. Sie lernten sich in einem Hotel kennen, in dem gerade eine Hochzeit gefeiert wurde – mein Vater war der Fotograf, meine Mutter arbeitete dort als Rezeptionistin. Sie standen zufälligerweise nebeneinander, als das erste Mal auf das Brautpaar angestoßen wurde. Ihre Schönheit muss Seba getroffen haben wie der Blitz. Natürlich weiß ich nicht genau, wie sich alles zwischen ihnen entwickelt hat; aber ich habe viel darüber nachgedacht und glaube zumindest, dass es sich mehr oder weniger so abgespielt haben könnte. Sie muss ihn beeindruckt haben, diese junge Frau, bildhübsch trotz des billigen beigen Kostüms aus Viskose, der Uniform der Hotelangestellten. Für ihn war der Tag der reinste Stress: Die Familie der Braut war vermögend, sie hatte „mindestens" dreihundert Fotos verlangt und Papa hastete unablässig zwischen den Feiernden hin und her. Irgendwann begann ihn der Hunger zu plagen, ein richtiges Loch im Magen, das es ihm unmöglich machte, sich zu konzentrieren. „Du kannst mir nicht vielleicht helfen, was zu beißen zu finden, oder?", fragte er Gloria. Sie war sofort ins Untergeschoss gegangen, in die Küchenräume. Sie wusste genau, wo alles war, stellte in Windeseile ein Mahl zusammen; mit einem Tablett voller Speisen vom Hochzeitmenü kehrte sie nach oben zurück – Lachsravioli, Braten mit Avocado-Mousse, eine Biskuittorte mit Waldfrüchten. „Du bist ein Engel, danke. Hast du Lust, mir beim Essen Gesellschaft zu leisten?" Also setzten sie sich in die Kammer hinter der Rezeption, wo Gloria und ihre Kollegen für gewöhnlich während der Pause ihr mitgebrachtes Essen verzehrten.

„Du siehst nicht wie eine Italienerin aus... woher kommst du?"

Meine Mutter lachte, das dämmrige Licht half ihr, die Röte zu verbergen, die ihr wegen der als Kompliment verstandenen Frage ins Gesicht stieg. „Ich bin mit meinen Eltern nach Rom gezogen, als ich sieben war; davor haben wir in Argentinien gewohnt..."

„Und wo genau in Argentinien?"

„In einem kleinen Dorf in der Nähe von Rosario. Mein Vater hat beim Zoll gearbeitet, ein Kollege hat ihm von einer Stelle in Rom erzählt..." An diesem Punkt stockte sie, über sich selbst zu sprechen war ihr unangenehm. „Und du bist hier aus der Gegend?"

„Aber ja, ich bin quasi Römer! Aus den Castelli Romani, aus Genzano..." Und Seba hatte laut aufgelacht, zufrieden mit sich und der Welt wegen des köstlichen Essens, das er in Gesellschaft der bildhübschen Frau genießen durfte.

„Hilfst du mir auch, ein Glas Champagner zu finden?"

Alles schnell, ungezwungen: natürlich. Plaudern, Gefallen aneinander finden, Nummern austauschen. Zusammen in eine Pizzeria gehen, sich zum Abschied küssen, beim nächsten Treffen miteinander schlafen. Seba verliebte sich rettungslos. Glorias auffälligste Wesenszüge hatte er bereits erkannt – wie hypersensibel sie war, wie fordernd in ihrer übersteigerten Empfindsamkeit: hinter der beherrschten Fassade widersprüchlichen Stimmungsschwankungen ausgeliefert, derselbe schwierige Charakter, den sie meiner Schwester vererbt hat. Andererseits war da ihre Präsenz, so dicht, substanziell. Eine Körperlichkeit, die ihn verrückt machte, Glorias Beine, lang und seidenweich, Sprungbretter in eine nie gekannte Leidenschaft. Das Grün der Augen, heller und wässriger, wenn sie sich geliebt hatten. Sie besänftigte ihn, erfüllte ihn. Selbst ihre Ruhelosigkeit war befriedigend; sie waren erst kurz ein Paar, und schon wollte Seba mit ihr zusammenleben.

Ich wurde in Venedig gezeugt, während eines verlängerten Wochenendes an Allerheiligen. Seba und Gloria hatten dort einen Zwischenstopp gemacht, nachdem mein Vater am Samstag bei einer Luxushochzeit in Chioggia als Fotograf gearbeitet hatte. Es war ein kurzer und sehr romantischer Aufenthalt in einer kleinen Pension bei Campo Santa Margherita – so hat mir meine Mutter erzählt, als ich noch klein, aber bereits in der Lage war, ihren Erinnerungen gebannt zu lauschen und die Wehmut, die Ambivalenz gewisser Sehnsüchte zu erfassen. Die Schwangerschaft war nicht geplant, doch meine Eltern haben sich von Anfang an auf mich gefreut, alle beide, das hat sie mir versichert. Ich kam im Sommer zur Welt, an einem heißen Julinachmittag. Die Wehen dauerten lange, es war keine einfache Geburt. Mein Arm hatte sich verbogen, der Ellenbogen verhinderte ein Vorankommen. Um einen möglichen Schlüsselbeinbruch zu verhindern, versuchten sie mich auf die Seite zu drehen. Unzählige Male; als die Presswehen kamen, war Gloria am Ende ihrer Kräfte, und die ersten Wochen meines Lebens kosteten sie noch mehr Energie. Sie war jung, gesund, mit viel Milch: aber ausgelaugt.

Vierzehn Monate später kam Nina. Wegen der schwierigen Erfahrungen der letzten Geburt rieten der Gynäkologe und die Hebamme zu einem Kaiserschnitt. Alles einfach und schnell dieses Mal. Dafür hatte Mama weniger Milch, sie stillte Nina nur vier Monate. Die Geburt dieser zweiten Tochter, ein glückliches Ereignis, das ihre Beziehung eigentlich hätte festigen sollen, hat, glaube ich, zwischen Gloria und Seba, wie bei vielen Paaren der Fall, den tiefen Graben eines unwiderruflichen Missverständnisses aufgerissen. Ein für beide immer leidvolleres Spiel der Täuschungen begann. Sie lebten zusammen, wurden sich aber mit jedem Tag, der verging, deutlicher bewusst, dass sie nicht füreinander geschaffen, dass sie nicht kompatibel waren; nach und nach merkten sie, dass sie einen dramatischen Fehler begangen hatten, indem sie sich so sehr aneinander gebunden hatten. Das war es, das Missverständnis, dieses riesige Missverständnis, dessen Früchte wir waren, ich mehr noch als Nina: Sie war wenigstens gewollt, ich bin durch Zufall entstanden – durch eine unbedachte glückliche, aber zufällige Fügung.

Sie lebten nicht mehr in Rom, sondern in Genzano. Eine kleine Welt, die Gloria schon bald als engherzig, klatschsüchtig, missgünstig empfand. Seba ließ sie oft allein, war tagelang fort, weil er nun auch auf Hochzeiten im Norden fotografierte. Aus einem ersten Kontakt mit einer Cateringfirma für Hochzeiten, die in der Lombardei und im Piemont tätig war, hatte sich schon bald eine enge Kooperation entwickelt. Er war viel auf Reisen und, wenn er nicht arbeitete und zu Hause war, langweilte er sich und wurde ganz zappelig; er erfand Vorwände, um nach Rom zu fahren, wo er den ganzen Tag verbrachte. Erst spät am Abend kehrte er zurück, müde, schweigsam, mürrisch. Zappte sich kurz durch die Programme, um etwas Passendes zu finden, ein paar Minuten nur und schon fielen ihm die Augen zu. „Komm schon, Seba, ab ins Bett, du bist doch hundemüde, merkst du das denn nicht?" Ich sehe Gloria vor mir, wie sie ihn jedes Mal nicht allzu sanft mit diesen Worten wachrüttelte. Wir waren schon eine Weile im Bett; in der Totenstille der Wohnung, allein vor dem laufenden Fernseher sitzend, vernahm Gloria, wie in ihrem Inneren die Einsamkeit wuchs, die Schwermut, eine unduldsame und vergiftete Trägheit. Mit jedem Tag fühlte sie sich zerbrechlicher, deplatzierter; gleichzeitig kam sie sich wegen ihrer Fremdheit ausgeschlossen vor, nicht von Seba akzeptiert, nicht von seiner Mutter, nicht von diesem Genzano, das zu eng war, um auch nur einen ihrer Wünsche zu erfüllen.

Nach Ninas Geburt zogen sich die Tage für Mama noch mehr in die Länge, wurden noch unerträglicher. Vor allem die Vormittage müssen endlos gewesen sein: Sie ging in eine kleine Grünanlage in Genzano, setzte sich auf eine Bank und hatte schon bald einen lahmen Arm vom ständigen Schaukeln des Doppelkinderwagens, in dem Nina und ich saßen. Sie versuchte die Zeit totzuschlagen, indem sie in Frauenzeitschriften blätterte oder hartnäckig zum x-ten Mal einen Roman aufschlug, den sie vor Monaten am Bahnhof Termini gekauft und zu lesen begonnen hatte, ohne ihn je zu beenden. Sie langweilte sich zu Tode: Und das Schlimmste war, dass sie es wusste, dass sie sich vollkommen im Klaren darüber war.

Ab und zu ließ sie uns bei unserer Großmutter und fuhr nach Albano, zum Nemisee. Ich kann sie beinahe vor mir sehen, wie sie das Auto auf dem Schotterplatz nahe am Wasser parkt und dann zügigen Schritts am Ufer entlangmarschiert, tief durchatmend, den Blick auf den viel zu nahen Horizont des gegenüberliegenden Ufers geheftet. Alles engte sie ein, innerlich wie äußerlich. „Ich habe mehr verdient", muss sich meine Mutter während dieser von Verbitterung erfüllten Spaziergänge gesagt haben. Sie verdiente mehr, jawohl: mehr Freiraum, mehr Freiheit, mehr Glück. Weite Räume, nicht die Enge dieser Landschaft, in der sie lebte, ohne es jemals gewollt zu haben. Sie liebte Seba nicht, inzwischen war ihr, als hätte sie ihn nie geliebt. Und während sie so dachte, spürte sie noch mehr, wie ihr die Luft wegblieb.

„Kann ich dich anrufen?"

„Ja, in zwanzig Minuten."

Zwei WhatsApp-Nachrichten, um ein Telefonat zu verabreden. Schnell einig, wir beide, immer. Ich gehe nach unten, das scheint mir sicherer: Valentina, meine Tochter, ist schon von der Schule zurück und tigert unschlüssig durch die Wohnung, und wenn sie sich langweilt, steckt sie ihre Nase gern in meine Angelegenheiten, plötzlich hochinteressiert an meinem Leben, das ihr ansonsten völlig egal ist. Besser unter einem Vorwand nach draußen gehen – ich muss frei mit meiner Schwester reden können, ohne das Risiko, belauscht zu werden. Also verstecke ich das Handy unter meiner Strickjacke und gehe hinunter in die *cour*, den Innenhof des Hauses, ein Dreieck zwischen grauen Wänden, viele Pflanzen in Blumentöpfen, Lichttupfer auf Blättern und Blüten an diesem sonnendurchfluteten Nachmittag.

„Brian geht es schlecht, Maddi. Richtig schlecht; er erträgt den Gedanken nicht, dass ich ihn verlasse."

„Tja... das war zu erwarten. Du glaubst doch nicht wirklich, dass immer nur du entscheiden kannst, wann und wie alles vorbei ist. Eine Beziehung lässt sich nicht mit einem sauberen Schnitt beenden, nur weil dir danach ist." Ich gehe streng mit ihr ins Gericht, merke ich, aber ich bin Brian aufrichtig zugetan, ich habe ihn wirklich ins Herz geschlossen, wie ich angesichts der Situation gerade feststelle. Es muss sich furchtbar anfühlen, auf diese Art abserviert worden zu sein – irgendwie muss ich Nina meine Bestürzung signalisieren. Brian tut mir leid und ich möchte, dass sie das weiß.

„Es geht ihm schlecht, Maddi, wirklich, es ist beängstigend; er erinnert mich an Papa, wenn er nach Rom kam und derart geknickt war, dass ich seine Gegenwart nicht mehr ertrug... Heute hat er sogar angefangen zu weinen, als wir miteinander geredet haben. Wir waren in einem Pub, du weißt schon, dieses Lokal auf der Montague Street, gegenüber der Galerie..."

Ich weiß es nicht, nein. Ich möchte Nina sagen, dass es zerstörerisch ist, jemanden auf diese Weise zu verlassen, urplötzlich, ohne Erklärung – fast (wenn auch nicht ganz) so vernichtend wie die Geste unserer Mutter, als sie wegging und sich eine Woche lang nicht bei uns meldete. Ich möchte sie wachrütteln, damit sie erkennt, was für ein guter Mann Brian ist, tausendmal besser als alle andern, die sie getroffen hat, wer weiß, ob sie jemals wieder einen wie ihn kennenlernen wird. In ihrem Alter sollte sie eigentlich gelernt haben, sich in andere hineinzuversetzen: Situationen und Menschen zu verstehen, geduldiger und mitfühlender zu sein.

All das möchte ich ihr sagen, aber ich schweige. „Warst du heute schon laufen?", frage ich stattdessen. „Du musst auf dich achtgeben, Nina; das ist das Beste, was man in schwierigen Momenten tun kann. Erinnerst du dich noch, was Mylène immer gesagt hat? *Viel Leid, viel Sport.*"

Wir lachen, jede in einem anderen Eck der Welt und einander doch so nah, dank des Einklangs, der sich immer wieder zu erneuern, sich über jede Entfernung hinweg zu regenerieren vermag. „Aber ja doch, als ob ich irgendwann nicht laufen gehen würde. Meine vierzig Minuten im Prospect Park nimmt mir niemand, keine Angst, Maddi. Selbst wenn die Welt untergeht, darauf verzichte ich nicht."

Während ich die Treppe ins fünfte Stockwerk hinaufsteige, spüre ich im Ärmel meiner Strickjacke mehrfach hintereinander das Vibrieren eingehender Nachrichten, Aufmerksamkeit heischende Kommunikationssalven, in kurzen Abständen abgefeuert. Ich scrolle durch meinen WhatsApp-Verlauf, ehe ich den

Schlüssel ins Schloss stecke. Ein Jogger-Emoji, lila und grüne Herzchen, betende Hände. Ich lächle; wenigstens den einen oder andern Fortschritt hat Nina gemacht, früher wäre sie nie dazu in der Lage gewesen, ihre Dramen derart zusammenzufassen – auf solch ironische Weise. Ich antworte ihr mit einem Herz, einem feuerroten. Vale spielt gerade auf dem Klavier *My funny Valentine*, „ihr" Lied. Ich setze mich zu einem vierhändigen Stück neben sie, einer dieser Momente, die nur uns beiden gehören, in denen wir auf einmal Lichtjahre von unseren ständigen nervtötenden Streitereien entfernt sind. Doch selbst, während ich Klavier spiele und später beim Abendessen mit meinen Kindern lache und mich mit Pierre über etwas ganz anderes unterhalte, lässt mich der Gedanke an meine Schwester nicht los.

Marcos war der Cousin von Angela, Glorias Amme in Pérez, jenem nur wenige Kilometer von Rosario entfernten Vorort aus niedrigen Häusern und Wellblechhütten, wo Mama zur Welt kam. Meine Großmutter konnte ihr Kind nicht selbst stillen und übertrug diese Aufgabe daher jener Frau. Der Kontakt zwischen Gloria und Angela riss niemals ab, nicht einmal, als meine Mutter mit ihren Eltern nach Italien zog. Dann, eines Tages, traf ein Brief von Angela in Genzano ein. Einer ihrer Cousins, stand darin, werde für einen Monat nach Rom kommen, sie bat Gloria, sich mit ihm zu treffen, unter anderem, weil er Geschenke für uns dabeihabe.

Wie oft habe ich mir das Aufblühen dieser Liebe meiner Mutter ausgemalt, genau wie zuvor die Begegnung von Gloria und Seba.

„Natürlich treffe ich mich mit ihm, sehr gern sogar!“, hatte Mama in ihrem Antwortbrief nach Pérez geschrieben. Gedankenlos hingeworfene Worte, beflügelt von einem seltsamen ahnungsvollen Enthusiasmus. Als Angelas Cousin sie schließlich anrief, nannte sie ihm als Treffpunkt den Largo di Torre Argentina, vor dem Theater. Zwei Argentinier, die sich an einem Platz namens Largo Argentina trafen: Später, als sie den Zufall bemerkte, hatte sie gelächelt. Wir blieben in Genzano bei Imma, unserer Großmutter. Gloria sah Rom nach fast einem Jahr zum ersten Mal wieder. Sie stieg am Bahnhof Termini aus dem Bus, begann loszulaufen. Alles erschien ihr wunderschön. Es war September, die Sonne tauchte die Fassaden der Häuser in goldenes Licht. Ja, alles, was sie sah, war glänzend, glänzend und verloren: Ihr Leben in Rom kam ihr endlos weit entfernt vor, unerreichbar, und der Weg bis zum Largo Argentina war ein melancholisches Wechselbad der Gefühle, glückliche Erinnerungen, überschattet von einem leisen Schmerz, für den es keine Medizin gab.

„Hallo."

„Selber Hallo." Sie musste lachen über diese Antwort, doch mehr noch als seine Worte war es er selbst, dieser junge Mann, der sie mit seiner Fröhlichkeit ansteckte. Schüchtern, Augen schwarz wie Kohlen, so dunkel, wie sie Gloria noch nie gesehen hatte.

An diesem Tag war meine Mutter mit Marcos zuerst zum Forum Romanum gegangen, danach auf die Terrazza del Pincio. Eine perfekte Fremdenführerin: Sie kannte sämtliche Straßen, Winkel, Gassen, Kuriositäten, Abkürzungen. Ihr Spanisch war nicht besonders gut, deshalb redeten sie nicht viel miteinander, aber sie genossen die gemeinsame Zeit, amüsierten sich über ihre kuriosen Dialoge. „Schau, hier gab es früher unglaublich viele Katzen", sagte Gloria zu ihm und zeigte auf das Viereck der antiken Ruinen in der Mitte des Largo Argentina. „Später hat man sie verjagt, weil sie alles verdreckt haben." Er runzelte die Brauen (sie waren dicht, schwarz). *„No entiendo"*, murmelte er verwirrt, um den Mund gleich darauf zu einem breiten Lächeln zu verziehen, das den Blick auf perfekte perlweiße Zähne freigab.

„Katzen... Miau!" Wild gestikulierend fuchtelte Gloria mit den Armen, spreizte Zeige- und Mittelfinger zu einem „V" und hielt die Hände an den Kopf, um Katzenohren zu imitieren. Sie wiegte sich sogar in den Hüften, als würde sie einen imaginären Schwanz bewegen, und die Anmut und Sinnlichkeit, mit der sie mit dem Hintern wackelte, veranlasste viele Passanten dazu sich umzudrehen – der Po meiner Mutter wie der von Nina: sensationell.

Marcos brach in schallendes Gelächter aus: *„Ah! Gatos! Yo sabia pero no estaba cierto!"* Er hatte es sich gedacht, war sich jedoch nicht sicher gewesen. Ihn so ausgelassen zu sehen, machte Gloria glücklich, ließ sie eine unbändige mädchenhafte Freude verspüren, den ersten Hauch von Unbeschwertheit nach wer weiß wie langer Zeit. Ein erster Funken der Verliebtheit war in eben jenem Moment übergesprungen, als sie lachte und nicht mehr aufhören konnte ihn anzusehen, sich im Schwarz seiner Augen zu verlieren.

Sie trafen sich am folgenden Nachmittag wieder und dann so oft wie möglich in den Tagen darauf. Um ihre häufige Abwesenheit zu rechtfertigen, benutzte Gloria unserer Großmutter gegenüber dieselbe Ausrede wie zuvor bei Seba am Telefon (Seba war gerade in Mailand, wo er an einem Prospekt für die Cateringfirma arbeitete). Sie habe, sagte Gloria, einen Job als Fremdenführerin gefunden und werde für ein paar Tage eine Bekannte vertreten, die in Mutterschaftsurlaub gehe.„Was, bitte, weißt du denn von Rom und seiner Geschichte?", hatte Seba leicht abschätzig gefragt. Er wollte sie verletzen, aber das war ihr egal; Mamas Ausrede war im Übrigen nicht einmal gänzlich unwahr, schließlich führte sie in diesen Tagen tatsächlich einen Fremden durch die Stadt, und war dabei auch noch ganz fantastisch.

„Ruinas", „parque", „puesta del sol", „bilette": Marcos brachte Gloria neue Wörter auf Spanisch bei. Begriffe, die sie als Kind bestimmt gehört, dann aber vergessen hatte, und die sie jetzt sofort wieder lernte und voller Begeisterung wiederholte. Splitter ihrer Muttersprache, die sie selbst gestammelt schon glücklich machten.

Zu einem dieser Treffen nahm Gloria uns mit. Es war ein Samstagnachmittag, sie hatten sich in der Grünanlage bei der Piazza Re di Roma auf der Via Appia verabredet. Schon als ich Marcos von Weitem sah, ahnte ich, dass es sich um ihn handeln musste. „Ein Freund kommt vorbei, um euch hallo zu sagen", hatte Mama zu uns gesagt, als wir im Bus nach Rom saßen. „Er kann kein Italienisch", hatte sie hinzugefügt, während sie sich in einem winzigen Taschenspiegel betrachtete und sich die

Wimpern tuschte. „Er ist sehr nett, ich wünsche mir von euch, dass auch ihr nett zu ihm seid, nett und höflich."

Ich fand Marcos schön, er hatte etwas an sich, das mir merkwürdig vertraut vorkam. Er trug Jeans und eine schwarze Jacke aus weichem Leder, die ihm locker auf den Schultern saß. Jung, energiegeladen: Mir fielen sofort die dichten Augenbrauen auf sowie ein bitterer oder (schwer zu sagen) vielleicht auch trauriger Zug um den Mund, auf jeden Fall aber ein Ausdruck von Erfahrung, von allzu frühen Begegnungen mit der Realität. Schnell abgespeicherte Eindrücke, bevor Nina mit einer ihrer typischen Trotzreaktionen, denen stets ein bis zur Perfektion einstudiertes hysterisches Getue voranging, alle Aufmerksamkeit auf sich zog. Erst begann sie zu lächeln, dann laut zu lachen, immer schriller. Mir zog sie an den Haaren, Mama am Mantel, sie klammerte sich an uns, wollte um jeden Preis, dass wir uns um sie kümmerten. Dann entwischte sie auf den Spielplatz, wo sie sich schnurstracks auf einen kleinen Junge stürzte, der neben der Schaukel saß, und ihm seine Kekse entriss. „Was machst du denn da, Nina, du tust ihm doch weh, siehst du das denn nicht?", schrie Mama und zerrte sie weg. Die Mutter des Jungen war herbeigeeilt, Gloria, völlig fassungslos, entschuldigte sich zigmal. Marcos verfolgte die Szene als stiller Beobachter, abseits hinter einer Bank stehend; mit seiner dunklen Lederjacke und dem unrasierten Gesicht wirkte er wie ein Biker, der gerade eine Pause macht. Schüchtern aus Respekt: Glorias Leben als Mutter ging ihn nichts an, und diese passende Distanz, die er an jenem Tag wahrte, sollte er stets beibehalten. Bei diesem ersten Treffen spürte ich seine Charakterstärke; vielleicht eine gewisse Introvertiertheit, Verschlossenheit anderen gegenüber, aber in Bezug auf Mama ein Gefühl echter, rückhaltloser Hingabe. Wir waren noch eine Weile in der Anlage geblieben. Nachdem Nina sich endlich beruhigt hatte, sausten wir wieder und wieder eine Rutsche hinunter, ein verrostetes rotes Ungetüm am Rand des Spielplatzes. Aufgeregtes ängstliches Kreischen, abwärts auf der Metallbahn mit angezogenen Beinen, hochgeschnellt vom rauen Linoleum, gleich wieder ab nach hinten, das Ganze von vorn. Als Nächstes auf zur Schaukel – Nina fiel herunter und schlug sich das Knie auf. Ihre gellenden Schreie ließen eine ernste Verletzung befürchten. Es war nur ein Kratzer, aber sie blutete, und Mama wollte los, um ein Desinfektionsmittel zu kaufen. Ich beobachtete Marcos, wie er, unbeeindruckt von den finsteren Blicken, die Nina ihm zwischen ihren Schluchzern zuwarf, Gloria am Arm zurückhielt, ihr liebevoll über die Wange strich und ihr einige unverständliche Worte auf Spanisch zuraunte. Er werde in die Apotheke gehen, sagte er ihr wohl, er sei gleich wieder da, sie solle mit uns Mädchen warten, Nina beruhigen und sich keine Sorgen machen. Welch unendliche Dankbarkeit ich in Mamas Augen leuchten sah: Sie vertraute diesem Mann tatsächlich, folgte seinem Ruf. Die Liebe, die zwischen den beiden strömte, konnte ich schon bei diesem ersten Treffen förmlich mit den Händen greifen.

Einige Wochen später verließ sie Genzano, unsere Wohnung, uns. Ich hätte es mir denken können, an jenem Tag auf dem Spielplatz, dass Marcos ihr die Kraft schenken würde zu gehen. Denn Marcos war für Mama ein Hafen, damals und später. Ihre Wurzel in Form neuer Flügel. Zurückkehren, anlegen. Heimkommen. Kurz nach ihrer Flucht von zu Hause brach Gloria mit ihm zu einer sechsmonatigen Reise nach Argentinien auf.

Erinnert sich
zu genau

Papa hatte entschieden, dass wir nicht bei Omas Beerdigung dabei sein sollten. Den Vormittag der Trauerfeier verbrachten Nina und ich zu Hause, beaufsichtigt von einem Mädchen aus Genzano. Auch wenn es sich „nicht gehörte", hatten wir an jenem Tag unbändige Lust zu spielen. Unsere Aufpasserin erkannte das, sie war gut darin, uns zu beschäftigen, ohne dabei den Ernst der Lage zu vergessen. Irgendwann – wir saßen gerade auf dem Boden, vor uns mit Tesafilm fixierte Blätter, und malten konzentriert – meinte sie, weil wir verschlossen, schweigsam, extrem schüchtern wirkten: „Meine Güte, Kinder, warum macht ihr nicht einfach, was ihr wollt? Ihr seid *frei*." Sie war blutjung, beinahe selbst noch ein Kind. Über uns, über unsere Verlorenheit wegen dieses unerwarteten Verlusts, über unser aus den Fugen geratenes Leben, das nun noch schlimmer zu werden drohte, wusste sie bestimmt kaum etwas und war wohl auch kaum in der Lage, etwas davon zu verstehen. Dennoch erreichte sie ihr Ziel: uns Selbstbewusstsein einzuflößen, uns einen Weg der Selbstbestimmung aufzuzeigen. Sich einen Panzer zulegen, einen Carapax. Darum ging es, wir waren zwar noch klein, dennoch mussten wir genau das lernen. Unsere anormale Situation ertragen wie eine seltsame körperliche Eigenheit, mit derselben stolzen Unerschütterlichkeit.

An jenem Tag lernten wir Sebas Verwandte kennen, Cousins ersten oder zweiten Grades, angereist zu Immas Beerdigung. Einer aus Mailand, uralt, gebrechlich, gramgebeugt. Die anderen aus dem Umland von Ferrara, wo sie alle auf benachbarten Grundstücken wohnten, die aus der Zerstückelung eines großen bäuerlichen Anwesens entstanden waren. Imma war ihre wohlhabendste Verwandte gewesen, die Einzige, die eine gute Partie gemacht hatte (Michele Cavallari, Berufssoldat und unser Großvater). Nun kampierten diese Cousins in unserem Wohnzimmer, befangen und aufdringlich zugleich mit ihrer verlogenen Höflichkeit Papa gegenüber, der sich vor Verlegenheit wand. „Was wollen die? Warum lassen die uns nicht einfach in Ruhe?", zischte Nina wütend (es klang eher wie eine Verwünschung als eine Frage), während wir gemeinsam aufs Klo gingen. Ich nahm sie an der Hand, um sie zu beruhigen, und ließ nicht mehr los, nicht einmal, als sie pinkelte. Zerbrechlich, allzu ausgesetzt, wir beide. Die Verwandten tranken noch einen Kaffee, bevor sie sich von uns mit zerstreutem Lächeln und von Papa mit scheelen Blicken verabschiedeten, aus denen Mitleid mit Seba, dem Sohn Immas, sowie Missbilligung und Befremden über Seba, den Ehemann und Vater, sprach – wie konnte man nur zulassen, dass die Mutter der eigenen Kinder auf diese Weise verschwand?

Dieselbe Babysitterin kam wieder und passte nachmittags und oft auch nachts auf uns auf. Papa war nur abends zu Hause, an den Wochenenden fast nie, weil er so viele Aufträge hatte. Als gäbe es niemanden mehr; nur noch uns beide, Nina und mich, verloren in einer unbekannten endlosen Leere. Es konnte kaum noch schlimmer werden.

Zermürbt von einem Übermaß an Ereignissen lebten Nina und ich in ständiger Alarmbereitschaft. Das Asthma machte mir zu schaffen, ich versuchte so gut wie möglich dagegen anzukämpfen und drohende Anfälle zu unterdrücken. Entnervt, wie wir waren, stritten wir ständig. Wenn sie besonders aufgebracht war, begann Nina zu brüllen. „Warum ist bei uns alles so absurd?", wollte sie von mir wissen, aber wie bei jeder anderen Form des Selbstmitleids war mir klar, dass diese Frage eigentlich unseren Eltern galt. „Haben wir etwa darum gebeten, allein zu sein, darum, nicht zusammen zu Abend zu essen, keine Sonntagsessen oder Familienurlaube zu haben wie alle anderen? Sag, haben wir das? Erklär's mir, Maddi, bitte, im Ernst, erklär's mir, denn ich versteh's einfach nicht." Vor Wut und Kummer knetete sie die Hände, knirschte mit den Zähnen, fing plötzlich an zu weinen, um die Tränen gleich darauf mit einer brüsken Geste wegzuwischen. Eines Abends, noch in Genzano, waren wir allein im Wohnzimmer, Oma war erst seit Kurzem tot, seit knapp einem Monat. Bleierne Stille in der ganzen Wohnung, die in jedem Zimmer widerhallte. Mit einem Mal brach Nina, die schon seit einiger Zeit finster vor sich hingestarrt hatte, ohne ersichtlichen Grund in Tränen aus und begann schluchzend, die von Imma genähten Vorhänge aus violettem Seidenorganza von der Stange zu reißen. Sie grub die Nägel in den Stoff und zerfetzte ihn, während die aus den Haken gerissenen, ausgefransten Bahnen zu schlaffen lila Häufchen herabsanken, für immer ruiniert. „Was machst du denn da, Nina, du spinnst doch..." Schwierig, sie in diesem Zustand allein zu lassen, nach oben zu gehen, um die Babysitterin zu holen. „Kannst du bitte mal runterkommen, meine Schwester dreht gerade durch..."

Wir zahlten einen zu hohen Preis, wir beide allein.

„Sieh nur, was passiert ist, Maddi, und zwar in so kurzer Zeit...", meinte Nina eines Morgens zu mir, während wir uns für die Schule fertig machten. Sie sah von den Schuhen auf, die sie gerade band, richtete die unerbittlichen grünen Augen auf mich, eine strenge Mahnung, ihr recht zu geben, alles andere, jede Beschäftigung, ruhen zu lassen, um ihren Gedanken zu folgen.

„Was soll passiert sein?" Die Naive zu spielen war meine Art, die Fassung zu wahren.

„Bis zu dem Tag, als Mama weggegangen ist, waren wir eine Familie. Und jetzt..."

„Jetzt...?"

„Jetzt sind wir Waisen, ohne welche zu sein."

Sie hatte recht, genau so war es. Unserer gesamten Situation haftete etwas Übertriebenes, Maßloses an. Seit Gloria gegangen war, schleppten wir uns praktisch durch eine Wüste, verloren in einer endlosen Weite aus verbrannter Erde, halb verdurstet, unsere Allianz als einzige Wasserreserve.

„Ich fände es ehrlich gesagt viel besser, wenn wir allein leben würden", vertraute sie mir ein andermal auf dem Nachhauseweg von der Schule an, auf einem autofreien Straßenabschnitt, auf dem wir nebeneinander laufen konnten. Es war starker Regen angesagt, wir trugen bunte Gummistiefel, die bei jedem Schritt lustig quietschten. Am Abend zuvor hatte sich die Babysitterin furchtbar aufgeregt, weil wir uns nicht selbstständig die Haare bürsten konnten. „Das werde ich Signor Seba sagen, wenn ihr so weitermacht, dann komm ich nicht mehr, und dann wollen wir doch mal sehen, wie er alles unter einen Hut bekommt", hatte sie voller kalter, grausamer Wut gedroht. Wir waren ins Bett gegangen, ohne uns gute Nacht zu sagen, jede mit pochendem, zugeschnürtem Herzen, jede mit der Last ihrer Sorge.

„Klar sind wir noch klein, Maddi, ich weiß; aber schau, auf uns selbst aufzupassen ist ganz einfach zu lernen. Und alles wäre besser, da bin ich mir sicher. Das Leben wäre schöner und leichter, mehr *unseres*."

„Papa bemüht sich immerhin, da zu sein, das musst du ihm schon lassen, Nina..."

„Das verstehst du unter da sein? So sieht für dich Anwesenheit aus?"

Absurde Gespräche, genauso übertrieben, maßlos wie die Situation selbst. Es war an uns, nicht in Tränen auszubrechen, uns nicht zu bemitleiden, nicht den Kummer siegen zu lassen. Ich redete mit mir selbst und wiederholte dieselben Worte dann vor Nina. Ich war die Festung, die große Schwester, der es zufiel, dem Abnormen den Anschein von Normalität zu geben. Doch in Wahrheit strauchelte auch ich, vielleicht mehr noch als sie.

Durch den schmalen Spalt zwischen Bett und Wand huschten jeden Abend unsere Stimmen.

„Wer entscheidet eigentlich unseren Rhythmus, Maddi?"

„Die *Großen* natürlich."

„Die *Großen*...? Hier gibt's doch gar keine Erwachsenen mehr."

„Und Papa, was ist der, Nina?"

„Papa? Der ist fix und fertig. Sonst nichts, der ist alles andre als groß... Und noch was: Warum hat uns Mama eigentlich noch kein einziges Mal angerufen, seit sie in Argentinien ist?"

„Vielleicht ist es von da, wo sie gerade ist, schwierig zu telefonieren... sie ruft bestimmt bald an, Nina, wart einfach ab. So ist sie eben. Aber sie ist immer da, auch wenn es nicht so aussieht. Jetzt lass uns endlich schlafen. Gute Nacht."

„Nacht, Maddi, schlaf gut. Ich bin froh, dass es dich gibt. Du bist die Große, die einzige Große."

Hätte ich auf meine innere Stimme gehört, wäre ich nach unten geklettert und hätte mich zu Nina ins Bett gelegt; wir wären nebeneinander eingeschlafen, zwei Kieselsteine, eingelullt vom gleichen unsteten Plätschern. Doch ich rührte mich nicht, unter der Bettdecke zusammengekauert, mit dem Gesicht zur Wand, blieb ich liegen und unterhielt mich mit dem Foto von Mama und uns am See. Eine Festung bewegt sich nicht; aufrecht, reglos, nur so würde es mir gelingen, sowohl mir als auch Nina eine Stütze zu sein.

Als Ort für seine Ankündigung hatte Seba das Giolitti ausgesucht, das weltweit für sein Eis berühmte Café in Rom. Von der Tiberpromenade, wo er das Auto geparkt hatte, bis zum Pantheon und weiter bis zu unserem Ziel in der Nähe des Montecitorio-Palastes waren wir zu dritt Hand in Hand nebeneinander hergegangen, mit ihm in der Mitte. In völligem Schweigen, Nina und ich schmollend und griesgrämig wie so oft in letzter Zeit – seit alles nur noch Veränderung war, eine Abfolge von Babysitterinnen, Übergaben von Schlüsselbunden und Thermosbehältern mit Mittagessen und Zwischenmahlzeiten, Zeitplanungen und Terminverschiebungen, täglich neu kalibrierten Tagesabläufen. Hinter der mürrischen Fassade jedoch freudig erregt an jenem Sonntagnachmittag: Wenn Seba uns so führte, mit zügigem Schritt und festem, warmem Griff, konnte das nur etwas Gutes bedeuten.

Im großen Saal des Cafés – an diesem Winternachmittag bis auf den letzten Platz besetzt – bestellte er für mich eine heiße Schokolade mit Sahne, für Nina einen gemischten Eisbecher mit Früchten. Zucker als Vorbeugung gegen das Bittere, das uns gleich darauf völlig unerwartet aufgetischt werden sollte. Papa redete leise, ringsum war es sehr laut und wir konnten ihn kaum verstehen; wir mussten mit den Stühlen ganz nah an den kleinen Tisch heranrücken und ihm von den Lippen ablesen, was er sagte. Er sprach feierlich, ernst mit uns, als wären wir bereits junge Frauen, beinahe erwachsen. Ich trank meine Schokolade hastig, obwohl sie noch kochend heiß war, und verbrannte mir die Zunge; Nina hingegen löffelte ihr Eis in Zeitlupe, während ich zusah, wie es die Rillen des Glasbechers hinunterlief und auf der Papierserviette einen bunten See bildete. Sie trug ihre Gleichgültigkeit mit trotziger Koketterie zur Schau, aber ich wusste – schließlich war sie meine Schwester –, dass ihre Langsamkeit Ausdruck ihrer tiefen Beunruhigung wegen Papas Worten war, der uns umständlich die Sachlage zu erklären versuchte. Oma habe uns eine Erbschaft hinterlassen, sagte er. Ob wir wüssten, was das bedeute. Nein, das wussten wir nicht, „zumindest nicht genau“, hatte ich präzisiert, um erwachsen zu wirken. „Das heißt, dass euch ein gewisser Geldbetrag zusteht, nur euch beiden und niemandem sonst; und weil ihr noch klein seid, und ich entscheiden muss, was mit diesem Geld geschehen soll, weil ich ihr Sohn und euer Vater bin...“

„Was denn nun...?“, drängelte Nina, hinter ihrer Großspurigkeit hochgradig alarmiert.

„Werde ich von dem Geld“, fuhr Seba fort, nachdem er einen großen Schluck von seinem Gin Tonic genommen hatte, der zusammen mit unseren Bestellungen gebracht worden war, „eine Wohnung in Rom kaufen. Eine Wohnung für euch. Ich gehe davon aus, dass noch etwas Geld übrigbleibt, und davon werde ich jemanden einstellen.“

„Wie, jemanden einstellen... und wen?“ Wieder war es Nina, die fragte, zunehmend verwirrt.

„Eine passende Person eben, ich hab noch nicht weiter darüber nachgedacht... Aber es wird jemand ganz Tolles sein, versprochen, Kinder.“

„Was meinst du mit ‚jemand ganz Tolles‘?“, bohrte meine Schwester nach, während ich nach der Serviette griff und ihr mit mütterlicher Geste das Eis von der Wange tupfte.

„Eine lustige junge Frau, die auf euch aufpasst und mit der ihr viel Spaß haben werdet.“

„Musst stets lustig, nie nervös sein“: Es war, als hörten wir abermals das Liedchen aus *Mary Poppins* – Nina und ich hatten den Film vor Kurzem angesehen, ich weiß nicht, ob zum fünften oder zum sechsten Mal.

„Das kapier ich nicht: Warum brauchen wir jemanden, der fest angestellt ist, können nicht einfach die Babysitterinnen kommen wie bisher?" In ihrer Direktheit klang Nina manchmal, als sei sie die Erstgeborene, nicht ich.

Ich überkreuzte die Beine, stellte sie wieder nebeneinander, kratzte mit dem Teelöffel den traurigen Rest, der von meiner heißen Schokolade übrig war, aus der Tasse. Der Saal des Giolitti hatte sich etwas geleert, dennoch herrschte nach wie vor ohrenbetäubender Lärm. Ein Stich zwischen den Rippen ließ mich einen Asthmaanfall befürchten, von dem ich jedoch zum Glück verschont blieb. Wie betäubt saß ich da, schaute Seba an, wie er sich durch das spärliche Haar fuhr, und verfolgte das Pulsieren der Ader auf seiner rechten Schläfe, diesen typischen Tick von ihm, wenn er – wie in diesem Moment – nervös war. „Ich muss bald wegfahren, um zu arbeiten, Kinder. Aber ich komme jedes Wochenende nach Hause, versprochen; trotzdem müsst ihr wissen, dass ich für eine Weile von Montag bis Freitag in Mailand sein werde."

„Für eine Weile ... und wie lang genau, Papa?"

Diesmal ergriff ich das Wort, während ich den bitteren Nachgeschmack der Schokolade loszuwerden versuchte und mich bemühte, meinen keuchenden Atem und mein angsteinflößendes Herzklopfen unter Kontrolle zu halten.

Langes Schweigen. Seba putzte sich die Nase, sah hierhin und dorthin, ließ die Zeit verstreichen, schlürfte, nachdem er das Glas geneigt hatte, um sie zu sammeln, die letzten Tropfen seines Drinks. „Nicht lang, Maddalena: drei, vier, vielleicht sechs Monate... womöglich auch ein bisschen länger, schwer zu sagen im Moment."

Die Wahrheit. Die Wahrheit macht stumm. Als wir aufbrachen, strömten immer noch Gäste ins Giolitti: Scharen von Italienern, aber auch Ausländern, geduldig wartend, bis sie mit ihrer Bestellung an der Reihe waren. Viele Familien – echte Familien, nicht wie unsere. Der Sonntagnachmittag der glücklichen Familien.

Es waren die kürzesten und dunkelsten Tage des Jahres, noch nicht einmal fünf Uhr nachmittags und draußen war es schon stockfinster; uns war das Fragen vergangen, allen beiden, wir hatten einen Kloß im Hals und ich musste mich schwer beherrschen, um nicht zu explodieren.

„Und Mama?“, hatte Nina, noch im Saal des Cafés, gefragt, als wir gerade in unsere Mäntel schlüpften, während Seba zahlte und dem verdutzten Kellner 20.000 Lire Trinkgeld gab.

„Gloria ist bald von ihrer Reise zurück und dann kommt auch sie euch besuchen… nicht mehr lang, Kinder, habt ein bisschen Geduld, das spielt sich schon alles wieder ein, ihr werdet sehen…“

Sie kommt euch besuchen. Was sollte das bedeuten, „sie kommt euch besuchen“? Das Ganze war äußerst seltsam; abnorm und doch sonnenklar. Wir würden eine eigene Wohnung haben, einen Ort für uns ohne unsere Eltern. Wir würden Jahre im Voraus volljährig sein. In der Obhut einer Kinderfrau, um den Schein zu wahren, in Wirklichkeit aber verlassen. Waisen, ohne welche zu sein.

Sonnenklar; von Sonne indes keine Spur. Stattdessen Winterdunkel. Wir gingen auf demselben Weg zum Auto zurück, den wir gekommen waren, doch unsere Laune hatte sich ins Gegenteil verkehrt. Keine Erwartungen, kein Licht am Horizont. Nina sagte kein Wort, trottete an der Hand von Papa neben ihm her, mied meinen Blick. Ich konzentrierte mich angestrengt auf das Kopfsteinpflaster am Boden, um nicht zu stolpern, die Wolle meiner Strumpfhose kratzte an den Beinen, die Kälte stach mir trotz des Schals ins Gesicht. Ich wünschte mir Mama herbei, nur sie; wollte all diese Dinge, all diese Neuigkeiten, wenn überhaupt, nur aus Glorias Mund hören, im melodiösen, beruhigenden Klang ihrer Stimme. „Ich vertrau nur dir, Mama“, sagte ich im Stillen zu ihr; und auf der gesamten Fahrt nach Genzano wiederholte ich diese Erklärung in Gedanken. Es hatte heftig zu regnen begonnen, die Scheibenwischer wedelten hektisch hin und her, schleuderten kleine Sturzbäche auf die Außenspiegel. Papa schaltete das Radio ein, die Stille im Auto war ihm wohl unerträglich, er wie wir mitgenommen von diesem langen Nachmittag. Kein Kommentar mehr von der Rückbank. Wir waren erschöpft, unser Vorrat an Worten und Reaktionen war verbraucht.

Ich werde dem Giolitti einen Besuch abstatten, wenn ich nach Rom fahre. Es ist ein ganz besonderer Ort, mit dem mich viele Erinnerungen verbinden: nicht nur an den schwierigen Nachmittag mit unserem Vater, sondern auch an gemeinsame Stunden mit Gloria, mit Mylène. Einmal waren Nina und ich auch allein im Giolitti. Wir wollten auf meine kurz bevorstehende Abreise nach Paris anstoßen; glücklich über diesen gemeinsamen Moment ließen wir uns die gute Laune nicht durch das schummrige Licht und die altertümliche Atmosphäre des Saals verderben. „Gute Reise, Schwesterherz", sagte Nina und sah mir tief in die Augen, ihre schimmerten in leuchtendem Grün. Ich nickte gedankenverloren; der Punkt war, ob wir es ohneeinander aushalten würden – dieser Zweifel schwebte über unserem Prosit.

Ich werde wieder in Rom sein und die Orte werden anders sein, als ich sie in Erinnerung habe, banaler, nüchterner, weniger magisch. Orte wie abertausend andere auf der Welt, bar eines jeden Echos inzwischen; dennoch, an sie zu denken tröstet und bewegt mich. Zurückkehren und eine Weile dort bleiben zu können, dem Herzschlag der Zeit lauschend.

Papa hat Gloria ihre Flucht niemals verziehen, weder damals noch später. Niemals gab es eine Absolution dafür, dass sie sich in einen anderen verliebt hatte, verliebt mit einer Intensität, mit der man ein Land liebt, mehr noch als einen Menschen. Ein Land, in dessen Erde die eigenen Wurzeln liegen: Das war Marcos vom ersten Moment an für Gloria. Echo einer Verheißung, Lockruf eines Ortes, dem man sich zugehörig fühlt und das man liebt, noch bevor man es besser kennt. Im Namen einer solchen Liebe wegzugehen, zwei noch kleine Töchter zu verlassen, ihren Vater, den Mann, mit dem man eigentlich ein gemeinsames Leben aufbauen wollte. Allem von jetzt auf gleich den Rücken kehren.

Eine derart heftige Kränkung konnte Seba nicht hinnehmen, geschweige denn entschuldigen: Seine Würde als Mann und Mensch stand auf dem Spiel. Man hätte das Modell vieler getrennter Paare wählen können – die Kinder unter der Woche bei der Mutter, am Wochenende beim Vater. Seba überlegte es sich jedoch anders und fasste einen Entschluss, der viel von Rache hatte: Er verwehrte Gloria echte Nähe zu uns, und zugleich stahl er sich hinsichtlich unserer Betreuung aus der Verantwortung. Mit seiner Entscheidung entzog uns Papa die wichtigste Grundlage – die Nähe zur Mutter –, ohne uns im Gegenzug seine Unterstützung als Vater anzubieten.

Gloria ihrerseits gab sich kampflos geschlagen. Ließ alles geschehen. Obwohl die Entscheidungen des Vormundschaftsrichters einen total ungerechten Zustand in Stein meißelten, stimmte sie ihnen zu. Wie konnte sie nur? Wie kann eine Mutter zulassen, dass das Leben ihrer Töchter fern von ihr, in ihrer Abwesenheit stattfindet?

„Wie ist das möglich? Eine Mutter kann doch nicht…" Immer wieder hörte ich von Nina diesen Satz wie eine immergleiche Leier, eine Litanei, ein Lamento. Ich ließ ihrer Wut freien Lauf. Doch anders als meine Schwester konnte oder wollte ich meiner Verzweiflung keinen Raum geben. Wie war das möglich: Tief im Inneren dachte ich dasselbe, gewiss. Aber genau das war geschehen, so waren die Dinge gelaufen. Und die Wahrheit war, dass für unsere Eltern ein solch anomales Familienmodell – eine „Mädchenwohnung" nur für uns, ohne sie – nicht nur tragbar, sondern mehr noch die einzige Möglichkeit war.

Auch wir kamen zu diesem Schluss, als Mylène bei uns einzog: So absurd diese neue Konstellation auch war, sie würde uns schützen, die Anwesenheit dieser Frau in unserer Wohnung würde uns eine ansonsten undenkbare Normalität garantieren.

Dieses neue Leben, dachten wir schon bald, würde uns wieder Gleichgewicht schenken. Maß, Überleben, dort, wo alles andere eingestürzt, zu Bruch gegangen war – ein Scherbenhaufen, der sich nicht mehr kitten ließ.

Tochter von Einwanderern, mittellos, ohne anständige Arbeit: In der ersten Zeit, nachdem sie aus ihrer Ehe ausgebrochen war, bekam Gloria die Folgen ihres neuen Status hautnah zu spüren. „Die Mutter meiner Töchter? Eine psychisch labile Frau", hatte Seba dem Vormundschaftsrichter erklärt und Mama als die alleinige Verantwortliche an dieser familiären Katastrophe hingestellt. Unbesonnen, kindisch, „nicht in der Lage, sich um die Mädchen zu kümmern, glauben Sie mir, Herr Richter, ich übertreibe nicht."

Das ausschlaggebende Kriterium dafür, wer für unsere Betreuung zuständig sein sollte, waren die unterschiedlichen Finanzpolster unserer Eltern. Nicht ihre psychische Verfassung, nicht der Grad ihrer Reife oder ihre Fähigkeit, uns zu lieben, zu versorgen, zu betreuen. Nein, was zählte, war etwas viel Realeres: die Höhe der Einlagen auf dem jeweiligen Bankkonto. Seba Cavallaris Einkünfte als Freiberufler waren zwar unsicher, doch er war Erbe eines ansehnlichen Familienvermögens. Rechnete man zum Immobilienbesitz die Rücklagen seiner verstorbenen Eltern – die Sparguthaben und Geldanlagen von Imma, einst Ministerialbeamtin, und ihrem zehn Jahre zuvor verschiedenen Ehemann Michele, Berufssoldat – hinzu, belief sich Papas Vermögen auf mehr als zwei Milliarden Lire. Eine Summe, angesichts derer die Fragilität seiner beruflichen Lage völlig in den Hintergrund rückte. Was Gloria Recabo betraf, besaß sie praktisch nichts. Der Vormundschaftsrichter entdeckte ein Konto auf Mamas Namen, das zur Zeit meiner Geburt eröffnet und ein Jahr später aufgelöst worden war, und ein zweites, auf dem sich anderthalb Millionen Lire befanden. Sonst nichts. Dem war wenig hinzuzufügen: Unsere Mutter hatte uns eines Morgens im Stich gelassen, nach dem Abschiedskuss vor der Schule. Ein Ausbruch aus der Ehe, der schwer wie Blei wog. Ein mehr als hieb- und stichfester Beweis. Wenn Gloria für uns sorgte, wer garantierte, dass sie nicht wieder wegging? Wer konnte für die Glaubwürdigkeit einer Frau bürgen, die sich verhalten hatte wie sie? Papas Vorschlag – eine Wohnung nur für uns und jemand, der uns rund um die Uhr zur Seite stand – schien auch dem Richter die beste Lösung, und dieses Konstrukt ordnete er auch an, kurz nachdem Gloria von ihrer Reise zurückgekehrt war.

„Hallo Maddalena, hallo Nina. Ich bin heute hier, weil ich euch gern kennenlernen und ein bisschen Zeit mit euch verbringen möchte, heute Vormittag und vielleicht in den nächsten Tagen noch mal. Ich fände es schön, wenn ihr mir helft, herauszufinden, wer ihr seid, was ihr so macht, was eure Lieblingsspiele sind; also euch und die Dinge, die ihr mögt, ein bisschen kennenzulernen."

Ziemlich sympathisch, der Vormundschaftsrichter; ein kleiner Mann, mit kurzem Bart, verkrampftem Lächeln, einem zu schmalen Kiefer. Einnehmend, gut darin, uns bei Laune zu halten – bestimmt hatte er viel mit Kindern zu tun, so wie er mit uns umging, vor allem mit Nina. Er sprach mit stark lombardischem Einschlag, eine Art Miauen, langgezogene Vokale, lustig anzuhören. Er war der erste Erwachsene seit langer Zeit, der uns echte Aufmerksamkeit schenkte; ihm unser tägliches Leben, unsere Gewohnheiten zu offenbaren, machte uns Spaß. Wir wohnten damals noch in dem Haus in Genzano, fröhlich rannten wir zwischen dem Erdgeschoss und den Zimmern im ersten Stock hin und her. Ich zeigte ihm meine Puppensammlung, Nina präsentierte ihm eins nach dem andern ihre Kostüme, selbstgefällig wie nie führte sie eines ihrer Theaterstückchen auf, mit denen es ihr stets gelang, die Erwachsenen zu bezaubern. Durch beifälliges Gemurmel nach jeder ihrer Aufführungen gewann der Richter ihr Vertrauen; gleichzeitig jedoch – wie mir nicht entging – studierte er sie und machte sich in einem Heftchen Notizen, wie schon zuvor bei mir, als ich ihm meine Spiele gezeigt hatte. Nina war völlig aufgekratzt, zog pausenlos Grimassen, machte Knickse, schlug Purzelbäume, trällerte *Sapore di sale* und *Buonanotte fio-*

rellino, jene Lieder, die uns unsere letzte Babysitterin beigebracht hatte und die wir auswendig konnten, Wort für Wort, hungrig, wie wir waren, nach Emotionen, nach starken Impulsen, um die Leere auszufüllen, die Abwesenheiten zu ersetzen. „*Il tempo è dei giorni / che passano piiiigri.*" Beim Singen warf Nina den Kopf in den Nacken, schüttelte die Haare, wie wir es bei einigen Showgirls im Fernsehen gesehen hatten. Ich beobachtete, wie sie lachte, sich entzog, den Richter mit ihrem betörenden Blick umgarnte. Nina, ein kleines Mädchen noch und doch schon weit mehr.

In der Woche darauf besuchte der Richter unsere Schule; ich war es, in Begleitung der Hausmeisterin, die ihn zum Büro der Schuldirektorin bringen und die beiden einander vorstellen durfte. Diese verantwortungsvolle Aufgabe erfüllte mich mit Stolz, ich fühlte mich erwachsen, wichtig und somit glücklich.

Gloria war inzwischen aus Argentinien zurückgekehrt. Der Richter bestellte sie gemeinsam mit Seba ein, um den beiden die neuen Regelungen unseres Familienlebens zu verkünden. Das Wiedersehen mit Mama würde draußen stattfinden, im Freien. Am Sonntagmorgen, in eben der Grünanlage in Genzano, in die Gloria mit uns gegangen war, als wir noch ganz klein waren, dort, wo sie sich vermutlich furchtbar gelangweilt und einsam gefühlt hatte. Die Grünanlage: ein Flecken spärlicher Wiese am Dorfeingang, nur wenige Meter von der Abzweigung nach Grottaferrata entfernt. Gebüsch, ein paar Hecken, eine Schaukel als einziges Spielgerät. Gloria wartete auf der gleichen Parkbank auf uns, auf der sie seinerzeit voller Überdruss den Kinderwagen geschaukelt und gegen die Langeweile angekämpft hatte. Über einem schwarzen Hosenrock und einem cremeweißen T-Shirt trug sie einen hellgrünen Trenchcoat aus weichfallender Viskose. Die Sonnenbrille verbarg ihren Blick, verriet nicht, wie gerührt sie war; wir wussten es trotzdem, weder Nina noch ich waren überrascht, sie lachen und weinen zu sehen, als sie uns entgegenlief, und zu spüren, wie sie uns fast erstickte mit ihrer Umarmung. „Meine Mädchen, meine Goldschätze." „Mami, es stimmt also, du bist wieder da, wirklich wieder da!" Hände, Liebkosungen: alles hallte, vibrierte. Die Sonne war warm, als sie hinter wattig weißen Wolken hervorkam; der Winter war beinahe vorbei und ein Hauch von Frühling lag in der Luft. Alle drei eng aneinandergeschmiegt, Küsse über Küsse. „Sie ist es tatsächlich, Mama, sie ist wieder da!!!", flüsterten wir uns gegenseitig zu, ungläubig, aufgeregt. Doch dann, als wäre Nina plötzlich unsere Situation und Mamas endlos langes Verschwinden wieder eingefallen, verfinsterte sich ihre Miene und sie verfiel in mürrisches Schweigen, das nach dem Glück des ersten Moments alles umso schwieriger machte. Als es Zeit war zu gehen, tat uns der Abschied nicht besonders weh. Bei diesem ersten Mal verspürten wir noch keinen Stich im Herzen beim Anblick von Gloria, wie sie uns, bereits auf der anderen Straßenseite, mit gespielter Fröhlichkeit zuwinkte und verschanzt hinter dem Schutzschild ihrer Sonnenbrille ihre Trauer verbarg, uns verlassen zu müssen. Später wurde es anders, jeder Abschied ein Schmerz, jede Trennung eine Dosis Verlassenheit mehr. Damals noch nicht. Damals feierten wir nur das Ende der Abwesenheit.

„Erinnerst du dich daran, wie verändert Mama war?“, fragte mich Nina eines Nachmittags, als wir beide allein durch Tribeca spazierten. Pierre war in diplomatischer Mission auf einem Forum der Vereinten Nationen in New York, ich hatte in letzter Minute beschlossen, ihn zu begleiten. Eine Hotelbuchung in Downtown, um in der Nähe von Brooklyn und Nina sein zu können: Ich liebe es, gemeinsam mit ihr die Stadt zu erkunden – wir treffen uns in der Früh und laufen durch Manhattan, beschwingt, Block um Block. Kilometerweit spazieren gehen, bis man die Füße nicht mehr spürt, abends völlig fertig, aber glücklich und dankbar für die vibrierende Energie in den Straßen, für den Adrenalinstoß, den einem New York versetzt wie kein anderer Ort der Welt, an dem ich je war.

„Sie hat richtig gestrahlt, damals bei unserem ersten Treffen in Genzano, in dieser Grünanlage. Ich sehe sie noch heute vor mir; derart stolz, eine Löwin...“ Das Leuchten, das von Mama ausging, nachdem sie von ihrer Reise zurück war: Ich hatte geglaubt, dieses Bild habe sich nur mir unauslöschlich eingeprägt, dabei hat auch Nina dieses Wiedersehen mit Gloria niemals vergessen, sie, die behauptet, sich an fast nichts aus unserer Kindheit zu erinnern. Wir sitzen im Central Park, auf der Seite des Lincoln Centers, in einem großen, bis auf den letzten Platz besetzten Café, mit zwei Tassen Kardamom-Tee, um uns zu stärken und dann weiterzulaufen, weitere Kilometer zurückzulegen. „Eine Löwin, jawohl, die wachsam, königlich ihre Rechte einfordert: So wirkte sie.“

„So *war* sie, Nina“, korrigiere ich sie.

Sollten sie uns ruhig trennen, sollte Seba uns ruhig daran hindern, bei Mama zu wohnen; es war nicht wichtig, denn die Strömung, die uns drei – Gloria, Nina und mich – umfing, war ein unaufhaltsamer Fluss, eine Wahrheit, echter als jede andere, das hatte jenes erste Wiedersehen in Genzano bewiesen. Ja, damals leuchtete Gloria von innen heraus: In eben jenen Tagen hatte sie eine neue Arbeit gefunden, eine verantwortungsvolle Position, die wie für sie gemacht war. Sie wusste, dass von nun an nicht nur Seba, sondern auch sie unseren Unterhalt sichern würde: Und dieses Wissen verwandelte sie, nahm ihr die Last der Ungerechtigkeit, als deren Opfer sie sich bisher gefühlt hatte, von den Schultern. Als Souvenir aus Argentinien (aus Mar del Plata) hatte sie jeder von uns eine kleine blaue Glasflasche mit einem Miniatursegelschiff darin mitgebracht, die bauchigen Kiele, die Plicht, jedes Detail minuziös aus hauchdünnen Hölzchen zusammengebaut – die an Zahnstocher-Masten gehissten Segel waren aus Gaze. Ein wunderbares Mitbringsel. Wieder zu Hause saß ich lange vor dieser kleinen Flasche und träumte von Fluchten und langen Seefahrten mit Mama und Nina.

Meine Gebete vor dem Foto von uns drei am See waren erhört worden: Mama war wieder da. Wir konnten Zeit mit ihr verbringen, jeden zweiten Sonntag. Ein paar Stunden nur, nie genug: Doch immerhin war sie wieder präsent, wenn auch nicht bei uns zu Hause. Gloria, unsere Mutter.

Zweimal im Monat, immer sonntags. Nach unserem Umzug nach Rom trafen wir uns bei schönem Wetter am Eingang zur Villa Pamphili, im Winter oder bei Regen in einem Restaurant in Monteverde Vecchio. Jedes Mal wartete Mama schon auf uns, wenn wir ankamen. Stets trug sie ein anderes Outfit, manche sehe ich noch heute vor mir – die schwarze Lederjacke über dem sexy Schlauchkleid in Senfgelb, die Kostümjacke mit knöchellanger Hose aus grasgrünem Crêpe de Chine, den bunten Glockenrock über dem hautengen Body, die mädchenhafte Wespentaille.

„Also ich weiß ja, dass wir eine wunderschöne Mama haben, aber was ist mit dir, Maddi, weißt du das auch?", sagte Nina verzückt. Ich nickte stumm. Gloria sah verlegen weg, mit schiefem Lächeln, geschmeichelt und glücklich, ohne es zeigen zu wollen. Wir beide stolz auf unsere bezaubernde Mama, sie strahlend ob unserer Bewunderung. Zwei, drei Stunden. Manchmal – vom Richter bewilligte und im Voraus festgelegte Ausnahmen – ganze Nachmittage. Und alles glänzte, in diesen bruchstückhaften Momenten. Alles fügte sich wieder zusammen und glänzte.

Zweiter Teil

Additionen

Leyla ist die Einzige außer Pierre, der ich Ninas und meine Geschichte erzählt habe. In ihrer Kultur gibt es Abertausende solcher Fälle von auseinandergerissenen Familien, von Kindern, die weit entfernt von ihren Eltern aufwachsen. Als ehemalige Kolonie kennen die Antillen fortwährende Migration, vor allem nach Frankreich. Abreisen, die keine echte Auswanderung sind, und doch den Abschiedsschmerz mit ihr teilen, dieses schwierige Gemisch aus Heimweh und Fernweh, von dem jedes Leben bestimmt wird, das woanders einen Neuanfang wagen will. Für Leyla war das, was Nina und ich als Kinder erlebt hatten, also nichts Ungewöhnliches; trotzdem merkte ich, als ich zum Schluss meiner Erzählung kam, dass ich sie erschüttert hatte.

„Was für eine Geschichte. Ich hatte schon immer das Gefühl, dass sich hinter deiner sanften und disziplinierten Art eine große Leere verbirgt. Jetzt weiß ich auch, warum." Wir sitzen in einem Café in Jaurès; durch die Fenster sieht man hinter den Bäumen schemenhaft das Bassin de la Villette, Menschen, die rund um den Springbrunnen sitzen und den milden Tag genießen. „Arme Madeleine", fügt Leyla hinzu, mit einem Hauch von Mitleid in der Stimme. „Madeleine": In Paris werde ich bei meinem vollen Namen in seiner französischen Variante gerufen, die Abkürzung würde zu viel Vertraulichkeit suggerieren – besser so, denke ich jedes Mal, denn „Maddì" klingt einfach nur lächerlich.

„Arme Madeleine, wirklich. Wie viel Leere ihr empfunden haben müsst, du und deine Schwester."

Ja, aber eine erfüllte Leere, würde ich ihr gern antworten und bleibe doch still. Liebe haben Nina und ich durchaus erfahren, wir wurden auch in der Anomalie damit bedacht, trotz der grotesken Situation, Eltern und doch keine Eltern zu haben. Dass Leyla meint mich bedauern zu müssen, ärgert mich, aber ich kann es verstehen – es scheint ihr beinahe ein Bedürfnis zu sein, dieses „arme“ zu wiederholen, und ich lasse sie gewähren, sie ist eine treue Freundin, die einzig echte, die ich in Paris habe, jetzt ist nicht der Moment, sich mit Feinheiten aufzuhalten.

Trotz allem zwei mit liebevoller Zuwendung bedachte Kinder, meine Schwester und ich. Und das war allein Mylènes Verdienst, die mit ihrer Ankunft Ordnung und feste Strukturen in unser Leben brachte. Aus allen Bewerbungen, die auf Sebas Anzeige hin eintrafen, stach die von Mylène hervor. Nicht nur, dass sie perfekt zweisprachig war – zufälligerweise wohnte sie auch noch in Albano mit einer Französin zusammen, die für eines von Papas Fashion Books gemodelt hatte. Zwei Pluspunkte für sie: Die Entscheidung fiel noch vor dem ersten Vorstellungsgespräch zu ihren Gunsten.

Sie besuchte uns am Tag vor unserem Umzug nach Rom, um uns kennenzulernen. Es war amüsant, ihre Verblüffung angesichts des Chaos im Wohnzimmer zu beobachten, in dem sich Berge von Umzugskartons stapelten; doch wir amüsierten uns nur halb – ihre Gegenwart machte uns befangen. Papa hatte uns eine Packung Cipster Kartoffelchips gekauft und als Nina ihr die Tüte hinhielt, nahm Mylène höflichkeitshalber einen einzigen, man sah, dass ihr nichts daran lag. Da es keine Sitzgelegenheit gab, blieb sie stehen, neben dem in Luftpolsterfolie verpackten Klavier, das darauf wartete, tags darauf zusammen mit dem Rest auf den Lastwagen geladen zu werden.

Sie trug einen bordeauxfarbenen Rollkragenpullover aus Merinowolle, eine dunkle Flanellhose, dazu mausgraue Stiefelletten mit Schlammspritzern auf den Spitzen. Sachlich, ihre eigene Herrin. Eine natürliche Autorität: Mylène strahlte etwas Beständiges, eine Art Gelassenheit, Ruhe aus, die wir schon bei diesem ersten Treffen spürten. Außerdem – wie wir schon bald darauf erfuhren – war sie eine begeisterte Sportlerin, fünfzehn Jahre Leichtathletik hatten ihr eine Körperspannung und eine selbstbewusste Haltung geschenkt, die Hand in Hand mit einem hellwachen Geist gingen. Jemand, den wir niemals in wirre Gedanken verstrickt erleben würden. Kleine Brüste, kräftige, muskulöse Oberschenkel, ein Körper, in dem sie sich sichtlich wohl fühlte. Der asymmetrische Pagenkopf mit dem kurzen Pony ließ an eine Schauspielerin aus Stummfilmzeiten denken. Sie wirkte sehr jung und tatsächlich war sie noch keine fünfundzwanzig. Wir mochten sie auf Anhieb, alle beide.

„Könnt ihr spielen?" Eine angesichts des Klaviers eigentlich alberne Frage, die uns jedoch mit echter Neugier gestellt wurde; keine Antwort seitens Nina, die sich wie immer, wenn sie sich machtlos fühlte, hinter einem beharrlichen Schweigen verschanzt hatte. Sie ahnte bereits, dass ihre üblichen Verführungskünste bei Mylène nicht fruchten würden. Ich ergriff, leicht zögerlich, das Wort: „Meine Schwester noch nicht, ich klimpere ab und zu ein bisschen, aber nur zwei oder drei Stücke, mehr nicht."

„Ah, ich hoffe, du lässt mich bald mal was hören! Ich habe auch Klavierspielen gelernt, an der Musikhochschule in Nantes, meiner Heimatstadt. Ganze acht Jahre. Ich hab sogar ein Diplom." Mylènes Aussprache und Ausdrucksweise auf Italienisch waren tadellos, wohl nicht zuletzt deshalb, weil sie wiederholt an Sommerkursen der Università per stranieri in Perugia teilgenommen hatte, wie sie uns gleich darauf erzählte. Dann begann sie vom Sport zu reden, ihrer großen Leidenschaft, die zu einer Art Lebensform geworden war. Sie glaube fest an den Wert der körperlichen Bewegung, sagte sie, und sie hoffe, diese „fantastische" tägliche Gewohnheit bald mit uns zu teilen. Auch für die italienische Sprache brannte Mylène: Sie sprach wirklich fehlerfrei, ein erreichtes Ziel, auf das sie sehr stolz war, und sie strahlte, als ich ihr dazu gratulierte.

Auf jemanden wie sie ist Verlass, dachte ich.

„Magst du sie, Maddi?"

Die letzte Unterhaltung zwischen Nina und mir in unserem Stockbett; letzte Momente im gemeinsamen Zimmer, bevor wir nach Rom umzogen, wo jede ihr eigenes Reich haben würde. Jeder Winkel zugestellt, überall riesige Kisten und verhüllte Möbel, seit Tagen blickten wir beim Einschlafen auf die Schatten, die diese Würfel im Licht des Korridors an die Wand warfen. Wir waren aufgeregt, bewegt, traurig. Es war eine besondere Nacht, knisternd vor Spannung und melancholisch zugleich.

„Ich glaube, ja... ja, ich mag sie. Allein dieser Pony. Und ich glaube, sie ist witzig, ein fröhlicher Mensch..."

„Sie sieht aus wie ein Mädchen, nicht viel älter als wir."

„Nein, da irrst du dich, Nina: Du musst genau hinsehen, sie hat dunkle Ränder unter den Augen, wie die Erwachsenen, und Falten... sind dir die denn nicht aufgefallen? Wenn sie lächelt...?"

„Hm, weiß nicht, keine Ahnung; so genau hab ich nicht hingeschaut. Ich weiß nur, dass ich die Nase voll hab, Maddi: voll bis obenhin. Mir wird schon beim Gedanken daran schlecht, dass wir uns zum x-ten Mal an jemand Neues gewöhnen sollen. Jedes Mal dasselbe verlogene Grinsen, jedes Mal die Hoffnung, dass sie bleibt, wieder von vorne anfangen, es wieder versuchen... und nie wird was draus."

Mylène wurde eingestellt, um mit uns zusammenzuleben. Unsere ersten Eindrücke bewahrheiteten sich: Ihre Tatkraft und ihr sonniges Gemüt spornten uns an und gaben uns das Gefühl, unterstützt zu werden. Bisweilen war sie streng, gewiss: Zu Hause bestand sie auf Ordnung, was häufig zu Reibereien mit Nina führte, die chaotisch und unordentlich war. Sie konnte verständnisvoll, einfühlsam sein und doch schenkte sie unserer phasenweise aufkeimenden Unzufriedenheit und Trauer nicht die leiseste Beachtung, und das frustrierte uns. Mit der Zeit begannen wir ihre Unfähigkeit, diese unsere verletzlichsten Momente zu akzeptieren, als eine Art Gefühlskälte zu deuten; anfangs jedoch fühlte sich Mylènes Strenge wie eine Umarmung an, sie schien uns die ideale Belohnung nach dieser endlosen und strapaziösen

Zeit des Übergangs, geprägt durch unzählige Babysitterinnen, allesamt ungeeignet.

Als Kind vom Land in der Nähe von Nantes aufgewachsen, kannte Mylène den Rhythmus der Natur, den Wert der Zeit und der verstreichenden Stunden, wenn man sie richtig einzuteilen versteht. Von der ersten Sekunde an widmete sie sich nach besten Kräften unserem Wohlergehen. Sie schaute darauf, dass wir ein gesundes Leben führten, in sämtlichen Bereichen: Ernährung, ein fester Tagesablauf inklusive regelmäßiger körperlicher Betätigung. Dynamik, Effizienz, Achtsamkeit: Selbstbeherrschung. Gesundheit im Sinne höchster Konzentrationsfähigkeit. Und der Sport: sich beweisen, systematisch Sorge tragen für sich selbst – Heilung für Körper und Geist.

Mylène hatte noch weitere Qualitäten. Wenn eine von uns ihr ein Geheimnis erzählte, behielt sie es stets für sich, nie sprach sie mit einer von uns über die andere, wenn die abwesend war, geschweige denn mit anderen über uns. Diese Diskretion zeugte ebenso von ihrer Intelligenz wie die Worte, mit denen sie uns ermunterte, stolz auf unsere Familienkonstellation zu sein, dieses schwierige, weil „völlig abartige" Konstrukt, wie Nina es inzwischen bezeichnete. Wir hätten uns nicht unterkriegen lassen, sagte Mylène, seien trotz dieser Situation gut gediehen, wir könnten uns selbst auf die Schulter klopfen. Wir hätten unseren Charakter und unseren Mut unter Beweis gestellt, das sollten wir uns immer wieder mit Stolz vor Augen führen. *„Vous avez été très courageuses les filles; 'faut savoir le reconnaître, l'assumer."*

Neuerungen, die Hand in Hand gingen. Die Wohnung in Rom, das Leben mit Mylène.

Ein weiterer Ort, an den ich zurückkehren will, wenn ich in Rom bin, ist die Villa Pamphili, genauer gesagt die Anhöhe mit der Rundstrecke, wo wir mit Mylène trainierten. „Wow, du bist die geborene Läuferin!", hörte ich sie schon am ersten Tag in ihrem perfekten Italienisch zu meiner Schwester sagen. Nina war ein Jahr jünger als ich, trotzdem lief sie mir bereits davon. Ein paar Sekunden nur, wenige ausholende Schritte, und schon hatte sie mich abgehängt.

Meine Asthmaanfälle traten inzwischen seltener auf, dennoch lebte ich in ständiger Angst vor neuen „respiratorischen Ereignissen", wie ich sie seit der Lektüre des pneumologischen Befunds nannte. Schon bald verzichtete ich auf das Laufen und widmete mich stattdessen einem speziellen Training, das Mylène eigens für mich entwickelt hatte, anstrengend, aber weniger belastend für das Herz. Derweil verschwand Nina hinter den Pinien, der tanzende Pferdeschwanz schlug ihr peitschend auf den Rücken. Die Oberschenkel waren im Sprung angespannt und wenn man genauer hinsah, entdeckte man auf den Waden die eine oder andere pulsierende Ader. Nina, derart leichtfüßig und flink. Attraktiver als ich, komplizierter, etwas ganz Besonderes – so dachte ich, während ich mir ihre Zukunft ähnlich wie ihre Läufe vorstellte: so schnell, dass man kaum mithalten konnte. *„Your sister... she goes so fast!"*, sagte Brian bei unserer ersten Begegnung, einem Abendessen bei uns in Paris, zu mir, als wir kurz zu zweit in der Küche waren. Und er lachte, es sprach eine solch amüsierte Bewunderung aus den Augen des Brian O'Brien, während er dies sagte; und in dem Moment begriff ich, dass dieser Mann meine Schwester liebte, er liebte sie wirklich.

Nina kann schnell wie der Blitz, schneller als der Schall sein, sie ist der Wahnsinn; Brian hat mir erzählt, dass sie einmal am Strand von Cape Cod einen Jungen vor dem Ertrinken gerettet hat. Er war zu weit hinausgeschwommen und schaffte es wegen der starken Strömung nicht mehr zurück ans Ufer, nach unzähligen vergeblichen Zügen war er am Ende seiner Kräfte. Nina hatte ihn bemerkt, von Weitem, während sie mit Brian unter dem schattigen Dach einer Bar saß; sie hatte sofort Alarm geschlagen, dann war sie ins Wasser gerannt. Ihr allein verdankte der Junge sein Leben, der Einzigen am gesamten Strand, die ihn gesehen hatte. Schnell, ja, aber das Leben ist noch schneller. Ziele und Rückschläge, plötzliches Glück, gefolgt von Krisen: So stellte ich mir die Zukunft meiner Schwester vor. Und ich dachte an unsere Namen. Maddalena wie die biblische Magdalena, die Frau neben Maria, die Jesus am nächsten stand, hatte ich in der Schule gelernt. Mutig, gar unerschrocken in ihrer Hingabe, wo ich in mir vergebens nach Unerschrockenheit suchte. Die Furchtlose von uns beiden war Nina. Nina: Wie viel schöner ihr Name doch klang. *„Ho visto Nina volare tra le corde dell'altalena / un giorno la prenderò come fa il vento alla schiena."* – „Ich sah Nina fliegen zwischen den Seilen der Schaukel/ eines Tages werde ich sie nehmen, wie es der Rückenwind tut." Jahre später würden wir zusammen den Worten von Fabrizio De André lauschen, der Geschichte dieses Mädchens und ihres mysteriösen Flugs. Ungestüme Gefühle, von denen ich nur träumen konnte.

In unserem neuen Zuhause in der Via di Villa Pamphili zeugten auch unsere Zimmer – jede von uns hatte nun ein eigenes – von unseren unterschiedlichen Charakteren. Nina hatte in ihrem ein riesiges Poster von Madonna im Leo-Look am Strand aufgehängt. („Ich hätte für immer ausgesorgt, wenn ich nur unter ein Foto wie dieses meinen Namen setzen könnte!", kommentierte Seba regelmäßig.) In den Regalen ein wildes Durcheinander aus alten Spielsachen, Büchern, zusammengeknüllten Kleidern, Schachteln voller Bänder, Scoubidous; in den Ecken verstreut Filzstifte, zerknautschte Blätter, wild durcheinandergemischte Kartenspiele, Videokassetten, eine magnetische Dartscheibe, wahnwitzige Mengen von Tütchen mit Abziehbildern. Das kleine große Universum eines Mädchens, das daran gewöhnt ist, sich die viele zu Hause verbrachte Zeit zu vertreiben.

Mein Zimmer hingegen war mustergültig aufgeräumt: die Bücher in einer Linie, die Stifte in zwanghafter Symmetrie in immer kleiner werdende bunte Plastikbecher einsortiert. An der Wand ein einziges Poster, das eines impressionistischen Gemäldes. Renoir, meine Leidenschaft; ein Bild mit dem Titel *L'excursionniste*. Es ist das Porträt einer jungen Frau mit einem Bambusrohr in der Hand, das sie als Spazierstock benutzt. Sie fixiert einen Punkt am Horizont. Aufmerksam, unbeteiligt, unbeugsam, ganz so, wie ich es gern gewesen wäre.

Unsere Eltern, Gloria ebenso wie Seba, waren Einzelkinder, sie wussten nicht, was es heißt, gemeinsam mit Brüdern oder Schwestern aufzuwachsen. Den Zusammenhalt zwischen Nina und mir verfolgten sie aus der Zuschauerperspektive, voller Bewunderung, mal neidisch, dann wieder genervt. Eine plus eine: etwas völlig anderes als eine allein. Mehr noch als ein solidarisches Bündnis war und ist unsere Beziehung eine Art telepathische Verbindung, die heute – da wir in unterschiedlichen Ländern leben – durch tägliche Telefonate untermauert wird. Wir sind hervorragend darin, uns alles Wichtige in diesem schmalen vergänglichen Raum, den die Kommunikation über zwei Handys darstellt, zu sagen. Auf den ersten Blick scheint Nina abhängiger von diesen Telefonaten zu sein als ich; doch weit gefehlt. Ich kann mir zwar vorgaukeln, dass es mich nervt, aber in Wahrheit sind die täglichen Gespräche (oft bleibt es nicht nur bei einem) mit meiner Schwester mein Rettungsanker. Mein sicherer Hafen.

Einmal haben wir fast zwei Stunden lang telefoniert; ich war spazieren, während wir uns unterhielten, lief ich von der Place de Clichy bis zur Rue de la Montaigne Sainte-Geneviève im fünften Arrondissement – mit Nina an meiner Seite, die ganze Zeit. Ich bin einsam in Paris; den ganzen Tag über bin ich allein, von morgens bis spätnachmittags, wenn Pierre und die Kinder nach Hause kommen. Nina weiß das, sie weiß, dass sie mit ihren Anrufen und Nachrichten mein Fenster zur Welt ist. Als Sam im letzten Grundschuljahr war, besuchte sie uns für ein paar Tage. Es war Ende Mai oder Anfang Juni, ich war mit seiner Anmeldung am *Collège* beschäftigt. In dieser Woche war Nina eine fantastische Tante, sie ging mit Vale und Sam ins Kino, zum Bowlen, in den Parc Astérix. Voller Herzlichkeit mir gegenüber, selbst energiegeladen wie immer – vormittags begleitete sie mich auf meinen Spaziergängen, ich hatte sie als Gast im Fitness-Studio angemeldet, trotzdem ging sie in aller Frühe allein zum Laufen in den Parc Monceau. Ein echter Besuch also, und keine Stippvisite, wie man es ansonsten von ihr gewohnt war. Bei dieser Gelegenheit sah und begriff meine Schwester meine Leere, diesen goldenen Käfig, in dem ich ständig darauf achtgeben muss, mir nicht die Flügel zu brechen. Damals wurde ihr klar, wie dringend ich sie auch nach ihrer Abreise brauchte. Jetzt, fern voneinander, speist sich unsere Nähe aus den eingetippten Worten auf den Bildschirmen. „Frag schon, Maddi: was auch immer, du weißt, dass ich keine Geheimnisse vor dir habe“ / „Keine spezielle Frage, Nina. Ich mach mir nur ein bisschen Sorgen...“ / „Du meinst Brian, ich weiß“ (*Smiley*). „Du willst, dass wir zusammenbleiben, und kriegst Panik beim Gedanken, dass ich ihn verlassen könnte ... du bist entlarvt“ (*viele Masken-Emojis*) / „Nein, gar nicht wahr, ich will nur, dass du glücklich bist“ / „So was sagen nur Mütter, Maddi! Verschon mich, bitte“ / „Verlass Brian, wenn du es für richtig hältst. Obwohl es mir Angst macht, wenn ich an dich allein in New York denke, ohne ihn und ohne den Job in der Galerie. Darf ich das denn nicht sagen?“ / „Und schon wieder die Worte einer Mutter (*wieder ein Smiley*). Außerdem, wer sagt denn, dass ich hierbleibe? Vielleicht geh ich zurück nach Italien... (*italienische Flaggen*). Ich hab die Nase voll von New York, und auch von Brooklyn“ / „Ernsthaft? Das ist neu...“ / „Du weißt doch noch, wann ich beschlossen habe, hierher zu ziehen, oder? Mir ging's beschissen, und du warst auch weg. Keine Ahnung, was ohne die Meditation, ohne Sri (*betende Hände*) aus mir geworden wäre. Aber jetzt ist es anders. Mir geht's hervorragend, und ich kann mir gut vorstellen, zurück nach Rom zu gehen. Sehr gut sogar!“ Die geografischen Koordinaten sind für mich unveränderbare Entscheidungen, für

Nina hingegen provisorische Übergänge, Hypothesen, bereit sich jederzeit in andere Ziele, neue flüchtige Gewissheiten zu verwandeln. „Deine Schwester glaubt immer, alles dreht sich nur um sie“, meinte Pierre einmal bei einer neuerlichen Salve von WhatsApp-Nachrichten (die allerdings harmlos war im Vergleich zu dem einen Mal, als wir gerade miteinander schlafen wollten und dabei so oft von Ninas Mitteilungen gestört wurden, dass ich, selbst nachdem ich das Handy ausgeschaltet hatte, nicht mehr in Stimmung kam). „Sie hält sich wirklich für den Nabel der Welt, deine liebe Schwester. Die Glückliche: Wahrscheinlich verdankt sie es einzig und allein diesem unfassbaren Narzissmus, dass sie in ihrem völlig chaotischen Leben immer wieder mit einem blauen Auge davonkommt.“ Nur, wenn es um Nina geht, fällt Pierre ein derart strenges und apodiktisches Urteil. Über unsere Kinder oder mich würde er nie in diesem Ton sprechen. Aber er hat nicht ganz unrecht: Nina ist anstrengend. Zermürbend. Eines Abends, als wir alle zusammen nach dem Essen *American Beauty* auf Arte schauten, blockierte sie mich über eine halbe Stunde mit einem Videoanruf aus dem Inneren ihres begehbaren Kleiderschranks in Brooklyn, weil sie wollte, dass ich ihr bei der Auswahl eines passenden Kleides half. Sie war mit Brian zu einer Vernissage im Metropolitan Museum of Art eingeladen und konnte nicht allein entscheiden, was sie anziehen sollte. Ein andermal, während sie mit einer ehemaligen Schulfreundin aus Rom im Restaurant saß, die gerade in Brooklyn Station machte, bestand Nina darauf, dass wir zu dritt telefonierten. Ich befand mich gerade nach einem Kinobesuch auf Streifzug durch ein Viertel, das ich kaum kannte, und marschierte die Avenue des Gobelins entlang. „Es fängt an zu regnen“, sagte ich zu meiner Schwester, aber sie wollte nichts davon wissen, weigerte sich das Gespräch abzubrechen. Das Ganze war furchtbar ungemütlich, ich redete und wurde dabei pitschnass, ich versuchte mir das Handy unter der Kapuze der Windjacke ans Ohr zu halten, dennoch kam ich nass bis auf die Knochen beim Panthéon an. Selbst als ich schon im Bus saß, telefonierten wir noch, Nina reichte mir die Freundin, dann wollte sie abermals mit mir sprechen, mir erzählen, wo sie gewesen waren, was die Freundin eingekauft hatte, eine bescheuerte Belanglosigkeit nach der andern. Oberflächliches Geplapper, damit ich nicht allein war im Regen, doch am Abend glühte ich wegen der vielen Feuchte vor Fieber. Meine Schwester zermürbt, verleibt sich anderer Leute Leben ein, jawohl; dagegen kann man nichts tun. Aber jetzt mache ich mir Sorgen um sie. Sie ist inzwischen eine gestandene Frau, ich hatte fest darauf gebaut, dass sie endlich reif genug ist, eine beständige Beziehung zu führen, sich echte (und nicht nur eingebildete), dauerhafte Geborgenheit zu gestatten. „Du denkst schon an die Folgen, oder?", schreibe ich ihr über WhatsApp vom Boulevard des Batignolles aus. Es ist Nachmittag und ich bin auf dem Weg nach Hause, um Sam abzuholen und ihn zum Zahnarzt zu fahren. „?????" Quasi in Echtzeit kommen fünf Fragezeichen von Nina zurück. „Was soll das heißen, Maddi?" Dass du wieder mal kurz davor bist, dein Leben zu verkomplizieren, Schwesterherz, das soll es heißen. Und das will ich nicht, das will ich auf gar keinen Fall.

Lange, mit Ausmalen verbrachte Momente; die friedlichsten gemeinsamen Stunden waren die, wenn wir die weißen Flächen von irgendwelchen Figuren – vorgedruckten oder selbst gezeichneten – mit Farbe füllten. Kondensierte Zeit: Mylène war gleich nebenan, wir hörten sie in der Küche herumhantieren, energisch, exakt, spürten ihre effiziente und doch nie aufdringliche Präsenz. Bisweilen jedoch versank sie in einer Art Melancholie, dann wurden ihre sonst ruhigen Gesten fahrig, der Blick traurig, während sie aufräumte, Töpfe und Teller von Hand abspülte und trockenpolierte, anstatt sie in die Spülmaschine zu tun (eine ihrer fixen Ideen lautete: Strom sparen durch minimale Nutzung der elektrischen Haushaltsgeräte). Ich stellte mir vor, dass sie Sehnsucht nach ihren Eltern hatte, nach dem einfachen und gesunden Leben in dem großen Landhaus in der Nähe von Nantes; aber sie riss sich zusammen, sagte kein Wort. Dennoch erlahmte ihre Aufmerksamkeit uns gegenüber während dieser Anflüge von Schwermut, und diese Momente genügten, damit wir uns erneut allein fühlten. Allein, nur wir zwei Schwestern. Tanzende Sonnenflecken auf dem Resopaltisch, aus der Küche der Duft des bevorstehenden Mittagessens – Fenchelauflauf, geschmorter Schweinerücken mit Thymian und Wacholder, eine von Mylènes Spezialitäten. Konzentrierte Stille, ich trotz der scheinbaren Ruhe angespannt, in nervöser Erwartung dessen, was dann auch prompt geschah: der unglückselige Augenblick, wenn Nina begann, in rasender Wut auf ihrem Blatt herumzuschmieren und ihr Werk, dem sie sich noch vor wenigen Sekunden voller Sorgfalt gewidmet hatte, mit schwarzen Klecksen zu verunstalten. Zerstören: Damals war es ein Bild oder Ähnliches – später dann eine Freundschaft, eine Liebe, eine Verpflichtung. Ständig überkam Nina der unaufhaltsame Drang etwas zu ruinieren; Dinge kaputt zu machen und aus dem Scherbenhaufen neue Kraft zu schöpfen.

Wir spielten „Lieblingstier": Nina war der Jaguar, ich die Schildkröte. Seit einiger Zeit besaßen wir selbst eine; sie lebte auf dem Balkon, war erst ein paar Wochen alt, obwohl sie eher wie eine Hundertjährige wirkte. Ich schaute ihr zu, wie sie vorankroch, das dunkle faltige Köpfchen hervorgereckt, die Augen zwei pechschwarze Schlitze, lebhaft, wachsam, leicht hysterisch. Ständig ging ich auf den Balkon, um nach ihr zu sehen, streichelte behutsam mit der Fingerspitze über die Panzerschilde. Als Schildkrötenhaus hatten wir eine umgedrehte Obstkiste genommen, daneben hatte ich eine kleine Schale mit Wasser platziert, die ich jeden Morgen – bei schlechtem Wetter mit einem Regenhut auf dem Kopf – frisch auffüllte. Die Schildkröte zu füttern war meine Aufgabe, jeden Tag stellte ich ihr zermahlene Eierschalen und sorgfältig gewaschene, große Salatblätter vor die Kiste. Ich lernte viel vom Phlegma dieses kleinen Tieres, das sich selbst Heimat war, davon, wie es sich in sein Inneres zurückzog und dort im Schutz seines Carapax auf maximalen Abstand zur Welt ging. Nina war eifersüchtig, bald würden wir einen Hund haben, sagte sie, „und dann muss die Schildkröte weg. Mach dich schon mal drauf gefasst, Maddi, sonst frisst sie der Hund." Doch die Idee mit dem Hund wurde ihr schnell wieder ausgetrieben, erst von Mylène, dann von Papa und Gloria. „Dabei wäre es doch so einfach, ihr versteht das nicht, ich würde ihn einfach zum Training mitnehmen." Nina ließ nicht locker, aber diesmal gab Papa nicht nach: „Ihr habt schon genug Verpflichtungen, ich wüsste nicht, warum euer Leben noch komplizierter werden sollte." „Als ob es nicht ihr gewesen wärt, die es so kompliziert gemacht habt. Du hältst uns wohl für blöd: Daran sieht man mal wieder, wie wenig du kapierst, Papa..." Die Spannungen wuchsen, und der Traum vom Hund blieb ein Traum; stattdessen war da der glänzende Carapax der Schildkröte. Ein kurzes Aufblitzen, ein Spuk. Ich folgte ihren langsamen und andächtigen Bewegungen. Sie ermutigte mich, mir selbst ein sicherer Hafen zu sein, indem sie mir vormachte, wie ich mich in mein Inneres zurückziehen und mir auf diese Weise einen optimalen Schutzschild errichten konnte. Einen Schutzschild gegen alle, auch gegen Nina.

Sonnenuntergang in der Villa Pamphili, zwischen den Pinien ein Stückchen Himmel, lange Streifen in Rosa, Indigoblau, Dunkelgelb: leuchtende Farben, so schön, dass es fast schon schmerzte. Nina lief ausdauernd, sicher, Königin der Joggerinnen. Mylène und ich warteten in der Nähe der Rundstrecke oben auf der Anhöhe auf sie, neben der breiten Treppe, die vom Casino del Bel Respiro hinaufführt. Ich schweigsam, Mylène kontaktfreudiger, das Gespräch mit den Sportbegeisterten um uns herum suchend. Wenn Nina bei uns ankam, war sie völlig außer Atem, erschöpft, aber sie strahlte vor Glück. Damals wie heute gab und gibt es nichts Besseres für sie als das Laufen: Es macht sie zu einer anderen. Im Schutz einer Hecke tauschte sie das schweißnasse T-Shirt gegen ein frisches, dann machten wir uns zu dritt auf den Weg zum Ausgang, oft als letzte Besucherinnen des Parks.

Auf der Anhöhe zu joggen wurde im Lauf der Zeit zu weit mehr als einer täglichen Routine für meine Schwester. Es wurde zur Besessenheit – zu ihrem Ein und Alles, zumindest beinahe. Aber es gab auch andere Momente, schwierigere, endlose Regennachmittage ohne Beschäftigung. Mylène wachte darüber, dass wir unsere Hausaufgaben machten, doch irgendwann ließ ihre Aufmerksamkeit nach, ihre Gedanken begannen sichtlich abzuschweifen; Nina und ich waren davon überzeugt, dass sie in einen Trainer verknallt war, der ab und an zur Laufstrecke kam. Ein gewisser Roberto, Mitgeschäftsführer eines weithin bekannten Fitnessstudios im EUR-Viertel. Es war nicht ganz klar, ob das Ganze auf Gegenseitigkeit beruhte, auf jeden Fall war Mylène jetzt häufig zerstreut, und durch ihr Schweigen fühlten wir uns plötzlich ausgeschlossen, ja nicht mehr willkommen. Also saßen wir zu zweit da, miteinander und mit der Zeit, die es auszufüllen galt. Nervös, frustriert, weil ihr das Joggen als Ventil fehlte, versuchte Nina einen Streit vom Zaun zu brechen.

„Du bist so eine Langweilerin, Maddi. Merkst du eigentlich gar nicht, wie sehr du nervst? Immer perfekt, bloß nie aus dem Rahmen fallen, nie ein falsches Wort... eine echte Zumutung, das ist es, mit dir zusammen zu sein."

„Was willst du damit sagen? Du weißt doch, dass ich nicht gern rede, dass ich lieber zuhöre." Zu erklären, wie ich tickte, war mir unangenehm, trotzdem versuchte ich es jedes Mal aufs Neue, tappte geradewegs in Ninas Falle.

„Na klar doch. Aber mit deiner passiven Art, deinem scheinheiligen Getue, bist am Schluss immer du diejenige, die bestimmt. Rebecca hatte recht, du wärst die perfekte Schuldirektorin."

„Bestimmen? Ich? Und was bitte soll ich bestimmen?"

„Du merkst gar nicht, wie nervtötend deine Selbstbeherrschung ist. Diese verdammte, unerschütterliche Selbstbeherrschung..."

„Ich kann dir nicht folgen, Nina."

„Ich weiß, dass du mir nicht folgen kannst, dass du nichts verstehst. Dafür versteh ich dich umso besser und ich sag dir eins: Ich hab die Nase voll von deiner Vorsicht, deiner unerträglichen Zurückhaltung. Du erdrückst mich, jawohl!" Ich war sprachlos; bis Nina wie üblich in Tränen ausbrach und sich, anstatt weiter über den Verdruss nachzudenken, den ich ihr bereitete, erneut ihrem eigenen Seelenschmerz zuwandte, sodass ich mich einmal mehr in der Pflicht fühlte, mich um sie zu kümmern. Um sie und diesen verdammten Schmerz, der unser beider Leben dominierte.

Samstagnachmittags kamen oft unsere Schulfreundinnen zu uns nach Hause. Niemals lud ich sie ein, immer war es Nina, die die Initiative ergriff. Besuche wie Naturkatastrophen, Störungen unseres gewohnten Rhythmus. Nachmittage, an denen sich jede Solidarität und Komplizenschaft zwischen uns in Luft auflöste, weil Nina sich mit ihrer aktuellen Freundin verbündete und mir gegenüber kalt und abweisend wurde. Ich begriff es nicht; und in einer perversen Dynamik schloss Nina mich, je weniger ich begriff, umso mehr aus. „Was ist, Maddalena? Siehst du nicht, dass wir spielen?" „Tut mir leid, hier ist kein Platz für dich, das ist etwas, das man nur zu zweit machen kann, Maddalena..."

„Maddalena": Meinen vollen Namen aus dem Mund meiner Schwester zu hören ließ mir das Blut in den Adern gefrieren. Ich verkroch mich in mein Zimmer und wartete darauf, wieder mit Nina allein sein zu können.

„Warum führst du dich so auf? Du tust mir weh und machst alles kaputt, siehst du das denn nicht? Und denkst du nicht darüber nach, wie du mich dastehen lässt vor *denen*, den anderen?"

Doch Nina entschuldigte sich nie. „Ich hab meine Gründe. Du bist es doch, die mir das Leben schwer macht! Glaubst du eigentlich, es ist leicht, eine Dauerstreberin zur Schwester zu haben? Meine liebe Madame-ich-weiß-alles, du bist eine schreckliche Nervensäge, ja, das bist du, und es wird allmählich Zeit, dass du das kapierst..." Mit lautem Türenschlagen ging sie in ihr Zimmer und schloss sich ein. Totale Funkstille, ganze Tage ohne ein einziges Wort. Nachhaken war Zeitverschwendung: Nina würde mir ihre komplizierten und für mich so grausamen Launen niemals erklären, weil sie die Erste war, die sie nicht entschlüsseln konnte.

Andere Male suchte sie sich ein neues Opfer und begann die Freundin vom Dienst zu quälen, die, wenn sie plötzlich „abgewatscht" wurde, gar nichts mehr verstand und sich mit gespielter Gleichgültigkeit, tatsächlich aber zu Tode erschrocken, in eine Ecke zurückzog. Schikanen, despotische Eifersuchtsanfälle, plötzliche Launen; bis auf kleine Variationen blieb das Schema immer das gleiche. Meine Schwester vergiftete die Atmosphäre so lange, bis ihr Kummer die Oberhand gewann und sie ihrem Publikum (bestehend aus Schwester und Freundin) ihre Qualen und Ausbrüche darbot. Wir versuchten sie zu beruhigen, ich mehr und erfolgreicher als die jeweilige Freundin, bis sich Nina schließlich unter Tränen ein schiefes Lächeln der Genugtuung abrang und die Welt wieder in Ordnung war. Sie hatte erreicht, was sie wollte, hatte uns fest in der Hand.

Tyrannisch, weil sie litt, doch hinter der herrschsüchtigen Fassade ständig auf das Urteil der anderen bedacht. Ihre Freundinnen klärte sie umgehend über unsere Situation auf. „Wir wohnen nicht mit unseren Eltern zusammen", begrüßte sie die Eingeladene, noch bevor die zur Tür hereingekommen war. „Das ist auch der Grund, warum du sie nie vor der Schule siehst, um uns abzuholen... weil sie nicht hier wohnen. Und sie wohnen nicht mal in Rom..."

„Ihr wohnt mit Mylène zusammen, dem Kindermädchen, stimmt's? Das hatte ich mir schon gedacht, das heißt, eigentlich wusste ich es schon...", sagte die Besucherin mit komplizenhaft wissendem Kopfnicken, während sie sich innerlich schon ein bisschen wie eine von uns fühlte, eine „Waise, ohne eine zu sein".

Auf diese Weise begannen ausgefüllte, oft etwas melodramatische Nachmittage. Mylène war zwar da, um auf ihre typisch unsichtbare und unaufdringliche Art aufzupassen, doch dank ihres jugendlichen Aussehens und der Abwesenheit von Eltern herrschte in unserer Wohnung eine ganz besondere Atmosphäre, völlig anders als in den Familien unserer Klassenkameradinnen. „Die Samstage bei Maddi und Nina" wurden berühmt unter unseren Schulfreundinnen: Treffen, die sie lieber heute als morgen wiederholt hätten. Doch kaum hatten sie ihre Eltern über unsere anormalen Verhältnisse in Kenntnis gesetzt, erlosch deren Toleranz. Sie zögerten, wollten ihre Töchter plötzlich nicht mehr zu uns kommen lassen.

Der schwierigste Moment war immer das Ende, der Abschied. Mitansehen zu müssen, wie die Eltern ihre Töchter abholten, die Küsschen bei der Wiederbegegnung, die vertraulich-familiären Gesten im Aufzug, kurz bevor sich die Tür schloss. Und sich vorzustellen, wie sie nach Hause kamen und in behaglicher Normalität, behütet von liebevollen Müttern und Vätern, auf das Abendessen und später auf den Schlaf warteten. Wir waren neidisch, und stillschweigend erniedrigten wir uns durch diesen Neid. Die Verletzung: immer im Hinterhalt lauernd, perfekt getarnt als extreme Selbstbeherrschung bei mir, bei Nina als beinahe unerträgliche Aggressivität.

Kaum hatte sich die Tür geschlossen, fingen wir regelmäßig an zu streiten.

„Warum, verdammt noch mal, fällst du mir jedes Mal in den Rücken, Nina? Warum musst du mich immer fertigmachen, kannst du mir das erklären?" Meine Stimme zitterte, ich wusste selbst, dass ich viel zu dramatisch klang, aber das war mir egal.

„Ich hab's dir schon hundertmal gesagt, Maddi: Ich hab meine Gründe. Und außerdem bist du es und nicht ich..."

„Bin ich was?"

„Bist du es, die in der Rolle des Eindringlings, der Ausgeschlossenen alles durcheinanderbringt..."

Tränen, Schläge, um mich zu vertreiben, beleidigte Mienen; dann feierliche Versöhnungen, enge Umarmungen, um unseren Pakt der Treue und Solidarität zu erneuern. So waren wir. Es brauchte seine Zeit, bis sich die Dinge änderten, bis ich mich plötzlich ans andere Ufer gespült sah, an das breite Ufer der Welt der Älteren. Mit einem Mal machten mir die Wutausbrüche meiner Schwester nichts mehr aus; sollte sie sich doch allein mit ihren Gästen vergnügen, diesen Mädchen, die ich gewiss nicht zu uns nach Hause eingeladen hätte – wäre es nach mir gegangen, wären wir ganz entspannt unter uns geblieben, nur wir zwei mit Mylène. Ich zog mich in mein Zimmer zurück, las viel, klimperte auf dem Klavier und gönnte mir die Freiheit des Alleinseins. Mich aus den Fesseln befreien, nach einer neuen Maddalena außerhalb der Schwesternrolle suchen: So lautete das Gebot der Stunde. Nicht mehr verfolgt sein vom Gefühl, dass wir miteinander verschmolzen, zusammengeschaltet waren. „Du bist du: Du bist Maddalena", sagte ich mir immer wieder vor, Auge in Auge mit meinem Spiegelbild. Du bist du: sich finden, ohne sich aus dem Blick zu verlieren.

Als sie feststellte, dass ihr das Publikum für ihre völlig durchgeknallten Pseudodramen – inzwischen erlaubte ich mir so darüber zu denken – abhandengekommen war, veränderte sich auch Nina. Nachdem sie mich nicht mehr eifersüchtig auf ihre Freundinnen machen konnte, verlor sie jegliches Interesse an ihnen. Sie lud sie ein, um sie dann allein zu lassen und an meine Tür zu klopfen.

„Was machst du, Maddi?"

„Ich bin beschäftigt, das siehst du doch."

„Willst du wirklich nicht rüberkommen?"

„Sicher nicht, danke."

Verdrossen kehrte Nina zur „anderen" zurück, ungeduldig darauf wartend, dass sie endlich gehen und wir wieder allein sein würden, „ganz ungestört, Maddi, du und ich. Du bist doch nicht sauer auf mich, oder?"

„Auf dich, warum? Nein, Nina, ich bin nie sauer auf dich. Nicht einmal, wenn du so bist."

„Wie ‚so'?"

„Ekelhaft, sogar bösartig. Letztendlich hast du weder mit deiner Freundin noch mit mir was gemacht. Weil du dich unbedingt zweiteilen willst, bist du am Schluss für niemanden da."

Ihr trotziges Lächeln ließ sie wunderschön aussehen. Später dann, auf dem Sofa, eng aneinander gekuschelt, beinahe verschlungen, sahen wir uns Filme an, Videokassetten, die uns Seba aus Mailand mitgebracht hatte. Kopf an Kopf gelehnt, kam es mir vor, als könnte ich ihre Gedanken lesen und sie meine. Vereint, für immer, gegen alles und alle. Vollkommen unterschiedlich und doch unersetzlich füreinander – zwei Seiten einer Medaille.

Die Wochenenden, an denen Seba nicht arbeiten musste, verbrachte er bei uns in Rom. Er fuhr mit einem brandneuen anthrazitgrauen Jaguar vor, den er vor Kurzem gekauft hatte und den wir ausgiebig bewundern durften, bevor er in der Garage geparkt wurde. Wir bekamen sogar die Erlaubnis einzusteigen und alles anzufassen, abgesehen vom Zündschlüssel. Das glänzende Armaturenbrett, die samtweiche Innenraumverkleidung, das glatte Leder der Sitze, über das zu streicheln ein Genuss war. Wir schalteten das Autoradio ein, neigten die Sitze nach hinten und taten so, als würden wir schlafen. „Bereit, Maddi, wollen wir? Ich fahre", sagte Nina, das Spiel beginnend. „Bereit, ja, und bring mich bitte weit weg, Nina..." Dieser Wagen zeugte von Papas neuem Status, davon, wie weit sich sein Leben zu diesem Zeitpunkt schon von unserem entfernt hatte. Der stressige Alltag in Mailand und die vielen Besuche in Rom hatten Seba verändert: Inzwischen war er weniger nachlässig gekleidet, dafür aber zunehmend nervös, hyperkinetisch, der viel zu magere Körper offenbarte Erschöpfung und einen neuen Tick – wenn er müde war, zuckte ständig das rechte Augenlid. Er hatte aufgehört Zigaretten zu rauchen und war zu Zigarren übergegangen – bei Tisch folgten wir nach dem Essen fasziniert dem gelegentlichen Aufglimmen der Glut. Das Auto, die Kleidung, die Zigarren: Es waren die Besitztümer unseres Vaters, die uns anzogen, nicht er selbst.

An diesen Besuchswochenenden verschob Mylène ihren freien Tag auf Samstag. Wir sahen ihr zu, wie sie sich fertig machte; sie schlüpfte in spitze High Heels, die sie sonst nie trug, in hautenge Kleider, die ihrer Figur mit den kräftigen Oberschenkeln nicht unbedingt schmeichelten und äußerst befremdlich an ihr wirkten, da sie sonst nur im Trainingsanzug herumlief. Vielleicht (wir hatten jedoch keinerlei Beweise) putzte sie sich so heraus, weil sie ein Date mit Roberto hatte, dem Mitgeschäftsführer des Fitnessstudios im EUR. Auf jeden Fall verwandelte sie sich, wurde zu einer vollkommen anderen Person; sie schminkte sich auch, die Wimperntusche und der Lidschatten nahmen ihr den spitzbübischen Touch, den wir so mochten. Wir blieben mit Seba zurück, der selbst jetzt, da er sich hätte ausruhen können, müde und angespannt war.

„Kommst du mit joggen, Papa?"

„Nein, Mädchen, das schaffe ich gerade nicht. Ich bin sechs Stunden am Stück gefahren und in den letzten Tagen habe ich wie ein Verrückter gearbeitet. Aber geht nur, ich warte hier auf euch; ich ruh mich ein bisschen aus und bereite in der Zwischenzeit das Essen vor."

Kochen schenkte ihm Sicherheit: Eine Gewohnheit zu fingieren half ihm, sich zu Hause zu fühlen. Wir fanden es seltsam und ein bisschen peinlich, ihn nach der Rückkehr aus dem Park in der Wohnung anzutreffen; wir waren erschöpft, Nina von ihren vielen Laufrunden, ich von den Übungen, die Mylène für mich zusammengestellt hatte (sie änderte den Plan ungefähr alle zwei Monate). Seltsam und unangenehm, unter der Dusche zu stehen und Papa in der Küche herumhantieren zu hören, das Radio viel zu laut aufgedreht und begleitet vom penetranten Klirren der Töpfe und Teller. Seltsam und irritierend: In unserem mittlerweile nur noch episodischen – und erzwungenen – Zusammenleben geriet diese inszenierte häusliche Routine zu einer fast schon verletzenden Farce. Falls Seba hoffte, uns eine Freude zu machen, erreichte er das genaue Gegenteil. Schweigend aßen wir seine liebevoll zubereiteten Mahlzeiten, ohne ihm jemals die gewünschte Genugtuung zu geben. Einmal hatte er Hühnerfrikassee gekocht, die Arbeitsplatte in der Küche hatte sich binnen Sekunden in ein Schlachtfeld aus ausgepressten Zitronenhälften,

Eierschalen, Ölspritzern verwandelt. Die Soße hatte er mit einer speziellen Minze gewürzt, die ihm eine ligurische Freundin mitgebracht hatte. „Da steckt das ganze Aroma des Mittelmeers drin, Mädchen, eine Delikatesse, wartet nur ab", hatte er uns versprochen. Nina hatte nicht einmal davon gekostet, angeekelt von der matschigen Konsistenz, „so gelb und hell, erinnert dich das nicht auch an Kotze, Maddi?", hatte sie mir vor dem Essen zugeflüstert. Gelächter hinter dem Rücken von Papa, bei Tisch weiteres unterdrücktes Gekicher, das Seba durchaus bemerkte, aber meisterhaft ignorierte, obwohl er, wie man sah, zutiefst enttäuscht war.

Wir unterhielten uns schleppend über belanglose Themen, antworteten lustlos auf seine immergleichen Fragen: die Schule, wie läuft's, die Freundinnen, der Sport. Pflichtschuldige Versuche der Anteilnahme, ohne jedes echte Interesse. Um die Zeit zu überbrücken, gingen wir zum Laufen in die Villa Pamphili, auch zweimal am Tag, wenn er da war; oder wir lungerten in der Wohnung herum und sehnten den Sonntagnachmittag herbei, wenn Papa wieder unterwegs nach Mailand war und Mylène nach Hause kam, schnell in ihr Zimmer huschte und kurz darauf als sie selbst wieder auftauchte, in Trainingsklamotten, mit ihrer so beruhigenden und vertrauten Figur, dem gegelten kurzen Pony, an den Füßen bequeme japanische Flipflops, die Hände in der Bauchtasche des Sweatshirts. Anstatt wegen des ausklingenden Ruhetags und der anstehenden neuen Schulwoche von Melancholie überschattet zu sein, waren unsere Sonntagabende Momente des Glücks. Das echte Leben ging weiter: unser erfüllter Alltag mit seinem regelmäßigen, unerschütterlichen Rhythmus.

Mama kam nie zu uns nach Hause; so hatte es der Vormundschaftsrichter verfügt. Seba durfte, da ihm das Apartment in der Via di Villa Pamphili gehörte, während seiner Wochenendbesuche bei uns übernachten. Aber nicht Gloria, sie hatte keinen Zutritt zu unserer Wohnung. Es handelte sich um eine unausgewogene, ungerechte Regelung, eine Ordnung der Dinge, gegen die Mama vom ersten Moment an hätte protestieren müssen. Doch verletzlich und angreifbar, wie sie anfangs war, hatte Gloria diese Bedingungen akzeptiert und zugelassen, dass andere ihr Entscheidungen auferlegten, deren Leidtragende nun sie war.

„Willst du wirklich nicht mit hochkommen? Nicht einmal zehn Minuten, nur um die Wohnung zu sehen? Es ist unser Zuhause, der Ort, wo wir leben, wie kann es sein, dass du uns nicht einmal kurz begleiten darfst?", bettelte, drängte Nina, wenn wir uns an der Ecke zwischen Via Fonteiana und Via di Villa Pamphili von Gloria verabschiedeten. Sie wollte ihr um jeden Preis ihr Zimmer zeigen, das Poster von Madonna, die Schildkröte, wollte Mama und mich endlich wieder einmal gemeinsam Klavierspielen hören – wenn Gloria sie schon nicht atmen konnte, sollte sie die Atmosphäre wenigstens schnuppern, in der das Leben ihrer Töchter stattfand. „Ach komm schon, Mami, los, wer soll das denn mitkriegen? Nur ein paar Minuten, mehr nicht." Vor dem Eingang zur Villa Pamphili das übliche sonntägliche Gewimmel: Hunde an der Leine, Müßiggänger, Sportler, viele Jogger, Fußbälle, Drachen. Mamas resigniertes Lächeln sagte mehr als tausend Worte. „Ich würde nichts lieber tun als ja sagen und mit euch hochkommen. Aber das ist völlig ausgeschlossen, Mädchen; bittet mich nicht mehr darum, es ist besser so."

„Nächstes Mal sprichst du mit mir, bevor du so etwas fragst, okay, Nina? Du kennst die Realität, du weißt, was Sache ist. Du kannst nicht einfach damit rausplatzen."

Wir waren im Aufzug, meine Schwester sah mich an und nickte ernst, der leuchtend grüne Blick von welchen Gedanken auch immer überschattet. „Ich werde nichts mehr sagen, versprochen, Maddi, entschuldige..."

„Wenn wir nämlich mehr verlangen", schalt ich sie weiter, „dann nehmen sie uns auch noch die wenige Zeit, die uns zur Verfügung steht, um mit ihr zusammen zu sein." Inzwischen waren wir in der Wohnung angelangt, wo auf dem Wohnzimmertisch schon die Hausaufgaben auf uns warteten – typisch Mylène, mithilfe von Disziplin jedweden Anflug von schlechter Laune oder Melancholie zu vertreiben. Ich hatte Mitleid mit Nina, Mitleid mit uns. Mit uns beiden, immer allein gegen den Rest der Welt. Mit uns und unseren zerrütteten Verhältnissen.

Seba präsentierte sich mit einer Freundin. Wir hatten sie aus dem Jaguar steigen sehen, dünn und hochgewachsen (sie war ein gutes Stück größer als er), in einer Kunstfelljacke in synthetisch glänzendem Weiß. Sie hatte uns umarmt und auf die Wangen geküsst, wie eine alte Bekannte. „Keine Sorge, ihr könnt ihr vertrauen, sie ist ein Steinbock", sagte Papa lachend – seit er in Mailand war, hatte seine Leidenschaft für die Astrologie ein bisschen, wenn auch nicht viel, nachgelassen. „Der Steinbock" hatte platinblondes Haar und knallorange geschminkte Schlauchbootlippen. Träge folgte sie Papa bis ins Wohnzimmer, und auch die Passivität, mit der sie hinter ihm herlief, hatte aus unserer Sicht etwas Unverschämtes, Vulgäres. Er schien nicht allzu sehr darauf erpicht, sich um sie zu kümmern; kaum hatte er den Koffer abgestellt und die Hände gewaschen, stand er auch schon in der Küche, um die Zutaten für ein Blech Lasagne herzurichten. Gut gelaunt bereitete er den Sugo zu, quirlte die Béchamelsoße, legte die Teigplatten nebeneinander; wenig unterstützt von der Bohnenstange, die auf dem Hocker vor der Küchentheke saß und ihn ausdruckslos anstarrte, während ihr hochgerutschter Minirock aus schwarzem Leder den Blick auf seidige Schenkel und den Spitzensaum eines Höschens freigab.

„Was für ein Totalausfall, diese Tussi."

„Stimmt... das hält nicht lang, du wirst sehen."

Wahre Worte: Ruckzuck war die Frau wieder von der Bildfläche verschwunden. Es dauerte ein paar Monate, da kam Seba mit der nächsten an, auch sie aus Mailand. Sie hieß Licia, war ein bisschen pummelig, klein, mit Sommersprossen in einem sympathischen Gesicht und einer quietschgrünen Strähne im schwarzen Haar.

„Zwilling, Aszendent Löwe: Ich bin ein ‚guter Kumpel', sagt euer Vater." Wir lachten, wohlwollend: Sie wirkte tausendmal netter als die Bohnenstange. Sie, Licia, schien wenigstens ein bisschen in Seba verliebt zu sein. Sie bestand darauf, mit uns laufen zu gehen, „so werde ich die Watte im Kopf nach der langen Autofahrt los", meinte sie. Auf der Rundstrecke im Park zeigten sich schnell ihre Sprungkraft und Ausdauer, und Nina musste sich anstrengen, um nicht abgehängt zu werden.

Papa wartete derweil zu Hause auf uns, glücklich über diese pseudofamiliäre Farce – wir, die wir in Begleitung von jemandem zurückkehrten, der nicht unsere Mutter, aber trotzdem seine Lebensgefährtin war. In der Romagna, wo er vor Kurzem als Fotograf auf einer Hochzeit gewesen war, hatte er sich eine Kochschürze gekauft, rot, kunststoffbeschichtet, mit dem Bild einer Pizza Margherita, mozzarellaweiß, basilikumgrün, bis hin zu schillernden Öltropfen. Symbol seines halsstarrigen Wunsches, bei uns zu sein, sich nach seinem Gutdünken unseres häuslichen Lebens zu bemächtigen. Trotzdem hatte sich jeder seiner Versuche als Fehlschlag erwiesen: Papa blieb eine Last, ein aufdringlicher Gast.

Das Arbeitstempo in Mailand war hoch, die ständigen Fahrten nach Rom ermüdend. Seba war erschöpft, bei jedem seiner

Besuche entdeckte ich neue Falten und neue Anzeichen von Mattheit in seinem Gesicht. Er war ausgezehrt, von einer verdorrten Magerkeit; eine entwurzelte Existenz, während Gloria mittlerweile mit Bravour zu einem neuen Rhythmus, zu innerem Gleichgewicht und Wohlstand gefunden hatte.

„Diese Licia, die ist gut für Papa", sagte Nina, auf dem Badewannenrand sitzend und darauf wartend, bis sie mit Duschen an der Reihe war. „Sie kommt gegen ihn an... sie kommandiert ihn sogar herum, wenn du mich fragst, aber auf eine nette Art. Und außerdem joggt sie. Und jemandem, der joggt, dem vertraue ich..."

„Nein, das stimmt nicht, sie kommandiert ihn nicht herum", widersprach ich ihr mit lauter Stimme, um das Rauschen des Wassers zu übertönen, aber auch unter der Gefahr, wie mir plötzlich durch den Kopf schoss, dass Papa uns hören konnte. „Und außerdem, du und deine voreiligen Urteile, du übertreibst mal wieder, Nina. Wer bist du denn, um immer zu wissen, wo die Wahrheit liegt?"

Nicht einmal Licia war von Dauer. Sie erschien noch drei oder vier Mal neben Papa im Jaguar in Monteverde, dann nie mehr.

Er war ständig angespannt, die Augen durchzogen von roten geplatzten Äderchen, der Blick übermüdet. „Das kommt von der vielen Fahrerei", sagte er. Ich war allerdings überzeugt, dass es von seinen heimlichen Tränen kam. Dass er noch immer in Mama verliebt war und weinte, weil sie ihm so sehr fehlte.

„Licia hat bestimmt die Wahrheit erkannt: dass Papa im Grund ein passiver Mensch ist."

„Oder sie hat einfach erkannt, dass er nicht wirklich ihr Typ war... und hat die Weisheit besessen, ihm das zu gestehen."

„Ach, was weiß ich." Sobald sich ein Gespräch in Richtung Gefühle zu entwickeln begann, verschwand Ninas Dreistigkeit regelmäßig hinter Desinteresse signalisierenden Plattitüden. „Jedenfalls sieht man mal wieder, Maddi, wie Papa gestrickt ist. Wenn ihm etwas Gutes begegnet, ist er nicht in der Lage, es länger festzuhalten."

„Mag sein. Aber du übertreibst es mit deiner Härte, das hab ich dir schon gesagt. Du pulverisierst alles mit deinen kategorischen Meinungen…“ Sie hörte mir schon nicht mehr zu, sie war aus der Dusche gestiegen und ließ ihrem Unmut weiter freien Lauf, während sie sich kopfüber geneigt mit dem Handtuch die Haare trockenrieb.

„Mir wäre es am liebsten, wenn wir ihn gar nicht mehr hier herumlaufen sähen. Wenn wir ihn nicht mehr am Hals hätten, mit seinem Gebettel nach Aufmerksamkeit jedes Mal, wenn er bei uns aufkreuzt. Dieses ganze falsche Getue, als würden wir ein gemeinsames normales Leben führen, Maddi, das widert mich nur noch an. Erfundene Gewohnheiten, Hirngespinste!“

Die Zeit verging, Nina wuchs zu einer jungen Frau heran. Bildschön und sich dieser Schönheit nicht bewusst; zu sehr auf das Verhalten der anderen fixiert, überempfindlich, immer bereit sich zu erregen, gekränkt zu sein. In der Schule gab es ein Problem mit einem Naturwissenschaftslehrer, der es, so Nina, auf sie abgesehen hatte, weil er sie nicht mochte. Es gab ein Affentheater wegen einer aus ihrer Sicht völlig unfairen Note Fünf. Wie Jahre zuvor bei ihrem Streit mit der Lehrerin während der Tanzproben erwartete Nina auch diesmal, dass ihre Klassenkameradinnen ihr solidarisch zur Seite standen, um dann vor Wut beinahe auszurasten, als dem nicht so war. Sie ging eine Woche lang nicht zur Schule und drohte, noch länger zu streiken, was bedeutet hätte, ein ganzes Jahr wiederholen zu müssen (ohne Mylènes geduldige Überzeugungsarbeit wäre es mit Sicherheit so gekommen). Wegen jeder Lappalie flippte sie aus, aus jeder Mücke machte sie einen Elefanten, was nie ein gutes Ende nahm. Ich erprobte mich in Absolution, sie beharrte auf Verdammung. Sie zeigte mit dem Finger auf Papa und seine unbeholfenen Bemühungen, uns nahe zu sein, ich versuchte mich auf anderes zu konzentrieren. Ich nahm den Problemen ihre Schärfe, indem ich sie weichzeichnete. Wir konnten nichts tun, wir mussten die Realität nehmen, wie sie war. Der Wut Raum geben, mir Ninas

Selbstmitleid zu eigen machen, war keine Option. Es hätte mich geschwächt: zu sehr.

„Papa hätte nur ein wenig Geduld haben müssen. Wenn er noch etwas gewartet hätte, wäre Mama bestimmt zurückgekommen." Immer gut darin, in Gedanken vorauszueilen, meine Schwester.

Ich antwortete ihr mit einem undeutlichen Brummen, so niedergedrückt, wie ich war von meiner gezähmten, als Reife getarnten Trauer. Wir hatten einen unserer magischen Sonntage mit Gloria verbracht, diese gemeinsame Zeit mit ihr, die wie im Flug verging, erfüllt, köstlich. Wir hätten sie gern angehalten, die Zeit, und, nachdem Mama gegangen war, jedes Bild bewahrt, in der Schatzkammer unseres Herzens eingeschlossen.

Die Wahrheit lautete schlicht und ergreifend: Wir litten – an einem brennenden, niemals nachlassenden Schmerz.

Zu unseren Treffen erschien Gloria nie in Begleitung von Marcos. „Mama, seht ihr euch denn nicht mehr, du und dieser Typ?", fragte Nina, während wir alle drei auf „unserer" Bank in der Villa Pamphili saßen, der ersten links neben dem Eingang, und Gloria uns gerade vorsichtig einen knallblauen Nagellack auftrug, den sie mitgebracht hatte. Ein Sonntag mit launischem Wetter, viel zu warm für März, fedrige Wolkenstreifen am milchigen Himmel und ein grelles, die Augen schmerzendes Licht. Auf Ninas Frage hin war Mama zusammengezuckt, etwas lag ihr wohl auf der Seele, angesichts ihrer prompten Antwort: „Natürlich sehe ich Marcos noch. Ich sehe ihn jeden Tag. Wir wohnen zusammen, seit wir aus Argentinien zurück sind." Ich saß reglos da wegen des noch feuchten Nagellacks, während diese Worte fielen, und starrte auf den Kies, den schimmernden Widerschein des milchigen Himmels. „Ich warte auf das Okay des Vormundschaftsrichters, dass ich euch mal an einem Sonntag meine Wohnung zeigen darf", fügte Mama im Nachgang zu ihrer Enthüllung hinzu. „Sie ist zwar recht klein, nichts Besonderes: nur zwei Zimmer, aber hübsch eingerichtet. Es gibt sogar ein Klavier, es war schon da, wir haben das Apartment möbliert gemietet. Ach, wie schön, wenn ihr endlich kommen könnt! Auch Marcos würde sich sehr freuen..."

Das Viertel, in dem sich die Wohnung befand, hieß Portonaccio. Ein Name, den wir noch nie gehört hatten, mit einem leicht bedrohlichen Beiklang. Portonaccio, schreckliches Tor. Einfallstor für eine schwer verdauliche Nachricht – ein Schritt ins Dunkle, für Nina und mich. Gloria schwieg nun. Wartete auf unsere Reaktion. Im Spiegel ihrer Sonnenbrille sah ich uns beide, ihre Töchter; unsere Verwirrung, die vielen Fragen, die wir nicht zu stellen wussten. Ein Nachbar kam vorbei, ein alleinstehender Herr, der wie jeden Tag seinen Labrador in der Villa Pamphili ausführte. Er winkte uns zu, ohne jedoch stehen zu bleiben und ein paar Worte zu wechseln, wie er es für gewöhnlich tat, wenn wir uns in Begleitung von Mylène befanden.

Verkrampftes Lächeln. Nina, mit Tränen in den Augen, war im Begriff aufzuspringen; schnell zog Mama sie an sich, legte ihr den Arm um die Schulter und streichelte ihr mit der Hand die Stirn, während sie ihr das Haar küsste und mir die andere Hand entgegenstreckte. Zusammen, alle drei, ich nur ein wenig abseits. Ich betrachtete sie, Nina und Gloria, meine Schwester und meine Mutter; so sehr geliebt, einander so ähnlich und so anders als ich.

Gloria lebte also mit Marcos zusammen – im Grunde war es, als hätte sie ein zweites Mal geheiratet. Wie viel Mühe, dachte ich, wie viel Zurückhaltung: all die Zeit, ohne uns etwas zu sagen, in geduldiger, vorsichtiger Erwartung des richtigen Moments, um mit uns zu sprechen. Nun wussten wir etwas Neues: Es gab in dieser Stadt einen Ort, eine andere Wohnung, die auch die unsere hätte sein können und uns doch verwehrt blieb.

Überzeugt davon, dass es uns aus der Bahn werfen würde, dem echten Leben unserer Eltern zu nahe zu kommen, erteilte der Richter unserem Besuch in Portonaccio eine Absage. Die Begründung seiner Entscheidung lautete, unsere tägliche Routine müsse die mit Mylène in Monteverde bleiben. Die Ungerechtigkeit, dass Seba uns zweimal im Monat das ganze Wochenende über besuchen durfte und Gloria nie, dass wir sie stattdessen an ihren beiden Sonntagen auswärts treffen mussten, erschien ihm dabei mehr als legitim. Ebenso, wie wir nicht nach Mailand fuhren, um Seba zu besuchen, würden wir nicht nach Portonaccio zu Gloria gehen. Gleichwohl gewährte der Richter neue Lockerungen in Hinblick auf den Sommer. Eine gemeinsame Ferienwoche mit Mama und Marcos, als Ausgleich für eine Woche Urlaub in den

Bergen im August, die Papa beantragt hatte. Es war April, die Ferien noch in endloser Ferne. Trotzdem erfasste uns ein fiebriges, adrenalingeschwängertes Glück. Wir sprachen praktisch von nichts anderem mehr. Wohin würde es wohl gehen? Ans Meer, aufs Land, in die Berge? Vor allem Nina platzte beinahe vor Neugier.

Mamas neue Gelassenheit, ihre reifere Art im Gegensatz zu früher, als sie noch bei uns gelebt hatte, rührte also nicht nur von der hervorragenden Stelle her, die sie in der Zwischenzeit gefunden hatte, sondern auch von dieser soliden Liebesbeziehung, dazu bestimmt, von Dauer zu sein. Sie war inzwischen erwachsener, selbstbewusster geworden, unsere Mutter: Früher hatte es gewirkt, als schämte sich Gloria ihrer Schönheit, als wäre sie ihr eine Last. Nun aber trug sie ihre Attraktivität stolz zur Schau. Sie strahlte; wenn wir im Restaurant aßen, drehten sich beim Gehen alle nach ihr um, so schön war sie.

Ich werde in die Via Borgognona zurückkehren, wenn ich in Rom bin. Eine in den frühen Morgenstunden wie ausgestorben daliegende Straße – sie erwacht erst zum Leben, wenn die Läden öffnen. Gloria hat sich über Jahre hinweg jeden Tag dorthin begeben: Sie verließ Portonaccio, nahm die Metro bei Tiburtina, stieg am Bahnhof Termini um, fuhr bis zur Station Spagna. Ein paar Meter zu Fuß, links, rechts, und schon war sie beim Geschäft.

Mama war sehr gesellig in jungen Jahren, mit einem Talent für Begegnungen wie Nina. Sie hatte mehrere Freundinnen ihres Alters gehabt, irgendwann hatte man sich aus den Augen verloren, bis sie einige Zeit nach ihrer Rückkehr aus Argentinien in der U-Bahn zufällig eine ehemalige Klassenkameradin wiedertraf. Die begrüßte sie überschwänglich. „Ich fass es nicht, bist das wirklich du, Gloria? Schön wie eh und je. Zwei Kinder, im Ernst? Wow, und immer noch schlank wie ein Reh, du Glückliche!" Sie stiegen zusammen bei der Haltestelle Spagna aus und Gloria begleitete die andere bis in die Via Borgognona, wo die Frau als Verkäuferin auf Probe bei Gucci arbeitete. Vor dem Geschäft angekommen, schlug die Bekannte Gloria vor, mit einzutreten und sich drinnen umzuschauen. Als der Filialleiter Mama sah, war er sofort hin und weg – wie hätte man Gloria auch ignorieren können, ihre präzise Gestik, den eleganten Gang, die ausholenden Schritte der langen Beine, das leise Lächeln und dann noch das Grün der Augen, in dem man sich verlieren konnte. Ein paar Fragen auf gut Glück, ein kurzes Gespräch. Drei Tage später wurde Gloria auf Probe eingestellt und bald darauf, im Gegensatz zur ehemaligen Schulkameradin, fest übernommen. Der reine

Zufall, der niemals einer ist, hatte eine großartige Gelegenheit geschaffen – eine verantwortungsvolle Position, die Mama wie auf den Leib geschneidert war: Von diesem Moment an kletterte sie von einer Beförderung zur nächsten auf der Karriereleiter nach oben, bis sie schließlich die Leitung eben dieser Gucci-Niederlassung übernahm, die sie nur betreten hatte, um sich kurz umzuschauen.

Eine höchst einträgliche Stellung. Seba hingegen strampelte sich in Mailand ab, erdrückt von Verpflichtungen, erschöpft, allein. Mittlerweile brachte er keine neuen Freundinnen mehr mit, wenn er uns besuchte. Er kam freitagabends, oft schliefen wir bereits; nach dem Aufwachen fanden wir ihn in der Küche vor, wo er, noch im Bademantel, einen Kaffee trank. Geschwollene Tränensäcke unter den Augen, das Gesicht von immer tieferen Falten durchzogen. Er sprach nicht mehr von Astrologie oder anderen Orakelmethoden; er sprach überhaupt wenig. Aus seinem stets flackernden, unruhigen Blick sprach eine große Sorge um sich selbst, um sein Leben. Ich hatte Mitleid mit ihm, Nina kein bisschen. „Ich bitte dich, Maddi, Papa ist nicht der edle Ritter, für den du ihn hältst; er ist ein riesiger Opportunist und eine Nervensäge. Und abgesehen davon, sind wir allmählich nicht zu alt dafür, dass uns zweimal im Monat ein ganzes Wochenende lang ein Mann zu Hause auf den Wecker geht?“ Ich war einer Meinung mit ihr, ja. Mit Seba zusammenzuwohnen war kompliziert, der Eifer, mit dem er sich in der Küche zu schaffen machte, war anstrengend und übertrieben. Alles wahr. Nicht minder wahr jedoch, dass wir es akzeptieren mussten: Er war unser Vater, uns in Rom zu besuchen war sein gutes Recht, das wir ihm nicht nehmen konnten, und dass er bei uns wohnte, war zwar ein willkürliches Privileg, gegen das jedoch niemand, angefangen bei unserer Mutter, versucht hatte Einspruch zu erheben.

Ein Sonntagmorgen. Es regnete. Als ich in die Küche kam, überraschte ich ihn dabei, wie er mit einem weißen Pulver auf dem Küchentisch herumhantierte. Pulver fein wie Sand, das schneeweiß auf dem Schiefergrau der Platte leuchtete. Seba hatte es zu einem Häufchen zusammengeschoben und dann zu einer breiten Linie zerdrückt. Es hätte Mehl sein können, so fein, wie es war, wenn da nicht dieses Glitzern gewesen wäre, das ich im Mehl noch nie gesehen hatte.

„Was machst du da, Papa? Was ist das für ein Zeug?", fragte ich geradeheraus, wie es sonst nicht meine Art war.

„Ein spezielles Salz, das ich in Mailand gekauft habe", erklärte er. Man müsse es, fügte er hinzu, erst verteilen, um es sieben zu können, bevor man es wieder ins Dunkle bringe, in den Keller. Zu viele Details, zu seltsam die Aussage; ich spürte sofort, dass er mich anlog. Auch wenn ich nicht hätte sagen können, ob es sich wirklich um Kokain handelte, stellte ich spontan eine Verbindung zwischen diesem weißen Pulver und Papas Magerkeit, der dehydrierten Haut, dem ausweichenden Blick her, in dem ich wie nie zuvor Sorge aufscheinen sah.

Papa nahm Drogen. Was genau das bedeutete, war mir nicht ganz klar, aber ich ahnte es und gestand es mir im Stillen auch ein.

„Ich sah Nina fliegen zwischen den Seilen der Schaukel…"

Nina fliegt nicht nur, sie stürmt voran. Sie ist schon immer vorangestürmt: in der Liebe, aber auch in allem anderen. Wie ein Tornado stürzt sie sich auf die Dinge, fegt sie hinweg, lässt sich von ihnen hinwegfegen. Ich habe braune Augen, nussbraun mit grünen Sprenkeln, wenn ich ins Licht schaue. Ich hätte gern Ninas Augen gehabt, dieselben wie die unserer Mutter, verführerisch ohne träumerisch zu wirken. Glorias und Ninas Blick, unnachgiebig, manchmal sogar eiskalt: In der Lage, dich so lange zu durchbohren, bis jedes Detail erfasst ist und sie entschieden haben, was zu tun, wie zu handeln ist. Ich habe mich immer für weniger scharfsichtig gehalten, kaum wie sie dazu fähig, die Dinge zu durchdringen. Eine Festung ohne Fenster zur Welt. Gepanzert gegen das Draußen dank meines Carapax, ganz ähnlich wie die Schildkröte, die tagaus, tagein gemächlich große Teile unseres Balkons erkundete.

Das Aufbrausen habe ich immer Nina überlassen. Nina, mit ihren wie Möwenflügel geschwungenen Augenbrauen. Magnetisierend. Verführerisch, seit eh und je. Sie verführt mit ihren ständig wechselnden Launen, ist schnell Feuer und Flamme für andere Menschen und knüpft knisternde Beziehungen mit ihnen; doch kaum laufen die Dinge nicht mehr nach ihren Vorstellungen, zieht sie die Reißleine. Ich habe all ihre Freundinnen verschwinden sehen, eine nach der andern: Sterne im Staub. Rebecca, „abserviert", weil sie irgendwelche im Unterricht geschriebenen Zettelchen heimlich aufgehoben hatte, angeblich um Nina „fertigzumachen". Sie kam im Pausenhof zu mir und sagte: „Weißt du, was? Deine Schwester ist eine Giftschlange, böse bis ins Mark.“

Das wahre Opfer ihrer Zerstörungswut war am Ende Nina selbst. Aber zuerst mussten alle anderen daran glauben: Rebecca wurde „die Schlange“, Vittoria „eine blöde Kuh“, und so weiter. Nina, wie ein Abrissbirne, die alles in Schutt und Asche legt. Ich kenne niemanden, der mit Worten so hervorragend weh zu tun versteht wie sie: nicht einmal Valentina, meiner Tochter, ist es während der schwierigsten Phasen der Pubertät gelungen, mich derart zu verletzen wie meine Schwester – Nina, die, wenn sie guter Dinge ist, zauberhaft, hinreißend sein kann, eine Person, in deren Gesellschaft Langeweile ein Fremdwort ist. Doch was kann man angesichts unserer Kindheitsgeschichte auch anderes erwarten? Jede von uns beiden hat ihre eigenen seelischen Narben und ihre eigene Art, damit umzugehen. Einmal mehr zwei Seiten einer Medaille. Addition identischer Entbehrungen.

Das Lieblingsziel von Ninas Wutausbrüchen war grundsätzlich Seba. „Was erwartest du eigentlich, Papa? Du wohnst nicht mal hier bei uns, was fällt dir ein, mir was vorschreiben zu wollen“, hatte sie ihn einmal während eines Streits an einem Samstagabend angefahren, als Seba ihr verbot auszugehen. „Du bist nie da, bist nie da gewesen. Du kreuzt hier auf und machst einen auf Koch und stresst uns mit deinen sogenannten Delikatessen... Hör auf damit, lass uns einfach in Ruhe, mehr brauchst du nicht zu tun.“

Mit klopfendem Herzen wartete ich auf Papas Reaktion. Doch er blieb gefasst. „Deine Schwester wird die Männer in den Wahnsinn treiben mit ihren Launen“, kommentierte er nur düster, nachdem Nina türenschlagend aus dem Zimmer gestürmt war. Ich mucksmäuschenstill, wie immer das Bindeglied. Das war der mir zugedachte Part, eine Rolle, die mir Sinn gab, die meine Leere füllte. Standfest, eine Festung. Jedes Mal eine Bestätigung mehr.

„Man muss ein Händchen haben für deine Schwester", sagte Mylène zu mir. *„Elle lui faut de tonnes de calins, des caresses: rien d'autre"* – Umarmungen, Zärtlichkeit, das war es, was Nina brauchte: unendlich viel Liebe. Sei es wegen der Disziplin beim Sport, die Mylène uns beibrachte, sei es, weil sie die Einzige war, die sich nie von meiner Schwester provozieren ließ, Nina vertraute ihr, achtete sie wie niemanden sonst.

Ob Lehrer, Eltern von Klassenkameradinnen, Bekannte, Nachbarn, Verwandte: Es gab niemanden in unserem Umfeld, der nicht große Stücke auf Mylène hielt. Sie war unser Schutzengel, diese energische und gewissenhafte junge Frau, die mit uns zusammenlebte. Nur dank ihr, der „Französin", waren die Schwestern Cavallari einer dramatischen Kindheit und einer verwahrlosten Jugend entkommen. Mylène war unser Glück, so viel ist sicher. Selbst wenn sie vielleicht keine tiefe Zuneigung zu uns empfand, gelang es ihr, uns ein unbeschwertes Leben ohne Stolpersteine zu ermöglichen, ein Leben in geregelten Bahnen, im Gleichgewicht.

„Ich hoffe nur, dass du nicht irgendwann abhaust", sagte Nina einmal zu ihr, als wir mit Tüten beladen nach einem Einkauf bei Conad in der Piazza San Giovanni di Dio an der Ampel der Via di Donna Olimpia auf Grün warteten.

„Warum sollte ich abhauen? Keine Sorge, Nina, ich hab nicht vor, euch zu verlassen!", erwiderte Mylène mit einem Lachen, bevor es die Via Fonteiana hinaufging. Eine helle Stimme, nie ein falscher Ton. Pragmatismus, verlässliche, klare Gefühle. „Mitgefangen, mitgehangen", „Das stinkt zum Himmel", „Verkauft mich nicht für blöd": Sie lachte noch vor uns über ihre bravourös erlernten Redensarten. Manchmal spielten Mylène und ich vor dem Abendessen vierhändig Klavier, Debussys *Claire de lune*. Nina war unser Publikum, beobachtete, wie die Finger über die Tasten huschten, wie die Melodie Gestalt annahm, sich ausdehnte, den Raum erfüllte. „Bravo, fantastisch, sensationell!", lobte sie uns überschwänglich, sobald der letzte Ton verklungen war. Momente des Glücks, befreiend, weil ich sah, dass meine Schwester zufrieden war. Ein weiteres Glück war der Sport. Das Laufen, diese Runden, auf denen Nina über sich hinauswuchs und ich mich dahinschleppte. Wir machten uns jeden Nachmittag zur Joggingstrecke auf, direkt nach den Hausaufgaben, außer bei schlechtem Wetter – wobei „schlecht" Definitionssache war: „Das bisschen Nieselregen bringt niemanden um", versicherte Mylène, die aus Frankreich ganz andere Witterungsverhältnisse gewohnt war.

Auf der Anhöhe im Park war sie es, die vorauslief. Sie begann leicht zu federn, ein kaum merkliches Abheben der Füße. „*Allez hop*, Mädchen, *c'est parti*!!": Mylène brachte uns die richtige Lauftechnik bei, zeigte uns, wie man durchhält, wie man konstant in Bewegung bleibt, ohne Energie zu vergeuden. Nina fiel dieser Rhythmus kinderleicht, der trabende Gang war das Natürlichste der Welt für sie. So natürlich wie für einen außenstehenden Beobachter das Gefühl, dass in ihr eine begnadete Läuferin steckte.

Ich quälte mich ab, blieb zurück. Um nicht in Atemnot zu geraten, drosselte ich instinktiv mein Tempo, schonte meine Kräfte; aus Angst, meine Lungen könnten mich im Stich lassen, holte ich nicht tief Luft, wie ich es spontan getan hätte und wie es richtig gewesen wäre. Ständig hatte ich das Asthma vor Augen, das jederzeit zuschlagen konnte, und rüstete mich dementsprechend – in einer Gürteltasche trug ich stets einen Inhalator bei mir. Nina lief inzwischen immer besser, immer schneller und ausdauernder. „Ich bin der Hammer", stellte sie fest. „Es ist einfach so, beim Laufen bin ich echt der Hammer", sagte sie auch auf dem Schulhof vor ihren Ex-Freundinnen, die zwar mürrisch, aber doch ganz Ohr waren. Einmal tauchte ein namhafter Trainer von Lazio Rom im Park auf, ein Bekannter von besagtem Roberto, mit dem sich Mylène so gern am Rand der Trainingsstrecke unterhielt, und sprach sie an. „Die Kleine ist ein Naturtalent, sie wird's weit bringen, wartet nur ab", hörte ich ihn sagen, während Nina ganz in der Nähe ihre zwanzigste Runde beendete. Ich war schon nach einer am Ende; anstatt mich weiter abzuplagen, ging ich zu meinem Lieblingsbaum, einer uralten Pinie, und rollte dort meine Latexmatte für ruhigere Übungen aus, die meinen Puls nicht gefährlich in die Höhe trieben.

Völlig verschwitzt und erschöpft kehrten wir heim, und nach dem Duschen aßen wir oft in absolutem Schweigen zu Abend, Riesenhunger, weitergereichte Schüsseln, trinken, sich ernähren, sich stärken; stilles Einvernehmen. Das Vakuum der Abwesenheiten, die Ferne unserer Eltern ständig präsent. Spürbare, konkrete Entbehrungen, unmöglich wettzumachen und kaum zu rechtfertigen. Und doch hatten wir dank Mylène und ihres Trainings, das wir im Wissen, dass es uns guttat, Tag für Tag absolvierten, unseren Rhythmus gefunden. Das Chaos lag hinter uns; sollten Seba und Gloria ruhig ihrer Wege gehen, nach ihrer absurden Entscheidung, uns beide in einer „Mädchenwohnung" allein zu lassen. Unser Leben besaß nun ein eigenes, autonomes Licht, das klare Licht der Ordnung.

Der Juli kam, wir waren ganz aus dem Häuschen vor Glück, weil wir bald wegfahren würden. In den Sommern zuvor waren wir im Ferienlager gewesen, in der Nähe von Anzio, und dreimal mit Seba in Porto Empedocle, in einem Hotel, dessen Besitzer vom fotografierten Bräutigam zu einem von Papas Freunden geworden war. Wir gingen mit Mylène zu OVS, um Badeanzüge auszusuchen: Nina entschied sich für einen neongelben Bikini mit winzigem Höschen und gepolstertem Oberteil. Ich nahm einen dunkelblauen Einteiler mit tiefem, geradem Beinausschnitt, aus dem meine Oberschenkel wie zwei feste Würste hervorquollen.

Treffpunkt auf dem Lungotevere, auf Höhe der Tiberinsel. Der Morgen war noch kühl, erst später würde drückende Schwüle herrschen. Gloria stieg aus dem feuerroten VW Polo aus, der wie verabredet vor dem Eingang zur Piazza in Piscinula wartete, und lief uns entgegen. Sie trug ein ärmelloses weißes Kleid mit einer türkisfarbenen Schärpe um die Taille, die den Rock bauschte. Hinter ihr, in wadenlangen Bermudas und einem dunklen T-Shirt, kam Marcos. Ich konnte mich nur noch schwach an ihn erinnern, inzwischen trug er einen Oberlippenbart, der mir ebenso neu war wie das Grübchen in der Mitte des kantigen Kinns. Wir hatten Marcos seit Jahren nicht gesehen, seit jenem Tag in der Grünanlage, als Nina einen hysterischen Anfall gehabt und sich das Knie aufgeschlagen hatte. Jetzt stand er lächelnd da, leicht nervös. Wir werden gut miteinander auskommen, dachte ich.

„Schöne Ferien, *profitez bien*", verabschiedete sich Mylène beim Aufbruch. Zur Feier des Tages trug sie ein feminines kurzes Kleid, dunkelblau mit lilafarbenen und himmelblauen Blümchen, das ihr hervorragend stand. „Was für eine Frau: Gäbe es mehr Menschen wie sie, die Welt sähe besser aus", sagte Gloria, während wir Mylène nachsahen, wie sie sich auf der Via Lungaretta entfernte. Mama vergötterte Mylène und an diesem Vormittag hatte sie, glücklich wie sie war, das Bedürfnis, dies in Worte zu fassen.

Dass uns ein Ort am Meer erwartete, hatten wir wegen der gekauften Badeanzüge bereits vermutet; jetzt, im Polo, mit Marcos am Steuer, erfuhren wir endlich, wohin genau die Reise ging. Wir waren auf dem Weg zum Hafen von Terracina, von dort würden wir mit der Fähre nach Ponza übersetzen.

„Ponza, die Insel?", fragte ich wie elektrisiert. Nina blieb stumm: Rollentausch, plötzlich war ich die Extrovertierte. Dann die Staatsstraße 148, die Pontina, kaum Bäume, viel Sonne, Marcos fuhr sicher, Mama saß neben ihm, sie hörten eine CD von Michel Petrucciani. Zwischen beiden perfekte Harmonie, ich spürte es, eine Wahrnehmung, die mich die ganze Reise über begleitete.

Kaum vom Tragflügelboot herunter, waren wir wie betäubt von der Schönheit rund um die Anlegestelle: Alles leuchtete, war weit, das strahlende Blau des Himmels, die buntverputzten Fassaden der Häuser am Hafen und am Hang des Hügels fügten sich zu einem Kaleidoskop aus Farben, himmelblau, ziegelrot, pastellrosa, ockergelb. Eine kleine Wiedergutmachung: Das sollten diese Ferien aus Sicht des Vormundschaftsrichters sein; für uns waren sie das pure Glück, von der ersten Sekunde an.

Wir konnten beide gut schwimmen, dank unzähliger Sonntagvormittage mit Mylène im Piscina delle Rose, dem Freibad im EUR-Viertel. Sichere Züge schon am ersten Tag in der Cala Feola, als wir uns mit Gloria ins offene Meer hinauswagten; wenn ich für einen Moment außer Atem kam, waren Mama und Nina sofort neben mir, wie sirenengleiche Schutzengel. Wir sonnten uns nebeneinander auf den Felsen, meine Mutter wunderschön in ihrem weißen Bikini mit den bronzefarbenen Ringen an Höschen und Oberteil. „Ihr wisst schon, dass wir echt heiße Schnitten sind, oder?“, sagte Nina, und später, am Abend, zu Marcos mit einem kumpelhaften Schlag auf den Rücken: „Was für ein Urlaub, nicht wahr? Mit drei Mädels wie uns...“ Nachdem sie ihre argwöhnische Zurückhaltung ihm gegenüber aufgegeben hatte, zeigte sich Nina von ihrer besten Seite. Alles gefiel ihr, verzückte sie ebenso wie mich. Die Überraschung des Urlaubs jedoch war nicht das Schwimmen oder die anhaltend gute Laune meiner Schwester, nicht das Herumtollen im Meer oder das ausgiebige Schnorcheln. Sondern unsere Bootstouren: Marcos hatte am Hafen eine weiß lackierte und schon etwas in die Jahre gekommene Nussschale mit Außenbordmotor gemietet, auf deren linker Bugseite in blauer, verschnörkelter Schrift der Name *Fides* prangte. Es war einfach herrlich. Ein Leben, das wir vom ersten Moment an liebten: In einer Bucht ankern, ins Wasser springen, in der Sonne trocknen, sich abermals ins kühle Nass stürzen; hin und wieder zu einer anderen Stelle der Insel zu tuckern, um abermals zu baden und sich weitere Stunden in der Sonne zu aalen. Das echte

Meer, die grenzenlose Zeit, keine Busfahrpläne und anstrengende Fußmärsche, um zu einsamem Buchten oder zu den einzigen beiden (überfüllten) Stränden der Insel zu gelangen – von Bord der *Fides* aus lernten wir – die ganze Küste entlangschippernd – jedes noch so versteckte Eck von Ponza kennen. Stunden um Stunden unterwegs auf der Suche nach geschützten Landzungen, Grotten, ausgespülten Wasserbecken in sonnenwarmen Felsen. Marcos war hervorragend darin, sowohl in Küstennähe zu navigieren als auch im offenen Meer zu ankern. Manchmal störte mich seine Art. Er sprach nur wenig, zu wenig, und diese extreme Zurückhaltung kam mir überzogen vor: Er war praktisch der Mann unserer Mutter, warum musste er sich immer aus allem heraushalten? Diesmal war nicht meine Schwester, sondern ich die Misstrauische, die Zornige. Die Eifersüchtige.

Wenn es an der Zeit war, den Anker zu lichten und den Buchten und Stränden Lebewohl zu sagen, ruderte Marcos erst, bevor er den Motor anließ. Mit regelmäßigen Schlägen, nicht das leiseste Schwanken des Bootes. Fasziniert folgten wir seinen Bewegungen.

„Woher kannst du das so gut?“, fragte Nina ihn einmal – sie saß vorne am Bug und musste gegen den Wind anschreien. Sie mochte Marcos, darauf hätte ich inzwischen wetten können, ich konnte es an dem Vertrauen sehen, mit dem sie sich an ihn wandte, anstatt ihn mit Blicken zu töten wie unseren Vater oder andere Männer. Angetrieben von den kraftvollen Ruderschlägen schoss das Boot derweil übers Wasser. Marcos sah stumm in die Ferne; er war nach einem Sprung ins Wasser eben erst zurück auf dem Boot, der Schnurrbart war nass und von glitzernden Tröpfchen übersät. Ein paar Worte in fehlerfreiem Italienisch, das er sich mit Glorias Hilfe angeeignet hatte. „Wie ich rudern gelernt habe, fragst du? Nun, ich habe das schon als Junge gemacht: Mein Onkel hat es mir auf dem Paraná beigebracht. Ich war ziemlich gut, ich habe sogar an regionalen Wettkämpfen teilgenommen.“ Gloria, neben Nina vorne am Bug, lächelte wissend, auf diese leicht dümmliche Art derer, die das Ende der Geschichte bereits kennt. Ich saß seitlich mit Blick zum Heck, das Boot wegen unseres Gewichts tiefer im Wasser, um die Schraube herum schäumende Wirbel.

„Ich habe drei Pokale hintereinander gewonnen; doch dann habe ich aufgehört, Hochleistungssport war nicht mein Ding. Aber trotzdem rudere ich bis heute für mein Leben gern. Schau, Nina...", sagte Marcos, nachdem er die Ruder aus dem Wasser gehoben und in den Dollen befestigt hatte. „Schau, wir haben Geschwindigkeit aufgenommen, jetzt fahren wir mit dem Wind. Wie die Vögel, wenn sie aufhören mit den Flügeln zu schlagen und abwärts gleiten. Sie bewegen sich dank ihrer eigenen Kraft fort, dank ihrer *fuerza autònoma. Fuerza autònoma*, das ist es, was mich interessiert..."

Über eine Gucci-Kundin und Freundin von Gloria hatte Marcos eine Stelle als Tontechnik-Assistent beim Film bekommen. Es war kein Job für die Ewigkeit; dennoch entwickelten sich die Dinge vom ersten Moment an in die richtige Richtung, nicht zuletzt, weil Gloria mit ihrem hervorragenden Gehalt Marcos alle Zeit der Welt bot, um sich einzuarbeiten. Bestimmt war er ihr unendlich dankbar, hegte insgeheim jedoch auch einen leichten Groll, wie bei Hilfeempfängern oft der Fall – einen Unmut, der sich im Lauf dieser Ferien gelegentlich dadurch offenbarte, dass Marcos Mama gegenüber leicht gereizt reagierte oder in langes Schweigen verfiel und plötzlich unnahbar und bedrückt wirkte. Angesichts dieser Stimmungsschwankungen, die mir nicht entgingen, kam mir Gloria im Vergleich zu ihm noch fröhlicher und strahlender vor, ein Eindruck, den ich wohl auch bei jedem anderen ihr nahestehenden Mann, allen voran Papa, gehabt hätte.

Wie auch immer, Marcos fasste beruflich schnell Fuß. Er hatte schon an zwei Filmen mitgearbeitet, war positiv aufgefallen: verlässlich, gewissenhaft, begabt. Die Ferien auf Ponza waren seine ersten in Italien, er wusste, dass im Herbst neue Projekte auf ihn warteten. Ja, er erweckte Vertrauen. Ein praktisch orientierter, geduldiger Mann: Eines Nachmittags sprang der Bootsmotor nicht an und Marcos löste das Problem binnen einer Stunde, indem er uns drei auf einem Felsen zurückließ, einen Bus zum Hafen nahm und mit einem Benzinkanister und einem großen Schraubenzieher zurückkam; zielstrebig, aufmerksam, jemand, der uns niemals in Schwierigkeiten bringen würde, dachte ich damals.

Er brachte uns das Rudern bei. Wenige Worte, viele Vorführungen, elementare Bewegungen, Dutzende Male wiederholt. Das Meer durchpflügen, indem man es aushob, „als ob die Ruder anstelle der Blätter *cucharas* hätten… wie sagt man noch gleich, Gloria? Ach ja: Stellt euch vor, am Ende der Ruderstangen wären Löffel." Das Wasser aufnehmen, verdrängen und dadurch vorankommen. Es fiel mir schwer, die Abläufe zu begreifen, das Vor und Zurück des Oberkörpers wollte mir nicht gelingen. Geduldig demonstrierte uns Marcos wieder und wieder den Ruderschlag, die exakte Neigung der Blätter, die beste Technik, um in der richtigen Haltung zu bleiben.

„Wie, verdammt noch mal, macht man das?", fragte Nina genervt, weil sie es nicht schaffte, die Ruder exakt so zu führen, wie Marcos es uns beizubringen versuchte.

„*Cortar; se debe cortar el aire*, zerschneiden, du musst die Luft richtig zerschneiden, als würdest du *en el columpio*… wie heißt das, Gloria?"

„Auf der Schaukel."

„Ach ja, also, es ist, als würdest du auf der Schaukel sitzen und müsstest dich selbst anstoßen, Nina, was machst du? Bewegst du dich da nicht auch auf und ab, um zu *empezar*?"

Nina auf der Schaukel: Immer dasselbe Problem. Nina und ihre Schaukeln.

Ich konnte verstehen, warum Mama sich in Marcos verliebt hatte. Freilich gab es diese Momente, in denen er etwas gereizt war, doch abgesehen davon schnitt er im Vergleich mit unserem

Vater eindeutig besser ab. Er war jemand, der mit beiden Beinen auf dem Boden stand. Jemand, mit dem die Zeit mühelos, wie im Flug verging. Ein Mann, der dem Leben ins Gesicht sah, der sich nicht hinter einer Kamera verstecken musste.

„Mama scheint wirklich glücklich zu sein mit Marcos, findest du nicht auch, Nina? Und es ist unglaublich schön hier auf Ponza, oder?“ Wir waren in unserem Zimmer, beide eben erst aufgewacht. Das vom Fenster eingerahmte Blau des Himmels und des Meeres, ein neuer Tag auf dem Boot, der auf uns wartete: Alles war berauschend.

„Ja, es geht uns gut hier, sehr gut sogar“, pflichtete Nina mir bei, während sie sich, noch im Nachthemd, die Haare bürstete. „Trotzdem würde ich nicht länger als eine Woche hierbleiben wollen, glaub ich, denn diese Tage sind eine Ausnahme. Und Ausnahmen haben kurze Beine, wie Mylène sagt.“

Ich lächelte. Wenn meine Schwester so gut gelaunt war wie in diesem Moment, gelang es ihr (und gelingt es ihr noch heute) wie niemandem sonst, mich ebenfalls fröhlich zu stimmen. Wir mussten zum Hafen hinunter, bestimmt machten Marcos und Mama schon das Boot startklar. Wie schon an den Tagen zuvor würde Gloria auch heute belegte Brote vorbereitet haben, dazu Pizza mit Schinken und Feigen, Kekse vom Bäcker aus Santa Maria, dem Besten der Welt, das hatten wir schon am ersten Tag, direkt nach unserer Ankunft, entdeckt, als wir dort Eclairs aßen. Alles würde fantastisch sein, lustig, die Hechtsprünge, das Rudern, die Stille. Im Gegensatz zu Nina hätte ich diese Ausnahmetage gern verlängert, liebend gern. Gloria ständig in der Nähe zu haben, zu spüren, wie sie uns nie aus den Augen ließ, wie sie uns beobachtete, uns zuhörte. Die ständigen Beweise ihrer Liebe zu genießen: Als ich eines Morgens aufwachte, stand sie vor unseren Betten und sah uns an; endlich, nach Jahren, konnte sie uns wieder im Schlaf betrachten.

Nach unserem Tag auf dem Meer, als wir das Boot an einem der Poller entlang des Kais festgemacht hatten, blieb Marcos noch zurück, um klar Schiff zu machen; mit dem Schlauch, der am Poller des benachbarten Liegeplatzes befestigt war, spritzte er das Heck, den Bug, die Bänke, die Planken ab. Danach gesellte er sich zu den Fischern, die in der Bar ein paar Meter weiter hinten saßen. Er bestellte sich ein Bier, nahm an einem der kleinen Tische Platz, unterhielt sich mit ihnen. Vielleicht kompensierte er auf diese Weise das nagende Gefühl der Frustration, weil er sich (zumindest im Moment) von Gloria aushalten ließ. Die Männer löcherten ihn mit Fragen: Er weckte ihre Neugier, dieser Fremde in Begleitung dreier Frauen, die alle für seine Familie hielten, die wunderschöne Mama mit ihren fast erwachsenen Töchtern.

Marcos trank noch etwas, ließ sich Zeit, als wüsste er, dass wir etwas Raum nur für uns drei brauchten. Unsere Ferienwohnung lag weit über dem Hafen, am Ende einer steilen Gasse, kaum Kurven, aber dafür viele Stufen. Von oben hatte man einen fantastischen Blick über die ganze Bucht; eine Kette aus Felsvorsprüngen und Booten, Farben und Häusern, und dann das Meer, unendlich weit und uns in diesen Tagen doch so nah. Gemeinsam mit Gloria kehrten wir in unsere Unterkunft zurück, im Gänsemarsch, verschwitzt und, endlich angekommen, etwas außer Atem – zwei Mal hatte ich Ventolin inhalieren müssen, weil die feuchte Luft und der steile Anstieg das Asthma förmlich herausforderten, es war im wahrsten Sinn des Wortes nur einen Hauch entfernt. Doch ich überlistete es, ging langsamer, inzwischen hatte ich gelernt, mich zur Wehr zu setzen.

Die Wohnung bestand aus zwei großen Zimmern mit gewölbten Decken und dicken Mauern, die einen modrig-öligen Geruch verströmten. Wir duschten nur kurz, wie es uns die Vermieterin wegen des sommerlichen Wassermangels auf der Insel ans Herz gelegt hatte. Danach stiegen wir, frisch angezogen und parfümiert, die sonnengebräunten Füße in flachen Sandalen, mit Mama wieder zum Hafen hinunter. In einer Bar in Santa Maria setzten wir uns an einen Tisch im Freien, vor uns das Meer, der Abend sank herab, indigoblaue und rosafarbene Lichtreflexe auf der Wasseroberfläche. Die anderen Gäste hatten nur Augen für Gloria: Ihre Schönheit zog alle Blicke auf sich, selbst hier, wo sie nichts Besonderes trug, nur ein gelbes Baumwollkleid mit Spaghettiträgern, große Kreolen, eine Spur Rot auf den Lippen. Sie bestellte einen Campari Bitter, dann sagte sie gerührt, während sie aufs Meer schaute: „Ach, Kinder, was für ein Geschenk, dieser Urlaub!“ Was für ein Geschenk, wie wahr. Endlich einmal gemeinsame Zeit: nicht das gestohlene Glück unserer Treffen in Rom, begleitet vom Ticken der Uhr, kein wie ein Damoklesschwert über uns schwebender Abschied, der allem die Spontaneität raubte. Hier gehörten die Stunden uns allein, waren erfüllt von gemeinsam neuersonnenen Gewohnheiten. Kleider tauschen, zusammen Frühstück machen, lernen, dass Mama, wie Nina, kurz nach dem Aufwachen leicht reizbar und überempfindlich war. Die Zähne putzen und dabei lachend vor dem Spiegel Grimassen schneiden. Glückliche Stunden, die nichts brauchten außer sich selbst. Nachholen, wiedergutmachen: Darum ging es. Zurückbekommen, was uns gestohlen worden war. Wir waren eins, Gloria, Nina und ich. Verbunden: die Summe einer natürlichen Addition.

Auf Mamas Bitte hin schipperte uns Marcos am letzten Tag zur Cala di Frontone. Er brachte uns zum Strand, half einer nach der anderen ritterlich von Bord, indem er uns die Hand reichte, als würden wir von einem Pferd steigen. Dann ruderte er schnell zurück aufs offene Meer, wendete das Boot nach Westen und verschwand hinter einer Landzunge. Frontone: ein typischer Strand, wie man ihn auf dem Festland überall findet, glühend heißer Sand, Menschenmassen, Sonnenschirme dicht an dicht, kaum Platz für unsere Strandtücher. „Maddi, Nina, was meint ihr, wollen wir uns eine ruhigere Ecke suchen?“ Ohne zu murren folgten wir Mama bis zum Ende des Strands, wo wir auf eine etwas abseits gelegene Stelle stießen, die zwar alles andere als einsam, aber zumindest nicht ganz so überfüllt war. Erhitzt und durstig tranken wir die halbe Wasserflasche leer, die Mama für uns mitgenommen hatte. Nina wollte gleich baden gehen, doch Gloria bremste sie. „Ich muss mit euch reden", sagte sie. Nie hätten wir Mama in diesen Tagen widersprochen; Sekunden später lagen wir bäuchlings auf unseren Strandtüchern im Sand, mit Blick aufs Meer, die heiße Sonne im Rücken. Beide ganz Ohr.

Unter ihrer breiten Hutkrempe fixierte Gloria einen Punkt in der Ferne, weit hinter den in der Bucht ankernden Booten. „Während der letzten Woche", begann sie, „war ich so glücklich wie seit Jahren nicht mehr, seit ihr auf die Welt gekommen seid, und das meine ich völlig ernst." Ihrer Erklärung wohnte etwas Eindringliches, Übertriebenes inne, etwas mir Unerklärliches und Rätselhaftes. Worte wie ein Fluch, der einen Zauber zunichtemacht. Die Magie unserer Ferien, die bis zu diesem Moment geherrscht hatte – dort am Strand von Frontone löste sie sich in Luft auf. Ja, ich konnte ihn verstehen, diesen dringenden Wunsch zu reden: Aber die Dinge beim Namen zu nennen raubte ihnen das spontane Glück, nahm ihnen den Glanz – das sollte Mama eigentlich wissen, dachte ich traurig. „Wisst ihr, Kinder, ich leide furchtbar; ich leide darunter, dass ich euch in Rom nicht sehen darf. Ich vermisse euch so sehr, dass ich es manchmal kaum mehr aushalte. Wenn ich nicht meine Arbeit hätte, die mich zwingt, einen kühlen Kopf zu behalten, immer aktiv zu sein, wäre ich wahrscheinlich schon längst verrückt geworden. Es ist ein solcher Riss durch unsere Familie, eine solch große Ungerechtigkeit..."

Es war heiß, wir waren zappelig, Nina scharrte nervös mit den Zehen im Sand. Mama schenkte all dem keine Beachtung: „Ich kann mir lebhaft vorstellen, wie verwirrt, wie wütend ihr seid. Was ich euch aufgebürdet habe, als ich gegangen bin: Und wie anders euer Leben, eure Zeit im Vergleich zu euren Altersgenossen verläuft... Ich muss ständig daran denken; jeden Tag muss ich daran denken."

Eine Woche lang hatte uns die Freude abgelenkt; nun stürzte unsere Abnormität mit all ihrem Gewicht plötzlich wieder auf uns herab und verriegelte abermals den goldenen – und perversen – Käfig unseres Lebens als „Waisen, ohne welche zu sein".

„Ich geh ins Wasser, Maddi, kommst du mit?" Nina wollte zu Recht fliehen, mit hektischen und verzweifelten Zügen wegschwimmen, um den Kloß im Hals loszuwerden und sich von der Last unserer Geschichte als Töchter zu befreien, die uns Gloria binnen Sekunden erneut aufgehalst hatte. Wegschwimmen, oh ja: Wie eine Schildkröte, eine Meeresschildkröte. Ich würde das Köpfchen einziehen und in meinem schützenden Panzer, meinem Carapax, ganz friedlich in die Weite des Meeres entschweben.

Gloria war aufgestanden, obwohl sie noch nicht fertig war, mit ihrem weißen Sonnenhut und Bikini wirkte sie vor den dunklen Felsen wie eine Diva, eine geheimnisvolle, bezaubernde Kassandra. „Nur eins noch, Mädchen, dann lass ich euch in Ruhe, versprochen. Meine Abwesenheit kommt euch bestimmt oft wie ein schreckliches Unglück, wie eine himmelschreiende Ungerechtigkeit vor. Aber ich konnte nicht anders, ihr seid inzwischen alt genug, um das zu verstehen. Es ging nicht. Ich konnte nicht bleiben. Ich konnte es einfach nicht, ich hätte es nicht ausgehalten..."

Ich schielte zu Nina hinüber, wieder einmal galt mein erster Gedanke ihr. Ich hatte Angst davor, wie sie reagieren würde, doch meine Schwester lächelte und schwieg, ebenso sprachlos wie ich. Endlich der Sprung ins kühle Nass. Wir beide im Meer: wir in unseren unterschiedlichen Badesachen, so grundverschieden von der Statur her und auch sonst das völlige Gegenteil voneinander. Nina konnte viel schneller kraulen als ich, aber sie passte sich mir an, sodass wir Seite an Seite bis dorthin schwimmen konnten, wo die Boote vor Anker lagen und schon bald auch „unseres", die *Fides*, mit Marcos am Steuer eintreffen würde.

Ich bin da, aber ich bin es auch nicht. Ich bin da, auch wenn es scheint, als wäre ich nie da gewesen. Und wenn ich nicht da war, dann deshalb, weil ich es nicht konnte; weil ich nicht nur nicht konnte, sondern weil ich es auch nie können würde. Wie eine Bitte um Absolution. Aber es war unser letzter Ferientag, verdammt nochmal. Wie sollten wir auf diesen Schrei nach Liebe antworten?

Unseren letzten Abend auf Ponza verbrachten Nina und ich auf dem Dach des Hauses, unter uns die Bucht und die Lichter des Hafens. Die Kuppeln der gewölbten Zimmerdecken dienten uns als Rückenlehne. Vier einzementierte Eisenstangen mit Wäscheleine – die zum Trocknen aufgehängten, noch feuchten Bettlaken verströmten den Moschusduft des Waschmittels. Abnehmender Mond, eine schmale Sichel inmitten eines atemberaubenden Sternenhimmels.

„Du bist die Einzige, der ich vertraue, Maddi. Die Einzige in diesem ganzen Chaos", sagte Nina zu mir.

Schweigend sah ich auf das dunkle Meer in der Ferne. Als Antwort genügte unsere Anwesenheit dort – zwei Schwestern, zwischen Insel und Wasser, unter diesem schwarzen Firmament.

„Hast du schon mal überlegt", frage ich Nina, „wie mutig Mama damals auf Ponza war, als sie am Strand mit uns geredet hat? Am Ende unseres ersten Urlaubs mit Marcos, erinnerst du dich noch?"

„Natürlich erinnere ich mich noch. Mutig, sagst du, Maddi? Wohl eher berechnend. Sie wollte ihr Gewissen erleichtern, die Ferienstimmung hat sie beruhigt, hat ihre Schuldgefühle gedämpft."

Ich antworte nicht. In letzter Zeit lassen mich Ninas Gedanken, ihre Ansichten, Überzeugungen, Urteile ziemlich kalt. Sie sind ihr Problem, nicht meins. Wir sitzen im Taxi, in New York. Obwohl Weihnachten vor der Tür steht und nicht Thanksgiving, hat sie sich in den Kopf gesetzt, einen Truthahn zu servieren. Also durfte ich heute Morgen direkt nach unserer Ankunft – völlig neben der Spur wegen Jetlag und Schlafmangel, während Pierre, Valentina und Sam im Apart-Hotel sanft schlummern – meine Schwester nach Fort Green begleiten und mich ins bunte Markttreiben des Brooklyn Flea Markets im Williamsburgh Savings Bank Tower stürzen, um die Zutaten für die *brine* (die Marinade) und das *stuffing* (die Füllung) zu kaufen. Nachdem wir alles bekommen haben – Lorbeer, Thymian, Knoblauch, Zwiebeln, Äpfel, Würste, Sellerie, Zitrone, Kräuter, süßes Maisbrot, Cranberrysoße –, sind wir, mit großen und kleinen Tüten bepackt, mit der *subway* zwei Stationen weiter nach Boerum Hill zu einer koscheren Metzgerei gefahren, wo das riesige Drei-Kilo-Tier, das Nina bestellt hatte, abholbereit auf uns wartete. Jetzt im Taxi, gefangen im infernalischen Verkehr, warten wir darauf, nach

Hause zu kommen. „Mach dir nichts vor, Maddi", beharrt Nina. „Wenn Mama damals mit uns geredet hat, dann nur wegen sich selbst und sonst niemandem." Der übliche Grimm und Argwohn, sie hat sich kein bisschen verändert, meine Schwester. Während dieser Tage in New York erlebe ich sie auch Brian gegenüber zänkisch und gereizt. Eines Abends verlassen wir gerade die Galerie in der Montague Street, die Brian Pierre und mir unbedingt zeigen wollte (unser letzter New York-Besuch liegt schon ein paar Jahren zurück, weshalb wir diese neueste Location noch nicht kannten); es ist kurz vor acht, für neun haben wir einen Tisch bei Alfredo reserviert, einem bei Lonely Planet mit vier Sternen bewerteten italienischen Restaurant. Vale und Sam sind mit einer Freundin von Brian nach Queens gefahren, wir „Erwachsenen" sind also ganz unter uns. Komplimente von Pierre und mir, die Räumlichkeiten der Galerie sind wirklich schön, weitläufig, liebevoll ausgestattet bis ins Detail, weißes Parkett, erlesene schlichte Möbel, LEDs aus Australien, die alles in ein zauberhaftes bläuliches Licht tauchen. Kletterefeu an der Wand eines eigenwilligen sechseckigen Innenhofs, den Brian in einen veritablen Zen-Garten verwandelt hat, Sand, Steine, ein kleiner Bach mit künstlichen Seerosen unter einem Miniatur-Wasserfall; vor dem Büro weiter hinten im Loft eine schwarze Lackschiebetür, die asiatisches Flair verströmt. Nach Weihnachten findet eine Finissage statt, hier und da erste Anzeichen des Abbaus, eine große Leinwand liegt auf den Boden, ultramarinblaue Pinselstriche, „Klein Blue, Version 21. Jahrhundert", kommentiert Brian sarkastisch. Mir gefällt alles, diese Liebe zum Raum und zur Arbeit, die Strahlkraft eines Projekts, an das Brian, das weiß ich, felsenfest glaubt und Nina mit ihm. Nina: Kaum ist sie zu uns gestoßen, bemerke ich, dass sie betrunken ist. Draußen auf der Straße geht sie mit taumelnden Schritten voran. An diesem Abend trägt sie einen eleganten cremeweißen Alpaka-Mantel, der Riegel im Rücken von zwei großen Hornknöpfen gehalten, und pelzverbrämte Stiefeletten mit sieben Zentimeter hohen

Absätzen, auf denen sie derart wankt, dass ich sie schon stürzen sehe. Zu Brian gewandt, sodass ich sie kaum verstehen kann, faselt sie etwas über den Unterschied zwischen Talent haben und das eines anderen managen. „Reden wir Tacheles", brabbelt sie, „eine Begabung, die hat man oder man hat sie eben nicht." Und dann lacht sie, ein gehässiges Lachen, verdammt noch mal, sie ist sternhagelvoll! Wahrscheinlich hat sie mit ihrer Freundin Sally gebechert, einer Werbeproducerin, die sie aus Sri Babaris Meditationsgruppe kennt. Ich bin Sally noch nie persönlich begegnet, aber ich habe schon viel von ihr gehört. Sie scheint ein richtiger Workaholic zu sein, der abends zur Entspannung gern zur Flasche greift, um sich dann tags darauf mit doppelten Espressi gegen den Kater über Wasser zu halten. Wahrscheinlich haben sie sich gemeinsam volllaufen lassen, denn Nina steht völlig neben sich, redet wirres Zeug. „Kunstparasiten, das sind wir, mein Lieber!", höre ich sie zu Brian sagen, während sie ihn am Arm packt. „Hast du verstanden? Pa-ra-si-ten", nuschelt sie und knufft ihn in die Seite. „Also, was sagst du, hä? Mein süßer Kunstparasit..." Brian ist ein Meister der Selbstbeherrschung, er lässt sich nicht auf Ninas absurde Provokationen ein, er geht einfach weiter, bis wir beim Restaurant ankommen. Diese Szene verstört mich. Die Probleme meiner Schwester gehen mich nichts an, ich kann mir das vorsagen, so oft ich will, aber der Punkt ist: Ich bin einfach nicht in der Lage, mir keine Sorgen um Nina zu machen, und für sie ist es nahezu unmöglich, sich aus ihren Fesseln zu befreien, nach all den Jahren ist sie immer noch die Gefangene ihrer selbst. Während wir uns kurz vor dem Rückflug verabschieden – an einem eiskalten Morgen in Tribeca, Nina wird gleich die *subway* zurück nach Brooklyn nehmen –, mustere ich meine Schwester, sie wirkt derart elegant in ihrem Alpaka-Mantel, aber auch derart nervös. Ich würde gern bei ihr bleiben, sie nochmals umarmen, sie nicht verlassen. „Mach bloß keine Dummheiten, Nina, okay?", sagt Pierre zu ihr. Ich würde ihr ebenfalls gern ein paar Ratschläge geben. Mach das mit Brian nicht kaputt. Überstürz nichts, bleib ruhig. Das würde ich Nina gern sagen. Nina, die alles zerstört, zerbricht, zersprengt – die nie zur Ruhe kommt. Das Gegenteil von mir, die aufbaut: mit Pierre eine Familie, für mich selbst einen Carapax als Wahrer meines inneren Friedens, ein mit einer Alarmglocke versehenes Selbstverteidigungssystem, um Schwierigkeiten zu vermeiden. Sie mag dünn und kurz sein, die Linie, der mein Leben folgt – aber sie verläuft entlang fester Wegpunkte.

Das Zusammenleben mit Mylène hatte nichts an unserer Verbundenheit als Schwestern geändert, nach den Ferien auf Ponza mit Mama und Marcos schien unsere komplizenhafte Allianz im Gegenteil zu wachsen. Eine plus eine plus eine: Wir waren verbunden durch eine Addition, dieselbe, auf der unser Pakt gründete. Zwischen Nina und mir, als Summenzeichen und Ursache stand Gloria, ihre anwesende Abwesenheit. Ohne dieses verbindende Element, das aus uns ein unteilbares Ganzes machte, wären Nina und ich vermutlich distanzierter, eigenständiger aufgewachsen. Mama zusammen auf unsere gegensätzliche Art zu lieben, war unser gemeinsamer Nenner. Wir waren eine Addition und diese Addition war gleichzeitig unsere *addiction*, unsere Sucht. Plus und Plus ergibt Plus, und an diesen unseren Dreisatz waren wir durch ein dreifaches Band gefesselt, jede auf ihre Art. Er war Energiequelle, Sehnsuchtsort, Alpha und Omega, Basis und Abwesenheit einer Basis. So, wie die Addition auch eine Belastung ist, sind alle Belastungen Additionen, ergeben in Summe eine einzige große Last, die es zu schultern gilt. Glorias Nicht-Da-Sein, ihr Fehlen im Alltag wog schwer, unsere geschwisterliche Symbiose wog schwer, in deren morbide Arme die mütterliche Abwesenheit uns gelegt hatte.

Für Nina war es eine Notwendigkeit, dass ich als große Schwester an ihrem Leben teilnahm. Es war nicht mein Wunsch, sie war es, die mich an ihrer Seite wollte: Alles, was in ihrem Leben geschah, schien nur dann von Wert zu sein, wenn ich mit einbezogen war.

„Wie soll ich das schaffen, Maddi, ganz allein?“, flehte sie immer wieder, und in ihren weit aufgerissenen smaragdgrünen Augen lag in solchen Momenten eine gefährliche, wilde Schönheit. Jedes Mal ein Wirbelsturm der Gefühle, der meine Schwester voll erfasste, ohne mich je zu verschonen.

Giacomo Barresi kannten wir beide. Er war ein paar Monate in meiner Klasse gewesen, bevor er in eine andere wechselte, in der Französisch unterrichtet wurde – Englisch konnte er dank seiner aus Bristol stammenden Mutter schon perfekt. Er hatte etwas Eigenwilliges, das ihn von den anderen Jungen abhob; einer, der bereits mit dem eigenen Kopf dachte. Sein Auftreten war selbstbewusst, vom Verhalten und von seiner Art her wirkte er viel weltoffener als seine Mitschüler. Die Augen verborgen hinter tief in die Stirn fallenden, ungestümen Locken, die Kleidung immer dunkel; der einzige Farbtupfer eine rostrote Jeans, die alle an der Schule sensationell fanden und die ein absolutes Novum war. Er war ebenso interessiert an Nina wie sie an ihm: In der Pause standen sie früher oder später jedes Mal ganz nah nebeneinander, ohne jemals miteinander zu reden. Ninas übliche Unverfrorenheit löste sich vor diesem Mitschüler, der so anders war als der Rest, in Luft auf: keinerlei Überheblichkeit bei Giacomo Barresi. Mich überkam eine Mischung aus Zärtlichkeit und Wut, wenn ich meine Schwester so schüchtern, so verlegen sah. War es Instinkt oder raffinierte Taktik, dieses Schweigen, diese Sprödigkeit von Nina? Ich begriff es einfach nicht. An die Mauer des Pausenhofs gelehnt, beobachtete Giacomo sie mit ernstem, unergründlichem Blick, nie ein Lächeln. Misstrauisch und fasziniert. Nach und nach immer stärker voneinander angezogen, wie zwei Magnete; dass es bald zwischen ihnen funken würde, war offensichtlich. Obwohl ich das alles auszublenden versuchte, ertappte ich mich oft bei dem Gedanken, wie das Ganze wohl laufen würde.

Sie fingen an, sich zu treffen. Von Anfang an Probleme, Leid; kaum Glück. Giacomos Schweigsamkeit ärgerte Nina; er, obschon von ihren Wutausbrüchen erschrocken, lief ihr hinterher. Einmal genehmigte sich meine Schwester auf einer Geburtstagsparty zu viel Rum Cola und Giacomo stützte sie auf dem ganzen Weg nach Hause, sie panisch vor Angst, sich übergeben zu müssen und alles zu ruinieren (was nicht geschah). Ich war skeptisch. Sie vertrauten einander nicht wirklich und sie vertrauten sich selbst nicht genug. Und eine Beziehung ohne gegenseitiges Vertrauen, wohin sollte die führen?

Giacomo begann uns regelmäßig samstagnachmittags zu besuchen. Er kam zu Fuß aus Trastevere nach Monteverde, über die Via Garibaldi, rechts vorbei am berühmten Gianicolo-Brunnen und dann die Via Fonteiana neben der Villa Pamphili entlang. Den Weg hatte ihm sein Vater einmal gezeigt, danach konnte Giacomo ihn im Schlaf gehen. Er war ein Einzelkind, seine Eltern hatten ihn schon früh zur Selbstständigkeit erzogen. Ein einsamer, unabhängiger Junge. Jedes Mal, wenn er zu uns kam, mussten anfangs Mylène oder ich die Gastgeberin spielen, bevor sich Nina endlich bequemte zu erscheinen. Ich sehe ihn noch heute vor mir, tief eingesunken in einem der beiden malvenfarbenen Cord-Sofas sitzend, die über Eck mitten im Wohnzimmer standen, und nervös in einer Zeitschrift blätternd – Papa hatte uns sowohl ein *Focus*- als auch ein *National Geographic*-Abonnement geschenkt, inzwischen lagen überall in der Wohnung irgendwelche Ausgaben herum. Manchmal las er auch nicht darin, sondern unterhielt sich mit Mylène; sie sprachen über Nantes, Mylènes Heimatstadt, wo er im Sommer zuvor mit seinen Eltern gewesen war. Aus Mylènes Sicht ein erstaunlicher Zufall. „Wie seltsam, bei so vielen Orten auf der Welt, ausgerechnet Nantes…" „Von wegen, das ist kein bisschen seltsam", widersprach er forsch. „Meine Mutter hat, wie so viele ihrer Landsleute, einen Frankreichtick: Sie macht nichts lieber als kreuz und quer durch Frankreich zu fahren und alles miteinander zu vergleichen" – und er fing an, Regionen, Orte, französische Landschaften aufzuzählen, die er mit seinen Eltern besucht hatte. Giacomo: locker, witzig – keine Spur mehr von dem unergründlichen und finsteren Jungen aus der Schule, der Nina im Pausenhof taxierte. Mylène mochte ihn sehr, das war eindeutig; Mama hätte seine guten Manieren und seine ungezwungene Art noch mehr geschätzt, wenn sie da gewesen wäre, dachte ich gerührt und ein bisschen traurig.

Mich grüßte er kaum. Ich machte ihn verlegen. Uns beiden machte noch immer die Erinnerung an einen heiklen Moment im letzten Schuljahr zu schaffen. Ein früher Nachmittag, hinter den hohen Fenstern des Klassenzimmers die Kulisse eines tristen Wintertages, dunkle Silhouetten kahler Bäume, das Rot der Leuchtschrift eines Supermarktes, der rechtwinklig an unser Gebäude stieß. Zwei lange Stunden nebeneinander, um ein Geografiereferat vorzubereiten, für das uns die Lehrerin paarweise eingeteilt hatte. Über den Atlas gebeugt, las ich gerade etwas über die Agrarressourcen von Malawi vor – „Sisal ist eine Art Agave, die in der Textilindustrie zum Einsatz kommt…" –, als ich plötzlich Giacomos Augen auf mir ruhen spürte. Stumm erwiderte ich seinen eindringlichen Blick. Manchmal offenbart sich gegenseitige Anziehung im Bruchteil einer Sekunde, in Form eines Aufblitzens, eines kurzen Bebens. Schnell las ich weiter, aber dieser Moment war ein eindeutiges Signal gewesen, das weder er noch ich vergessen hatten, wie mir nun klar wurde, als Giacomo als Freund meiner Schwester bei uns zu Hause auftauchte.

Er stand jeden Samstagnachmittag vor der Tür, enttäuscht und leicht verunsichert, weil es nie Nina war, die ihm öffnete. Ich für meinen Teil versuchte das Unbehagen, das diese Erinnerung in uns beiden weckte, in ein Gefühl stiller Verbundenheit zu verwandeln, in ein kleines Geheimnis, das der Vergangenheit angehörte und auf seine bedeutungslose Weise der Gegenwart dienen konnte. Giacomo nicht, er ging mir lediglich aus dem Weg.

Nina war innerhalb weniger Wochen noch schöner geworden, fiel mir auf, während ich ihr dabei zusah, wie sie vor dem Spiegel ein Outfit nach dem andern ausprobierte, Schuhe an- und wieder auszog, verschiedene Frisuren – Pferdeschwanz, Dutt, Zopf – testete. Die samstägliche Wartezeit bis zu Giacomos Erscheinen wurde regelmäßig mit diesen ungeduldigen Vorbereitungen überbrückt. Letztendlich entschied sie sich immer für dieselben Kleider, einen Jeansrock in Kombination mit einem gelben Body („Trag so oft wie möglich gelb, Nina, es schmeichelt dem Grün unserer Augen", riet ihr Mama); oder ein hautenges silbergraues Stretchkleid, das ihr eine frühreife und aufreizende Aura verlieh. Kaum hatte es geklingelt, stürmte ich, glücklich für Nina, in ihr Zimmer, um ihr Giacomo anzukündigen. „Mach schnell, er kommt schon die Treppe hoch, gleich ist er da!" Aber meine Schwester hatte inzwischen schlechte Laune bekommen, mit bitterbösem Blick forderte sie mich auf, ihm zu öffnen. Sie hatte diesen Moment allzu glühend herbeigesehnt, und das machte sie unzufrieden mit sich selbst, daher war sie wütend und kratzbürstig.

„Bleib hier, Maddi", befahl sie mir, als er schon in Hörweite war. Sie wollte mich bei sich haben, so, wie schon zuvor während des Wartens. „Es gibt keine Auszeit fürs Schwestersein", schärfte sie mir später ein, als wir wieder allein waren und es nochmal darum ging, warum ich hätte dableiben sollen. „Es gibt keine Auszeit fürs Schwestersein": moralische Erpressung, ja fast schon eine Strafe. Wenn Giacomo bei ihr war und ich Anstalten machte zu gehen – ich war überflüssig, die beiden allein zu lassen erschien mir logisch, völlig normal – funkelte Nina mich drohend an. Und ich blieb, gegen meinen Willen.

Ja, Nina war noch schöner, seit sie mit Giacomo zusammen war, aber auch gestresst. Seine Anwesenheit versetzte sie in einen Zustand aus Sorge und Anspannung. Glanz und Fieber, das bescherte er ihr.

„Du bist ein bisschen blass um die Nase, Ninutschka; kommt das vielleicht von der Liebe?", hänselte ich sie, wenn wir unter uns waren, im vergeblichen Versuch sie aufzuheitern. „Hör auf, Mist zu reden, Maddi, du hast keine Ahnung, wie es in mir aussieht..." Bedrückter Ton, nicht die leiseste Ironie in den Augen.

Sie behandelte Giacomo schlecht, provozierte ihn. Nie waren sie sich einig: Sie wollte etwas unternehmen, er nicht. Sie schaltete das Radio ein, er bat sie, es auszumachen. „Warum bist du dann überhaupt gekommen, wenn du noch nicht einmal Musik hören möchtest?", keifte Nina, fast schon hysterisch. Keine Reaktion von Giacomo, nur Schweigen.

„Was ist denn nun, gehen wir jetzt irgendwo hin oder nicht?", drängte sie ihn – nervtötend, genervt. Für Mylène und mich war diese ätzende Art nichts Neues. Bis heute bricht sich das Unbehagen bei Nina in Form von Provokation Bahn: Polemik ist für sie nicht Angriff, sie ist Verteidigung, Abwehr. Ihre Art, sich gegen die Welt zu panzern. Der ahnungslose Giacomo hingegen war perplex, verstand sie nicht, ärgerte sich. „Ich bin müde, ich bin den ganzen Weg zu Fuß gegangen... lass uns lieber in dein Zimmer gehen und uns ein bisschen ausruhen" – mit einer vielsagenden Kopfbewegung deutete er auf die Tür von Ninas Zimmer am Ende des Flurs. Sie lachte, ein ordinäres Lachen, während sie vor dem Garderobenspiegel neben der Eingangstür ihr Makeup auffrischte und sich selbst bewunderte. Die Koketterie war schon immer die stärkste Waffe meiner Schwester: ihre verlässlichste Provokation.

„Ausruhen? Ich bin kein bisschen müde!" – und reflexhaft suchte sie meinen komplizenhaften Blick, den Beweis eines schwesterlichen Einvernehmens, von dem Giacomo ausgeschlossen war. Doch vergebens; ich mauerte.

Er gewann, weil sie nichts unternahmen, sie gewann, weil sie nicht in ihr Zimmer gingen. Stattdessen lümmelten sie, ohne sich zu berühren, auf den Sofas im Wohnzimmer und schauten stumm MTV. Ab und zu startete Giacomo einen Annäherungsversuch, den Nina umgehend mit einer Ausrede abwehrte. Irgendwann wurde mir dieses ganze Theater zu viel und ich verkroch mich in mein Zimmer, meine Festung. Mylène mühte sich, die Stimmung aufzulockern, indem sie Giacomo wieder einmal in ein Gespräch verwickelte – an Themen mangelte es nicht, es gab weitere Zufälle wie zum Beispiel die Tatsache, dass Giacomos Mutter wie Mylène in Perugia Italienisch gelernt hatte, zwar in einem anderen Jahr, aber beim gleichen hervorragenden Lehrer, über den Giacomo etliche Anekdoten berichten konnte.

Sie hielten es ganze drei Monate miteinander aus, Giacomo und Nina. Ich fragte meine Schwester nicht nach dem Grund ihrer Trennung, und auch sie erzählte mir nichts. Giacomo Barresi besuchte uns nicht mehr, und wenn Nina und er sich im Schulhof zufällig über den Weg liefen, grüßten sie sich kaum noch. Vermutlich hatte sich Nina von ihrer schlimmsten Seite gezeigt. Aus der Kälte, mit der sie sich nun begegneten, konnte ich schließen, dass meine Schwester wieder einmal ihrer Aggressivität freien Lauf gelassen hatte – auf verheerende, zerstörerische Weise. Zu Hause fiel der Name Giacomo nie mehr. Im Jahr darauf ging er von der Schule; seine Eltern, hieß es, hätten sich getrennt und er sei mit seiner Mutter zurück nach Bristol gezogen. Dass die Erinnerung an diesen Jungen für immer einen festen Platz nicht nur in Ninas Herzen haben würde, sondern auch in meinem, war gewiss. Für uns beide, wenn auch auf unterschiedliche Art, eine gescheiterte Möglichkeit, das abrupte Ende einer Reise. Ich war alt genug, um zu wissen, dass es oft die verpassten Gelegenheiten sind, die sich als Sediment in unserem tiefsten Inneren ablagern.

Erinnerungen über Erinnerungen, vor allem, wenn ich zu unserer Laufstrecke zurückkehren werde. Auch an Bruno. Denn nach dieser Geschichte trat Bruno in Ninas Leben.

Bruno war Informatiker, aber seine wahre Passion war das Laufen. Er kam spätnachmittags ebenso regelmäßig zum Training in die Villa Pamphili wie wir. Nina und er lernten sich dort kennen, auf jener Anhöhe in Form eines riesigen Rechtecks, die als heimlicher Favorit für Sportaktivitäten unter den etlichen Möglichkeiten im Park galt. Bruno bemerkte Nina zuerst; schwierig, sie zu übersehen, das bildschöne Gesicht frei unter dem Bandana, das die Haare festhielt, das leuchtende Grün der Augen im Kontrast zur rabenschwarzen Mähne, das rhythmische und dynamische Auf und Ab der perfekten Beine. Und dann die Energie, die noch heute beim Laufen von ihr ausgeht und eine völlig andere aus ihr macht: Die physische Anstrengung lässt die sinnliche Frau, die in Nina steckt, zum Vorschein kommen und schenkt ihr eine innere Harmonie, die ihr ansonsten komplett fehlt. Denn ihre Ausdauer beim Sport ist das absolute Gegenteil ihrer Sprunghaftigkeit im restlichen Leben. Wenn sie trainiert, ist Nina glücklich und beharrlich, wo sie normalerweise launisch und unbeständig ist. Schon damals im Park konnte sie Runde um Runde Tausende von Metern zurücklegen, ohne aufzugeben. Auf Anraten von Mylène hatte sie inzwischen auch Wiederholungsläufe in ihr Trainingsprogramm aufgenommen: schnelle Sprints, deren Länge und Geschwindigkeit sich von Mal zu Mal steigerte, im Wechsel mit langsamem Traben, um wieder zu Atem zu kommen. Ein paar Minuten Pause, zwei bis drei Stretching-Einheiten für Schenkel, Waden und Hüftgelenk – dann das Ganze von vorn. Die innere Einstellung: Sie ist es, die einen guten Sportler ausmacht, und sie war es auch, die Bruno an Nina beeindruckte. An diesem hochgewachsenen Mädchen mit dem Bandana, derart konzentriert, selbstbewusst, entschlossen. Außergewöhnlich.

Nach der Geschichte mit Giacomo – einer ersten, noch vor dem Erblühen gescheiterten Liebe – war Nina unbewusst auf der Suche nach einer Entschädigung, um wieder positiv in die Zukunft schauen zu können. Abends, wenn ich Klavier spielte und sie mit einem Buch auf dem Sofa saß, wirkte sie bedrückt. Ich spürte, dass sie sich nach einer neuen Beziehung sehnte: nach jemandem, der ihr glich, dessen Charakter keine Reibungsfläche bot.

Ninas Intuition sollte sich als richtig erweisen, Bruno und sie waren sich tatsächlich ähnlich. Sie eilten beide im gleichen Tempo durchs Leben – im Laufschritt, und nicht nur das. Bruno war zehn Jahre älter als Nina und seit drei Jahren verheiratet, wie er ihr ernst mitteilte, als sie eines Abends nach dem Training – auf ihren Vorschlag hin –in der Bar gegenüber der Porta San Pancrazio saßen. Schon mehrmals hatten Nina und er sich am Rand der Laufstrecke länger unterhalten. „Ich komm gleich nach“, sagte sie zu Mylène und mir und gab uns mit einer brüsken Kopfbewegung zu verstehen, dass wir sie mit Bruno allein lassen sollten. Verschwitzt und noch immer außer Atem redeten sie miteinander, die Endorphine im Blut machten sie unbefangen, die Anstrengung hatte sämtliche körperliche Triebe erstickt und es gab keinen Grund mehr, sie mittels überflüssiger Gedanken zu kontrollieren. Es war leicht, die Gesprächsthemen ergaben sich wie von selbst: Sport (Bruno war ein Experte in Sachen Wiederholungsläufe), aber auch viele andere. Es war die Unbeschwertheit dieser gelegentlichen kurzen Wortwechsel gewesen, die Nina dazu bewegt hatte, ihn zu fragen, ob er Lust habe, noch etwas trinken zu gehen. Eine Einladung, auf die Bruno eher verhalten reagiert hatte: „Okay, warum nicht. Aber nicht lang, meine Frau wartet auf mich“. Damit war eigentlich alles klar, doch meine Schwester überging diese Bemerkung lächelnd: fest entschlossen, etwas von diesem Mann zu bekommen, der ihr eindeutig nur sehr wenig bieten konnte.

Seine Frau erwarte ein Kind und sei kurz vor der Niederkunft, erzählte Bruno Nina, sobald sie sich an einen Tisch im kleinen dreieckigen Raum des Lokals gesetzt hatten, mit Blick auf den Bogen der Porta San Pancrazio und auf eines der spektakulärsten Panoramen Roms. Die ganze Zeit, während er sprach, starrte er an meiner Schwester vorbei auf eine Wand voller Postkarten aus der ganzen Welt. In diesem Moment sei er ihr fix und fertig vorgekommen, „ein Mann am Abgrund", vertraute mir Nina später an, als sie sich endlich dazu durchrang, mir ihr Geheimnis zu beichten. Es war ein Sonntagnachmittag, wir waren nach einem Restaurantbesuch mit Gloria auf dem Weg nach Hause. „Was ist los, Nina?", hatte Mama während des Essens mehrfach gefragt; denn Nina sagte kein Wort, rührte ihren Teller kaum an, es war offensichtlich, dass etwas nicht stimmte und sie mit dem Kopf woanders war. Zerstreut, vielleicht besorgt, und dennoch strahlend. Schon während ihrer Beziehung mit Giacomo war sie immer schöner geworden, doch seit sie sich heimlich mit Bruno traf, sah sie einfach atemberaubend aus. „Nichts, Mama, nichts ist los...", wiegelte sie mit ernster Miene ab. Nachdem wir uns von Gloria verabschiedet hatten und in gedrückter Stimmung nebeneinander herliefen, sprudelte plötzlich die Wahrheit – das komplette Gegenteil ihrer vorherigen Ausflüchte – aus ihr heraus.

Ich hörte ihr zu. Anders als sie hatte ich keinerlei Erfahrung in der Liebe, ich war immer noch Jungfrau. Doch trotz meiner Unbedarftheit schien mir die Situation an jenem Sonntag im Großen und Ganzen klar: Eine unsichtbare Sucht hatte sich meiner Schwester bemächtigt und lenkte sie. Eine neue *addiction* – nach einem Mann, nach dem Gefühl, das sie hatte, wenn sie ihn traf, an ihn dachte, ihn liebte. Die Luft war mild an diesem Nachmittag, es roch nach Frühling, der Winter war endgültig vorbei, man sah es an den dicken Knospen der Bäumen, der strahlenden

Helle bis in die Abendstunden, jetzt, zu Beginn der Sommerzeit. „Erinnerst du dich an den Typen, Maddi, mit dem ich in letzter Zeit joggen gehe, den großen?“ Mehr musste sie nicht sagen. „Wir treffen uns seit einer Weile, und…“ Ich empfand instinktiv Abscheu: Wenn diese Nervosität, dieses Zittern in Ninas Stimme die Liebe war, dann interessierte sie mich nicht, dann wollte ich nichts von ihr wissen. Eine Festung lässt sich nicht einnehmen, wehrt alles, was Schmerz verursachen könnte, jeden drohenden Exzess ab. Ich werde mich nie verlieben, und ich werde nie zulassen, dass sich jemand in mich verliebt, dachte ich damals, als ich ihr widerwillig, unter größter Überwindung zuhörte.

„Lass uns in die Villa Pamphili gehen, einverstanden? Nur kurz, Maddi, versprochen, bis ich mich beruhigt habe…“ Ein paar Meter auf dem asphaltierten Weg und schon waren wir auf „unserer“ leicht abschüssigen Wiese hinter dem Arco dei Quattro Venti. Mit überkreuzten Beinen saßen wir uns gegenüber – ein Schatten huschte über Ninas Gesicht, während sie sich mir anvertraute. „Der Sex mit Bruno ist wirklich toll. Es ist verrückt, wie gut wir uns verstehen, wie sehr unsere Körper die gleiche Sprache sprechen.“ Sie suchte meinen Blick, doch ich wich ihr aus, gewiss spürte sie mein Unbehagen, aber es kümmerte sie nicht. „Ich weiß, dass er verheiratet ist; aber es läuft so gut zwischen uns, Maddi, und allein der Gedanke, mit ihm Schluss zu machen, macht mich völlig fertig.“ Eine Wolke schob sich vor die Sonne, das Grün um uns herum wirkte plötzlich düster. Das Licht ein Spiegel meiner Seele: Es war traurig, Nina solcherart von geheimen Strömungen, von dunklen Abhängigkeiten mitgerissen zu sehen. „Und wo, bitte, trefft ihr euch?“, lautete meine einzige Frage – das einzige Detail, das mich an diesem Geheimnis, von dem ich lieber nie erfahren hätte, interessierte. Sie trafen sich im Apartment eines Freundes von Bruno, der vor einem Jahr als Agrar-Projektmanager nach Gambia gegangen war. „Eine süße Einzimmerwohnung, nicht weit von hier – in Testaccio. Jedes Mal, bevor ich gehe, hüpfe ich dort unter die Dusche, die

Handtücher sind superflauschig und duften einfach himmlisch. Danach fährt Bruno mich jedes Mal nach Hause... und dann wartet er vor der Tür, bis ich im Haus bin, und wenn ich mich nochmal zu ihm umdrehe, schickt er mir einen Luftkuss: Er legt die Finger auf die Lippen und dann ans Fenster, als wollte er mich berühren... ein letztes Mal berühren. Jedes Mal dieselbe zärtlich-galante Geste nach den stürmischen Stunden zuvor, in denen wir uns wild geliebt haben..." Gleich regnet es, wollte ich schon sagen, lass uns besser nach Hause gehen. Doch genau da kam die Sonne wieder hervor, während Nina unbeirrt fortfuhr: „... und ich gehe die Treppe hoch, setze mich mit dir und Mylène an den Tisch, unterhalte mich mit euch, lebe mein normales Leben weiter – und gleichzeitig bebt mein ganzer Körper noch immer vor Erregung, während ich im Geist schon die Stunden bis zum nächsten Treffen mit Bruno herunterzähle."

Ich merkte, wie es mir die Luft abschnürte, es musste an der hohen Luftfeuchtigkeit liegen; selbst „unsere" Wiese mit ihrer Weite und ihrem satten Grün löste Beklemmung in mir aus. „Sobald das Baby da ist, lässt er dich fallen, Nina. Mach dich schon mal darauf gefasst, denn genau so wird es laufen." Gesunder Menschenverstand, Realismus, ein Quäntchen Vernunft nach all diesem sentimentalen Kitsch. Genau das kann eine Festung im Sturm der Gefühle bieten: die Wahrheit. Es würde völlig banal enden, nach dem üblichen Muster. Übermannt von seinen väterlichen Gefühlen würde der frischgebackene Papa sie verlassen. So und nicht anders sah die Zukunft ihrer heimlichen Liebe aus. Punkt.

Meine Schwester saß wie versteinert da und sah mich an. Mir wäre einer ihrer rachsüchtigen Wutanfälle tausendmal lieber gewesen als ihre Melodramatik in diesem Moment. „Der Kerl lässt dich hundertprozentig sitzen", bekräftigte ich mit leicht sadistischem Vergnügen, das an erster Stelle mir selbst auffiel. „Begrab schon mal deine Hoffnungen, denn irgendwann lässt er dich im Regen stehen, Nina." Die Liebe interessierte mich nicht, die Realität dafür umso mehr, und ich erwartete von meiner Schwester, dass auch sie sich ihr beugte. Außerdem, wenn Nina einen solchen Drang verspürt hatte mich einzubeziehen, mich nach Wochen endlich an ihrer Liebesgeschichte teilhaben zu lassen, dann nur, weil sie nach dem heftigen, aber befreienden Schlag der Ernüchterung suchte. Wieder klarsehen: Sie war sich dessen nicht bewusst, aber das war es, was sie sich wünschte.

„Was zur Hölle ist bloß mit deiner Schwester los? Wann wird sie endlich wieder normal?", fragte mich Seba vor seiner Abfahrt nach Mailand, als ich ihn zur Garage begleitete. Er war nicht der Einzige: Besorgt wegen Ninas Veränderung, kam auch Mama wie selbstverständlich auf mich zu, um sich mit mir zu beraten und sie mir anzuvertrauen. „Rede mit ihr, Maddalena, nur du kannst das. Bald sind die Gucci-Modenschauen, ich stecke bis zum Hals in Arbeit; aber du, Maddi, tu mir den Gefallen, bring sie zur Vernunft. Deine Schwester soll lernen, soll sich nicht nur aufs Laufen konzentrieren, sondern auch auf die Schule... Wenn sie Liebeskummer hat, was ich vermute", fügte sie streng hinzu, „dann sollte sie darauf erst recht keine Zeit verschwenden."

Unser nachmittäglicher Ausflug in die Villa Pamphili verlor jede Unbeschwertheit, wurde kompliziert, anstrengend. Obwohl Bruno und Nina ihre Vertrautheit gut tarnten – sie joggten getrennt, gingen sich aus dem Weg und redeten kein Wort miteinander –, war für mich, die ich die Wahrheit kannte, alles offenkundig. Ich machte neben einer Bank unter einer Pinie meine Übungen, konnte mich aber kaum konzentrieren. Nina rannte an mir vorbei, bildschön und selbstsicher wie immer; doch zugleich war sie nervös, angespannt, und ich wusste auch, warum. Sie verstauchte sich den Knöchel und musste sich schonen, konnte zehn Tage nicht zur Laufstrecke. Zu Hause eingesperrt, litt sie, den ganzen Tag hing sie auf dem Sofa und sah fern, ohne mit Mylène oder mir zu reden. Bruno fehlte ihr und sie konnte ihn nicht einmal anrufen. Ich machte mir Sorgen, mehr noch als unsere Eltern. Diese heimliche Liebe war aus meiner Sicht nicht nur eine Sackgasse, sondern auch eine Bedrohung für mich, für uns.

Bei seinem nächsten Besuch kam Papa wieder auf das Thema zu sprechen: „Also, darf man jetzt endlich mal erfahren, was mit Nina los ist? Sie ist so komisch, wie abwesend, gefangen... kifft sie etwa?“ Klar, dachte ich wütend, für einen Junkie sind immer Drogen mit im Spiel, wenn jemand unausgeglichen ist. Nina war nun viel netter zu Papa, wenn er an den Wochenenden kam. „Mhmm, köstlich!“, sagte sie, wenn sie seine aufgetischten Spezialitäten probierte. Die wurden immer raffinierter: Tintenfisch mit Erbsen, Leber in Kurkumasauce, Gnocchi alla Genovese mit geriebener Bottarga, Brokkoli-Sardellen-Flan, Regenbogenforellen an Safranreis. Alles war wie immer, Seba bemächtigte sich weiterhin auf seine aufdringlich-beflissene Art der Küche in der Via di Villa Pamphili und verwandelte die Mahlzeiten an „seinen“ Wochenenden in Gaumenfreuden, die endlich von seinen beiden Töchtern geschätzt wurden. Dumm nur, dass Ninas Nettigkeit vorgetäuscht war und allein dazu diente, ansonsten in Ruhe gelassen zu werden. Betonte Herzlichkeit als Mauer. Damit ihm nicht auffiel, wie durcheinander, wie abwesend sie war; wie verliebt.

Gloria rief uns an. „Geh nach nebenan, Maddi, bitte, ich will nicht, dass Nina zuhört.“ „Ist gut, eine Sekunde... so, Mama, jetzt bin ich drüben.“

„Also, was ist los mit ihr, wer ist es, der sie so leiden lässt? Hilf mir zu verstehen, Maddalena, ich wette, du weißt es.“

„Ich hab keine Ahnung, Mama, ehrlich. Wahrscheinlich ist sie erschöpft, sie joggt zu viel. Exzessiver Sport kann zu Depressionen führen, ich habe erst vor Kurzem einen Artikel darüber im *Focus* gelesen.“

„Ach Quatsch, da ist noch was anderes, ich bin mir sicher. Sie ist deine Schwester, du hast doch bestimmt irgendeine Vermutung, warum sagst du mir nichts, Maddi? Komm schon, ich habe gleich einen Termin mit dem Bühnenbildner wegen der Lichtprobe für die Modenschau, das Taxi wartet schon...“

Ich schwieg. Eher Brücke als Festung in dieser Phase. Mittlerin und Bindeglied zwischen Nina und der Welt. Ich wollte ihr treu bleiben, um jeden Preis, wollte das Geheimnis ihrer Liebe zu Bruno wahren, von der niemand wissen durfte. „Gefangen", hatte Seba ganz richtig gesagt. Gefangen auch ich in der Falle meiner Bündnistreue: Unseren Schwesternpakt einzuhalten, raubte mir unendlich viel Kraft.

Es kam, wie ich es prophezeit hatte. Brunos Sohn wurde geboren; wenig später schickte er Nina einen Brief, in dem er ihr mitteilte, dass er sie nicht mehr treffen könne. Er schaffe das nicht mehr, alles sei „zu schwierig und unheimlich kompliziert zu managen". Sie kam sofort zu mir gerannt, um es mir zu erzählen: Es war Abend, ich zog mich gerade aus, weil ich ins Bett wollte. Nina war bereits im Nachthemd, ihrem schönsten, dem aus cremeweißer Seide mit den ständig herabrutschenden Trägern, die sie jedes Mal schnell wieder hochzog, um die hervorblitzenden Brüste zu verhüllen. „Er ist verrückt", schluchzte sie, „das ist der reine Selbstmord; das ist nicht sein Leben, Maddi, glaub mir." Dann wollte sie nach draußen, auf den Balkon, in die feuchtkalte Nacht, nebeneinander schauten wir, ans Geländer gelehnt, auf die Lichter des Gasometers in der Ferne, Wolldecken als Schals über den Schultern. „Wie kann man nur auf so eine Leidenschaft verzichten? Als würde man sich den Arm abhacken... wie, bitte schön, sieht sein zukünftiges Leben aus?" Nina auf der Suche nach Trost, den ich ihr nicht spenden konnte, und zwar nicht nur, weil ich nichts von der Liebe wusste, sondern auch, weil ich mit ihrem Wahn nichts zu tun haben wollte: Nie, sagte ich mir, nie wollte ich diesen Kontrollverlust, diese Veränderung, diese Schwäche am eigenen Leib erfahren. Und diese Leidenschaft, die meine Schwester derart aufwühlte, hatte sich auch zwischen uns geschlichen, trennte uns. Was hätte ich dafür gegeben, sie von ihrem Unglück, aber auch von diesem sentimentalen Pathos zu befreien.

Wo hörte ich auf und wo begann Nina? Selbst heute noch, da wir weit weg voneinander leben, am entgegensetzten Ende der

Welt, gibt es Tage, an denen mich diese Frage schwindeln macht. Als wäre ich sie und sie ich. Beängstigende Ununterscheidbarkeit. Ich finde mich selbst nicht mehr, mich, Maddalena, eine eigenständige, von meiner Schwester getrennte Person; Gefangene einer Symbiose, die, anstatt sich abzuschwächen und uns freizugeben, im Lauf der Zeit immer stärker wird. Die Sollbruchstelle unserer Verwachsung will nicht brechen. Nina ist ein so großer Teil meines Lebens: Sie wohnt darin, so wie ich in ihrem wohne. Sie litt, ich litt mit ihr.

Nun, da ich als Besucherin zurückkehren möchte, fehlt mir Rom zum ersten Mal, seit ich es verlassen habe. Ein neuartiges, unbekanntes Heimweh. Bisher hielt ich die Stadt für ein abgeschlossenes Kapitel, ein Raunen der Vergangenheit. Jetzt brenne ich darauf, sie wiederzusehen, einen neuen Pakt mit ihr zu schließen. Obwohl ich inzwischen seit mehr als zwanzig Jahren in Paris lebe, ist es mir nie gelungen, mich als Pariserin zu fühlen. Wobei die Formulierung „es ist mir nie gelungen" es nicht ganz trifft, da ich nie den Ehrgeiz verspürt habe, mich zu integrieren. Ins Ausland zu gehen war kein lang gehegter Wunsch von mir: Es war vielmehr ein Herzensbedürfnis, das spontane Verlangen, bei Pierre zu sein, das Leben mit ihm zu teilen. Obwohl mir Paris mittlerweile vertraut ist und ich mich dort theoretisch zu Hause fühlen könnte, hat sich dieses Gefühl nie eingestellt. Natürlich ist da diese Wärme, die aus Gewohnheiten erwächst, die Zufriedenheit, ganze Stadtviertel in- und auswendig zu kennen, vor allem das 17. Arrondissement, in dem wir wohnen; die effiziente Geschwindigkeit, mit der ich das Leben zu organisieren gelernt habe (*l'emploi du temps*, ein sakrosanktes Prinzip hierzulande, Neurose und Selbstzweck zugleich). Mit ein paar Mausklicks kann ich die besten Kinofilme und Theatervorstellungen auswählen, auf Karten die besten Routen, ob zu Fuß oder mit den öffentlichen Verkehrsmitteln, ausfindig machen. Auf diese Weise bezwinge ich die Stadt, indem ich mich ihrer Möglichkeiten und ihrer Verhaltenskodizes bemächtige, indem ich ihre Grenzen, Vorzüge und Chancen kenne. Hier wurden meine Kinder geboren und hier habe ich sie aufgezogen; hier rinnt mir die Zeit durch die Finger, ohne dass mir in neunzehn Jahren irgendetwas wichtig geworden wäre. Abgesehen von meiner Familie und wenigen Freundschaften (eigentlich nur Leyla) gibt es hier nichts, was für mich zählt. Ich habe keine Wurzeln geschlagen und Pierre hat auch nicht darauf bestanden – meine Beziehung zu dieser fremden Welt ist für ihn immer etwas geblieben, mit dem ich allein fertigwerden muss. Überhaupt weiß Pierre nur wenig von meinen Tagen, und er fragt auch kaum nach. Gleichwohl wirkt er interessiert, sobald ich ihm von einer Sache, einer Begegnung, einer spannenden Entdeckung, die ich gemacht habe, erzähle. Das Einzige, was ansonsten von Bedeutung ist, für ihn wie für mich, ist unsere *ménage*. Unsere gemeinsamen Abendessen, wenn wir nicht an Galadiners teilnehmen müssen. Und die Wochenenden, friedvolle Oasen häuslichen Glücks, um den strapaziösen Rhythmen der Stadt zu entfliehen und zur Ruhe zu kommen.

Es ist einsam, mein Leben. Die einzige Zeit, in der ich mich nicht von der Außenwelt abschottete, waren die ersten Jahre meiner Kinder, als mich die mütterlichen Pflichten vollkommen vereinnahmten, zeitlich, räumlich: gänzlich. Mutter rund um die Uhr – in dieser Phase traf ich mich hin und wieder mit anderen Müttern, Vätern, vor allem Müttern, mal verheiratet wie ich, mal geschieden oder alleinerziehend. Wir schlossen flüchtige, aber intensive Freundschaften von eindeutig opportunistischer Natur und unverblümter Direktheit, da unseren jeweiligen Bedürfnissen untergeordnet. Dieselben Tagesabläufe, dieselben Stippvisiten im Parc Monceau nach dem Kindergarten. Einladungen zu Geburtstagen, zu Picknicks am Wochenende; eilig hinuntergeschüttete Kaffees im Kommen und Gehen. Sich pflichtschuldig nett finden, weil sich die Kinder angefreundet haben. Eine erzwungene, auf ihre Art aber auch erfüllende Geselligkeit, an die ich ab und zu wehmütig zurückdenke. Ansonsten aber ist mein Leben nichts als Einsamkeit. Eine Weile gab es Sandra, eine ehemalige Klassenkameradin von mir, die es wegen eines Architektur-Praktikums nach Paris verschlagen hatte; wir unternahmen gelegentlich etwas zusammen, aber nach ein paar Jahren verliebte sie sich in einen Mann aus Florenz und kehrte nach Italien zurück. Es gibt die Ehefrauen von Pierres Kollegen, Damen von Welt, die mir bei jedem gesellschaftlichen Anlass ihre Telefonnummern zustecken, in der Hoffnung, ich möge sie anrufen und etwas Abwechslung in ihr gut betuchtes leeres Leben bringen. Doch ich melde mich nie; es gibt Pierre mit seiner einnehmenden Art als Gegenpol, und es gibt die Freiheit, mich in meinen Panzer, meinen Carapax zurückzuziehen, die Pierre mir stets gewährt. Ich kann mich darauf verlassen, dass er mich nicht tadelt wegen meiner Verschlossenheit.

Die einzige Ausnahme bei so viel Menschenscheu war Anouk, die als Kulturattachée der türkischen Botschaft in Paris weilte. Mit ihr traf ich mich eine Zeit lang: Ich fühlte mich wohl in ihrer Gesellschaft, wir lachten viel und mochten ähnliche Dinge, wie das marokkanische Restaurant in der Rue de Babylone, das nach unserer ersten mittäglichen Verabredung zu unserem Stammlokal wurde. Auch Anouk war sportbegeistert – eine Schwimmerin. Ich mochte ihre kantigen Gesichtszüge, die dunkel geschminkten Augen; vor ihrem Umzug nach Frankreich hatte sie beim Außenministerium von Ankara gearbeitet, hochinteressiert folgte ich den Geschichten über ihr Land, von dem ich so gut wie nichts wusste. Bis sie beim fünften oder sechsten Mal anfing, von sich selbst zu sprechen, von ihrer Ehe. Ich hatte keine Lust auf intime Frauengespräche, wollte, dass alles so oberflächlich und locker blieb wie bisher. Doch Anouk war mit einem Mal ernst, fast schwermütig; auch ihr Gesicht – das Kinn, die Wangenknochen, die spitze Nase – kam mir plötzlich nicht mehr attraktiv vor, sondern unvollkommen, verhärmt. Ihr Mann, erzählte sie mir, hatte sie nach Paris begleitet, doch er fühlte sich nicht wohl: Er war Notar und seine Arbeit in Frankreich war wenig erfüllend, er befasste sich nur mit konsularischen Urkunden und deren beglaubigten Übersetzungen, allzu banale Aufgaben für jemanden wie ihn. Kurzum, er war frustriert; und als Paar funktionierten sie nicht länger, sie hatten wenig gemeinsam, immer weniger. „Wenn du nur wüsstest, Madeleine, wie sehr ich mich langweile…", klagte sie. Wir hatten beide Hühnchen-Tajine bestellt, die eben in dampfenden Tontöpfen mit buntbemalten konischen Deckeln aufgetragen worden war. „Ernsthaft, ich sterbe fast vor Langeweile, du kannst dir nicht vorstellen, wie sehr ich mich sehne…" Ich schaute sie fragend an, in dunkler Vorahnung, dass sie mir etwas anderes sagen wollte. „Nach der Gesellschaft von jemandem wie dir: scharfsinnig, klug, jemand, der mir zuhört, mich versteht…" Selbst im schummrigen Licht des Restaurants entging mir nicht, wie durchdringend sie mich ansah. Mir war mulmig zumute, und mein Unbehagen wuchs, als ich merkte, wie Anouks Hand langsam über die Tischdecke glitt, vielleicht im Versuch, meine zu berühren. Instinktiv wich ich zurück. „Du meine Güte, ich bin schon viel zu spät dran, entschuldige!", rief ich mit Blick auf meine Armbanduhr; und ohne einen Bissen von meiner Tajine gegessen zu haben, sprang ich hastig auf, um meinen Mantel zu holen und zu gehen. An der Kasse bezahlte ich meinen Anteil, danach hetzte ich zur Metrostation Sèvres Babylone und fuhr nach Hause. Anouks Nachrichten in den Wochen danach ließ ich unbeantwortet. Wir haben uns nie wieder gesehen oder voneinander gehört. Ich habe mich mehrfach gefragt, warum ich damals so komisch reagiert habe, so panisch. Vielleicht hatte es mit Nina zu tun; vielleicht gibt es einen gewissen Grad weiblicher Intimität, vor dem ich unwillkürlich zurückschrecke, weil Nähe in meinem Kopf das exklusive Hoheitsgebiet von uns Schwestern ist: etwas, das sich nirgendwo reproduzieren lässt.

Als die Kinder klein waren, vergingen meine Tage wie im Flug, hektisch und vollgestopft mit Besorgungen, Terminen, Aktivitäten, ständig neuen Aufgaben, unterbrochen von noch dringlicheren, die sich in der Zwischenzeit aufgetan hatten. Das Leben einer Mutter: zersplittert, zersprengt und furchtbar ermüdend, viel zu lange, hyperaktive Tage, die mich am Abend ausgelaugt und bar jeder Energie zurückließen, sodass ich mich weder Pierre noch mir selbst widmen konnte. Mit zunehmendem Alter von Sam und Valentina ebbte dieser frenetische Rhythmus allmählich ab; ich hatte wieder mehr Zeit und zugleich das Privileg und die Freiheit, diese Zeit nach meinem Gutdünken einzuteilen.

Es ist ein kleines Ritual: Jeden Morgen begleitet Pierre die Kinder zur Metrostation La Fourche. Danach kommt er zurück, wo ihn vor unserem Haus bereits der Fahrer der UNESCO erwartet, um ihn zur Arbeit zu bringen. Nachdem ich alle verabschiedet habe, bin ich allein. Plötzlich dehnen sich Zeit und Raum, bis sich am Nachmittag das gut geölte Räderwerk unserer *ménage* wieder zu drehen beginnt; die Kinder kommen von der Schule nach Hause (Sam als Erster, Vale ist meist noch mit ihren Freundinnen unterwegs und zweimal die Woche beim Basketballtraining), und ich kümmere mich bis zu Pierres Rückkehr um Angelegenheiten, die am Vormittag liegen geblieben sind.

Langeweile ist ein Fremdwort für mich. Ich spiele Klavier, mindestens eine halbe Stunde am Tag: Das Musizieren ist mir nicht mehr so wichtig wie damals in Italien, aber aus einer Mischung aus Pflichtgefühl und Nostalgie heraus gebe ich es nicht auf. Dass ich mich nie langweile, liegt auch daran, dass ich mich viel bewege. Ich streife stundenlang durch die Stadt. Ich habe die passenden Schuhe, mit denen man wie auf Wolken läuft. Reebok, Nike, New Balance – im Laufe der Jahre habe ich unzählige Modelle und Marken ausprobiert. Mylènes Lektionen sind nicht verblasst: Auch in Paris hat die sportliche Aktivität oberste Priorität für mich, ist ein fester Bestandteil meines Alltags. Den Körper fordern: Disziplin, rettendes Ufer. In diesem meinem einsamen Leben habe ich die eiserne Ausdauer zu meinem Schutzschild gemacht. Zu meinem Carapax, dem Wahrer meines Friedens.

Abgesehen von Leyla, mit der mich nach wie vor eine reife, uneigennützige Freundschaft auf Augenhöhe verbindet, habe ich keine engen Beziehungen. Ich glaube, ich selbst bin es, die sie vermeidet: Diese Stunden ohne irgendjemanden sind ein Gut, das ich eifersüchtig hüte. Allein sein, einfach nur vorangehen. Ich durchquere die Stadt von Nord nach Süd; in der Horizontale dehnt sie sich ins Endlose, aber entlang ihrer vertikalen Achse, von Porte de la Chapelle bis Porte d'Orléans, misst sie nur sieben Kilometer. Die Anstrengung, um das hohe Schritttempo zu halten, dämpft den Unmut, den die zwanghafte Geometrie des rasterartigen Straßennetztes in mir hervorruft, die beklemmend eintönige Haussmannsche Architektur. Ich gehe und gehe. „Und, noch unterwegs oder schon zurück, Maddi?": Früher oder später kommt jedes Mal der Moment, an dem meine Gewaltmärsche durch einen Anruf oder eine Nachricht von Nina unterbrochen werden. Im Weitergehen unterhalte ich mich mit ihr, beschreibe ihr, wo ich gerade bin, manchmal schicke ich ihr auch eine Karte mit meiner ausgewählten Tagesroute, Panoramabilder, Nahaufnahmen, Fotos von interessanten Details, die ich zufällig bei meinen Streifzügen durch die Stadt entdeckt habe. „Ich geh gleich laufen", lässt sie mich wissen, bevor sie sich verabschiedet. Der Tagesrhythmus meiner Schwester in Übersee ist das völlige Gegenteil von meinem. Sie und Brian gehen fast jeden Abend aus, bleiben bis spät in die Nacht auf, treffen Scharen von Leuten; Nina ist dieselbe Salonlöwin wie eh und je, sie bedarf der anderen, um sich lebendig zu fühlen. Einmal haben wir die Kontakte in unseren Handys verglichen, und Ninas beliefen sich auf das Hundertfache. Gewiss, das hat seinen Grund, sie hat weder Kinder noch sonstige Verpflichtungen neben der Mitarbeit in Brians Kunstgalerie. Tatsache ist, dass wir diametral entgegengesetzte Leben führen. Das war schon in Rom so: Nina scharte Dutzende Freundinnen vom Dienst um sich, während ich einzig mit Mauretta Gigli warm geworden war, eine Freundin genügte mir, und nicht einmal sie hätte ich gebraucht.

„Schwester Sonne, Schwester Mond", sagte ich einmal, und Nina gefiel dieser Einfall ungemein. Doch in einem sind wir identisch, und zwar in der sportlichen Disziplin. Schwestern: Obwohl 6.000 Kilometer voneinander entfernt, folgen wir demselben Rhythmus, den uns Mylène beigebracht hat, um zu überleben, um uns zu retten.

Die Wintermorgen in Paris sind nasskalt, grau, melancholisch. Wetterfühlig, wie ich bin, brauche ich den Sport für Körper und Seele. Ohne Endorphine im Blut macht mein Stoffwechsel schlapp, kommt etwas in den Zellen zum Stillstand. Der Sport rettet mich vor der drohenden Depression, in die ich sonst wegen des unentwegt bleigrauen, bedrückenden Himmels verfallen würde. „Schnelles Gehen bringt den Kreislauf auf Trab, belebt den Körper, befreit den Geist", hallt Mylènes Stimme in meinem Kopf wider. Ja, Gehen macht den Kopf frei, aber nicht vollständig. Bilder aus der Zeit in Rom von Nina, mir und Mylène begleiten mich auf meinen Spaziergängen durch Paris. Momente unserer Trainings in der Villa Pamphili. Nina, wie sie auf der Anhöhe ihre Runden und Wiederholungsläufe absolvierte; der herrliche Anblick des Casino del Bel Respiro, eingebettet in ein Labyrinth aus Hecken. Ringsum die Pinien mit ihren schlanken Stämmen, die wie Stangen in einen leuchtenden Himmel ragten, ich sah zu ihm auf, bevor ich mit meinen Übungen begann, und er kam mir so weit vor, so viele Dinge schienen möglich, wenn man ihn betrachtete – auch eine Flucht, ein Weg nur für mich. Ich klemmte die Füße unter der Rückenlehne einer Bank ein und spannte die Bauchmuskeln für immer intensivere Sit-Ups an. „Los, Maddi, noch mal, nicht aufgeben, komm schon!" Mylène war eine strenge Personal Trainerin, fordernd, aber einfühlsam, mit sicherem Gespür für meine Grenzen.

Diese Erinnerungen stützen mich, schenken mir Kraft, während ich durch die Großstadt wandere. Neben meinen Spaziergängen gehe ich ins Fitnessstudio: Im Club Med Gym in der Rue Cadet besuche ich einen Pilates-Kurs und in einem anderen Studio derselben Kette in der Nähe meiner Wohnung, hinter dem Parc Monceau, einen Body-Pump-Kurs. Ich hebe Gewichte, um die Arme zu straffen; in Rückenlage, die schwere Hantelstange auf dem Bauch, die Beine angewinkelt, stemme ich die Fersen in den Boden und hebe das Becken, um den Po zu formen. Jede Anspannung gleiche ich durch die Atmung aus. Das Asthmaspray habe ich immer dabei, ohne es je zu brauchen; wenn es abgelaufen ist, werfe ich es weg, um mir sofort ein neues zu kaufen. Das Asthma gehört der Vergangenheit an, es scheint aus meinem Leben verschwunden zu sein, aber die Angst, dass es zurückkehren könnte, ist ständig präsent. Ich gebe nicht auf, ich halte am Sport fest und trainiere, bis meine Muskeln, Sehnen und Bänder vor Anstrengung zittern. Ich lerne durchzuhalten, indem ich gelassen bleibe, während ich schwitze und die Grenzen verfluche, deren Überwindung ich mir zum Ziel gesetzt habe und die trotzdem immer da sind, unbezwingbar.

Im Fitnesscenter spreche ich mit niemandem. Nie ein Gesicht, das mir sympathisch ist, das meine Neugier weckt oder mir auch nur eine Spur Vertrauen einflößt. Auch die Einsamkeit ist eine Sucht: Tag für Tag in meinem Carapax eingeschlossen zu bleiben, erweist sich wieder einmal als beste Strategie.

Nina brauchte fast ein Jahr, um über ihre enttäuschte Liebe hinwegzukommen, um Bruno zu vergessen. Lange Monate, in denen sie blass war, mitgenommen, mit Schatten unter den Augen, die ich so bei ihr nicht kannte; und nachlässig, die Haare ungekämmt – dazu im Blick etwas Gehetztes, das sich auf nichts fixieren, sich an nichts festhalten konnte. Sie litt an Schlaflosigkeit, begann abends eine Schlaftablette zu nehmen, eine angeblich sehr schwache laut Arzt. Einige Zeit später hatte sie eine Schlafwandel-Episode; als sie aufwachte, hatte sie sich vor dem Geschirrschrank in der Küche wiedergefunden, im Begriff ihn zu öffnen, so erzählte sie zumindest allen, auch noch Jahre danach. Monate der Geistesabwesenheit, in denen sie völlig apathisch wurde – nur auf ihre Kleidung achtete sie noch. Und sie ging nach wie vor joggen, wenn auch nicht jeden Tag. Das waren die einzigen Zeichen von Selbstachtung; ansonsten stürzte Nina in dieser schweren Krise völlig ab. Sie steckte gerade mitten in der Abiturvorbereitung und anstatt sich mit ihren Freundinnen zum Lernen zu treffen, wie sie es in all den Jahren auf dem Gymnasium bisher gemacht hatte, brütete sie nun lieber allein über ihren Büchern. Ich bot an, ihr zu helfen; nach dem Abitur, das ich mit Bestnoten abgeschlossen hatte, studierte ich inzwischen Sprach- und Literaturwissenschaften und hatte gerade etwas Luft, da keine Prüfungen anstanden. „Wenn du willst, kann ich dich ausfragen", schlug ich ihr vor, „oder wir lesen, vertiefen gemeinsam..." Doch Nina lehnte regelmäßig ab. „Danke, Maddi, ich mach das lieber allein... das gibt mir ein besseres Gefühl"; sie ging mir aus dem Weg, aber halbherzig, ohne Überzeugung.

Diese Schwermut war neu, und es beängstigte mich zu erkennen, dass ich nichts tun konnte, dass ihre Liebe zu Bruno, diesem Ehebrecher, einen Graben zwischen uns aufgerissen hatte, der sich niemals mehr würde überbrücken lassen.

Wohl wissend, dass sie furchtbar leiden würde, wenn sie ihn wiedersah, versuchte Nina jede Begegnung mit ihm zu vermeiden; also hatte sie ihre Laufrunden nun in einen anderen Teil des Parks verlegt, den neueren, den man über die Via della Nocetta erreicht. Sie musste das Moped nehmen, alles brauchte mehr Zeit, lag nicht mehr direkt vor der Tür wie bisher, als wir auf der Anhöhe gejoggt waren, die fußläufig nicht einmal eine Viertelstunde entfernt war.

Ich konnte nur warten, bis dieser Schmerz aufhören würde sie zu quälen. Ich fasste mich in Geduld, nicht zuletzt, weil sich neue Gefühle in mir regten. In dieser Zeit dachte ich zum ersten Mal darüber nach, wie wenig Raum das bewegte Leben meiner Schwester dem meinen ließ. Raum, um sich zu entfalten, Raum, um wie Nina meine Natur zum Ausdruck zu bringen, meine Persönlichkeit zu formen und nach außen zu zeigen. War ich etwa ein Niemand ohne Erlebnisse, ohne Liebe, ohne eigenen Charakter? Nina setze sich in Szene, ich sehnte mich danach zu verschwinden. Wie die Schildkröte, die jeden Winkel unseres Balkons (ihres Reiches) kannte, bewegte ich mich, geschützt von meinem Carapax, verborgen vorwärts.

Bruno hatte Nina noch eine Weile geschrieben: kurze Briefe, aus denen Bedauern und unterdrückte Liebe sprachen. Bis irgendwann keine Post mehr kam. Und dieses Schweigen, kolossal, abgrundtief, hatte sie anfangs vernichtet; gekränkt erst später. „Er ist ein Idiot, Maddi: Er hätte nicht all die Monate mit mir zusammenbleiben dürfen, wenn er wusste, dass er so schwach ist und dass ihn die Situation völlig überfordert." Das unvermeidliche Verdikt wurde eines Sonntagvormittags gesprochen. Wir waren auf dem Balkon und bepflanzten Blumentöpfe, zwischen denen in Zeitlupe die Schildkröte umhergeisterte. Jedes Mal, wenn ich das schwarze Köpfchen zum Vorschein kommen sah, freute ich mich, weil ich dieses Auftauchen als Mahnung deutete, wachsam zu sein, mich nicht selbst zu vergessen, mich nicht zu sehr in meiner Schwester zu verlieren. Wir hatten bisher kaum Pflanzen auf dem Balkon gehabt, nun waren es Dutzende, nachdem Seba vor Kurzem auf der Hochzeit eines monegassischen Großgärtners fotografiert hatte und auf eigenen Wunsch hin „in Naturalien" bezahlt worden war. Also war er eines Samstagmorgens mit einem bis unters Dach beladenen Jaguar vorgefahren, auf dessen Rückbank sich Efeu, Birkenfeigen, Zitronen- und Kumquatbäumchen in einem fröhlichen Durcheinander aus Blättern und Zweigen aneinander lehnten. Und als ob das nicht gereicht hätte, stapelten sich im Fußraum Plastiktöpfe mit Hortensien, Azaleen, Begonien.

„Ein Vollidiot, Bruno ist einfach nur ein Vollidiot und sonst nichts!" – Nina sagte es ohne Bitterkeit, aber auch ohne Zweifel, mit der Bestimmtheit derer, die lange mit der Wahrheit gerungen, ihr schweren Herzens ins Auge geblickt und sie schließlich akzeptiert hat.

„Ja", stimmte ich ihr zu, „wie er sich dir gegenüber benommen hat, war nicht korrekt; aber pass auf, dass du nicht zum Opfer deiner eigenen Selbstgewissheit wirst." (Zu jener Zeit las ich Psychologiebücher, sprach wie eine Erleuchtete.) „Bestimmte Situationen können einem entgleiten, Nina. Vielleicht wusste er einfach nicht, wie er sich verhalten sollte." Ich faselte dummes Zeug, ich hatte keine Ahnung von der Liebe und wollte auch keine haben. Aber ich war froh, weil Ninas Empörung davon zeugte, dass sie Abstand gewann, dass sie wieder zu sich selbst fand. Sie war ein Zeichen der Heilung, ihre Wut.

Mylène und sie fuhren nach Siena zu einem Marathon. Sie nahmen einen Mietwagen, im Kofferraum die Sporttasche mit Wechselkleidung und zusätzlichen Laufschuhen zu denen, die sie bereits trugen. Ungeduldig fieberte ich ihrer Rückkehr entgegen, bis spät in die Nacht. „Deine Schwester ist Dritte geworden!" – es war Mylène, die mir die Nachricht verkündete, kaum dass sie die Wohnung betreten hatte, sie machte einen Freudensprung und umarmte mich, noch nie hatte ich sie so begeistert erlebt. Nina auf dem dritten Platz unter vierhundert Teilnehmenden! Ein wirklich phänomenaler Erfolg. Wenn es meine Schwester doch nur verstanden hätte, diese Disziplin beim Sport auch auf ihr Temperament zu übertragen. Wenn sie gelernt hätte, sich ein wenig zu zügeln, wie viel einfacher wäre ihr Leben gewesen. Wie auch immer, nach der langen Krise bahnten sich Veränderungen an. Erschütterungen: Neue Unwetter brauten sich zusammen, ich konnte sie in der Ferne grollen hören, wie Donnerhall vor einem Gewitter.

Ich hatte meinen achtzehnten Geburtstag bereits gefeiert, im Sommer ein Jahr zuvor, bei einem gemeinsamen Mittagessen mit Nina und Gloria in einer Trattoria, ein schwüler und mühsamer Sonntag. Nun stand auch die Volljährigkeit meiner Schwester kurz bevor und der Vormundschaftsrichter setzte einen gemeinsamen Termin mit uns und unseren Eltern fest. Seit Gloria fortgegangen war, hatten wir uns nie mehr zu viert getroffen.

„Kannst du mir bitte erklären, Maddi, warum wir uns so treffen müssen?"

„Wie ‚so'?"

„Alle zusammen."

„Du wirst volljährig, Mama und Papa haben uns gegenüber keinerlei Verpflichtungen mehr", erklärte ich Nina, während ich ihr half, den klemmenden Reißverschluss ihres Kleides hochzuziehen.

„Eine Art Schlussbilanz vor dem endgültigen Abschied?"

„So was in der Art."

„Wie bescheuert... und wie langweilig, Maddi. Diese ganzen Förmlichkeiten: Es ist einfach lächerlich, sei ehrlich", klagte sie und schnitt ihrem Gegenüber im Spiegel, vor dem wir uns zum Weggehen richteten, eine Grimasse, als müsste sie gähnen.

„Es wird nicht lang dauern, Nina, bleib locker, zum Abendessen sind wir wieder zu Hause. Aber jetzt beeil dich, wir müssen zwei Busse erwischen und sind schon ziemlich spät dran."

Der Termin sollte im Büro des Vormundschaftsrichters stattfinden, im Viertel Parioli, hinter der Piazza Euclide. Gloria, wie üblich zu früh, wartete schon am vereinbarten Treffpunkt auf uns. Ihre hochelegante Erscheinung fiel bereits von Weitem auf: kurzer schwarzer Blazer über einer hellen, weich fallenden Schlaghose, tief ausgeschnittenes Oberteil mit einer flachen breiten Goldkette darüber, der sorgfältig frisierte, tiefe Pferdeschwanz im Nacken von einem Zopfgummi aus gekräuseltem Samt zusammengehalten. Dunkler Lidschatten, karmesinroter Lippenstift, glänzende Gucci-Tasche. Sie war wunderschön.

Seba kam kurz darauf, Entschuldigungen stammelnd, weil er keinen Parkplatz gefunden hatte. Die Schweißperlen auf der Stirn und das schlampig in die Hose gestopfte Hemd verrieten, wie gestresst er war. „Hab ich noch fünf Minuten, um eine zu rauchen?“, fragte er mit einem Grinsen; er sah fertiger aus denn je und als er sich die Zigarette angesteckt hatte, bildeten sich bei jedem Zug diese Aushöhlungen in den Wangen, die mich schon als kleines Mädchen beunruhigt hatten. „Meine Güte, Sebastiano, wie mager du bist, du bist doch nicht etwa krank?“, fragte Gloria ihn – in ihrer Stimme schwangen Sorge und leise Rührung mit, das Leben hatte sich weitergedreht, viel weiter, sie waren sich inzwischen fremd, doch vor langer Zeit hatte eine tiefe Vertrautheit zwischen ihnen geherrscht, und die Wärme in Glorias Stimme zeugte davon. Sie hatten sich seit zwei Jahren nicht mehr gesehen: trotz der richterlichen Weisung, sich einmal im Monat zu treffen, um über uns zu sprechen, unsere Entwicklung zu diskutieren, sich über problematische Züge unserer Persönlichkeit auszutauschen. In wenigen Minuten würde es Nina und mir zufallen, diesen Regelverstoß vor dem Richter zu verheimlichen, auch das eine Aussicht, die uns nervös machte; wir waren gereizt, mürrisch.

Darauf wartend, dass Seba mit dem Rauchen fertig war, standen wir auf dem Gehweg vor dem Haupteingang. Nina war furchtbar zappelig, hatte als Einzige Lust zu reden. „Schaut nur, der Chihuahua, oh mein Gott, wie süß!“, rief sie, als eine Frau mit einem kleinen Hund an der Leine vorbeilief, die daraufhin sogar anhielt, damit Nina ihn streicheln konnte. Ein Hund wie der, den meine Schwester so gern besessen hätte, obwohl selbst ihr inzwischen klar war, was das bedeutet hätte, wie sehr die Pflicht, ihn regelmäßig auszuführen, unseren Tagesablauf, unser Training, die große Freiheit des Sports beeinträchtigt hätte. Zugegeben, der Chihuahua war niedlich, mit seinem langen goldenen Fell, den spitzen Fuchsöhrchen. Nina hielt ihn auf dem Arm, während sie ihn liebkoste, ich, etwas abseits, versuchte mich in der Übung, uns von außen zu beobachten: Was für eine seltsame Familie wir waren (hätten sein können), die Mutter elegant und wunderschön, der Vater ungepflegt, schlecht gekleidet, unzufrieden mit sich selbst, ein Mann ohne innere Mitte. Und wir beiden, die Töchter: völlig unterschiedlich, unruhig, fehl am Platz. Waisen.

„Ich wollte Sie alle zusammen sehen", begann der Vormundschaftsrichter, nachdem er sich von seinem Stuhl erhoben hatte, um jedem von uns die Hand zu reichen und uns dabei tief in die Augen zu schauen, „weil auch Nina in ein paar Monaten, wie Maddalena, nicht mehr minderjährig sein wird. Ob die Wohngemeinschaft mit Frau Roussel, der Sie als Eltern seinerzeit die Pflegschaft übertragen haben, weiterhin fortbestehen soll, hängt natürlich primär vom Willen der Mädchen ab, aber auch von Ihren Möglichkeiten, die beiden zu unterstützen." Er machte eine Pause, während er sich über den kurzen Bart strich und vage lächelte; der schmale Kiefer und das Pferdegebiss verliehen ihm einen nervösen, leicht hysterischen Zug, an den ich mich nicht mehr erinnerte – was wohl kein Wunder war, nach all den Jahren seit seinem Besuch bei uns in Genzano. „Von Ihren Möglichkeiten": Es war alles eine Frage des Geldes, wie immer, aber die Zeit hatte für ausgleichende Gerechtigkeit gesorgt. Inzwischen hatte Mama viel eher die finanziellen Möglichkeiten, uns einen guten Lebensstandard zu garantieren, als Seba.

„Was ich also sagen möchte", fuhr der Richter fort, „ist, dass das vor vielen Jahren gemeinsam vereinbarte Wohnmodell bald nicht mehr verpflichtend, sondern nur noch optional ist. Ich wollte Ihnen das persönlich mitteilen; und Ihnen gratulieren, vor allem euch Mädchen, weil ihr wirklich Außergewöhnliches geleistet habt. Das zeigen eure hervorragenden schulischen Ergebnisse und mehr noch die zukünftigen Erfolge, die ihr beide auf eurem Weg in die Welt der Erwachsenen, der nun beginnt, gewiss haben werdet."

Diese kurze feierliche Ansprache sollte herzlich, ja ergreifend wirken. Doch in Ninas und meinen Ohren klang sie einfach nur grotesk; nicht zuletzt, weil es nur einen einzigen Menschen gab, dem dieses hymnische Lob gebührte: Mylène. Wenn wir überlebt hatten, wenn wir (beinahe) unversehrt aufgewachsen waren, dann nur dank ihr.

„Kommt, Mädchen, ich bring euch nach Hause", sagte Papa, als wir wieder unten auf der Straße standen. Gloria hatte in weiser Voraussicht verkündet, sie werde ein Taxi nehmen, um nicht in die Verlegenheit zu kommen, Sebas Mitfahrangebot ausschlagen zu müssen.

„Und wo willst du ein Taxi finden?", hatte Papa skeptisch gefragt.

„Nicht weit von hier ist ein Taxistand, beim Kreisverkehr auf der Viale Parioli, den kenne ich, weil wir die Herbstmodenschauen oft in einem Saal in der Via Mercalli proben, gleich hier um die Ecke." So selbstsicher, unsere Mutter: eine Frau, die ohne Zögern durchs Leben schreitet, Lichtjahre entfernt von jener Gloria, die uns einst verlassen hatte. Sie drückte uns beiden noch einen Kuss auf die Stirn, wie eine Segnung, dann ging sie davon zu ihrem Taxi. Obwohl wir sie schon am kommenden Sonntag, in wenigen Tagen also, wiedersehen würden, war dieser Abschied in Parioli grausam, nicht minder schmerzhaft wie in den vielen Jahren unserer Kindheit und Jugend, ein absurder, gewaltsamer Bruch. Ein warmer Händedruck zwischen Seba und Gloria, ganz der Situation angemessen – ihre eh schon fernen Wege trennten sich an diesem Tag offiziell. Nina und ich wandten den Blick ab, ungeduldig das Ende dieses grauenhaft förmlichen Nachmittags herbeisehnend. Als wir schließlich im Jaguar saßen, wollte

Nina Musik hören – „Volle Lautstärke, Papa, ja?" Klänge, die uns vielleicht ablenken, forttragen, gedanklich in andere Sphären entführen würden. Und damit endete unsere zerplatzte Kindheit, mit dieser nachmittäglichen Autofahrt, als untermalt von Sades Gesang alles vor unserem müden Blick vorbeizog, die Stadt, der Fluss, Straßenkreuzungen, Ampeln, Häuser. Es zog vorbei und verschwand, als gehörte es nicht mehr zu uns.

„So was gibt's, weißt du", sagte Nina, während wir an der Ecke zur Via Fonteiana auf Papa wartete, der den Jaguar in die Garage brachte. „Das hab ich in einem Artikel in *Riza psicosomatica* gelesen: Manche Menschen begegnen und verlieben sich nur, um Kinder zu bekommen. Sobald sie diese Aufgabe erfüllt haben, wegen der sie ein Paar geworden sind, trennen sie sich wieder."

„Tja... gut möglich, warum nicht?" – ich widersprach ihr nicht, auch wenn es mich einiges an Überwindung kostete.

Um unsere innere Anspannung loszuwerden, gingen wir bei Sonnenuntergang in die Villa Pamphili, in den Teil nahe der Via della Nocetta. Ich sah Nina eine Weile zu, wie sie ihre Runden drehte, dann rollte ich meine Latexmatte unter einer Eiche aus und begann mit dem Stretching. Was der Vormundschaftsrichter gesagt hatte, stimmte: Wir waren beide heil aus dem ganzen Chaos hervorgegangen. Aufrecht, ausgerichtet auf eine eigene Mitte, eine eigene vertikale Achse. Aneinandergefesselt durch ein unsichtbares Band und gleichzeitig getrieben von dem Wunsch, dieses Band zu durchschneiden, uns zu befreien, uns gegenseitig Luft zum Atmen zu lassen. Halt und Sauerstoff; Basis und Raum; Kontakt und Distanz, im rhythmischen Wechsel wie Systole und Diastole beim Herz. Ohne je zu vergessen, dass eine plus eine unsere Addition war und für immer bleiben würde.

Dritter Teil

Abreisen

Diego Marano hatte es sich zur Gewohnheit gemacht, bei Unterrichtsende vor Ninas Schule aufzutauchen. Kurz vor den Abiturprüfungen herrschte die typische Atmosphäre von Anarchie und Aufbruch, die den Sommerferien vorangeht. Seit Wochen sah man Marano an der Seite des Haupteingangs lehnen, mit lauerndem Blick, ein wenig wie ein Spion. Von dort taxierte er die Gesichter der Schülerinnen und Schüler in dem Moment, wenn sie einzeln aus dem Gebäude kamen, beobachtete sie weiter, falls sie sich draußen noch eine Weile unterhielten, studierte die Haltung der Mädchen und Jungen, ihre Gesten. Er organisierte das Casting für einen Fernsehfilm – eine Geschichte über Jugendliche in Rom, über ihre ersten Erfahrungen mit Sex, Drogen, Freundschaften, mit bitteren und heftigen Gefühlen – und war auf der Suche nach passenden Gesichtern. Nina fiel sofort auf und wurde zum Vorsprechen eingeladen: Sie kam durch die erste Runde, dann durch die zweite: genommen. Die Szenen mit ihr würden im Herbst gedreht werden, jetzt musste sie sich voll und ganz auf ihre Prüfungen konzentrieren. Sie sollte ein viel umworbenes Mädchen spielen, das jedoch niemanden erhört: die perfekte Rolle für Nina.

Marano: klein, die wenigen Haare nach hinten gegelt, niedrige Stirn, platte Nase. Immer mit dunkler Sonnenbrille: Die seltenen Male, wenn er sie abnahm, war sein Blick schlau, frech, provokant. Ein praktisch veranlagter Typ, wenige feste Gedanken in einem schnellen Hirn. Er verstand meine Schwester, begriff, wie sie tickte. Wie explosiv und draufgängerisch sie war, aber auch wie überempfindlich und schnell beleidigt wegen nichts und wieder nichts. Eine Kombination, die er, Marano, als Versprechen einer starken Leinwandpräsenz feierte. „Du wirst mir noch viel Freude bereiten", sagte er immer wieder zu Nina, im Mund einen Kaugummi, der schmatzte und knatschte, während er redete: „Du kannst das, darauf wette ich, du musst nur wollen."

Bald schon war Diego Marano völlig besessen von Nina: Diese wilde und widerspenstige, schwer zu erobernde Beute löste die aufregendsten Fantasien in ihm aus. Nina wiederum war genervt und angetan zugleich, dass dieser seltsame Kerl, der nur so mit Komplimenten um sich warf und viel zu klein war (er reichte ihr gerade einmal bis zur Schulter), einen Narren an ihr gefressen hatte. Über Interflora wurde bei uns zu Hause ein prächtiger Strauß aus Rosen und Lilien abgeliefert, mit einer drehbuchreifen Botschaft: „Für die Allerschönste, Nina Cavallari, und ihren sicheren Erfolg" – schamlose Banalitäten, so offensichtlich wie Maranos strategisch kluge Geduld, in der er sich übte, bis Nina endlich mit der Schule fertig sein und sich entschließen würde, mit ihm auszugehen. Mit einer durchaus präsentablen Gesamtnote, nur geringfügig schlechter als meine, bestand Nina das Abitur. Danach kamen die Ferien – erst mit Gloria (in Sabaudia), dann mit Seba (in Val Bormida), eine Woche mit jedem, wie es seit dem Sommer auf Ponza ungeschriebenes Gesetz war. Es wurde September und in unserer Wohnung in der Via di Villa Pamphili machte sich eine neue Stimmung voller Ungewissheit und Nervosität breit. Ich rüstete mich für meine Abreise nach Frankreich; erstmals in meinem Leben war es mir gelungen, ein eigenes Projekt, so klein es auch sein mochte, in die Tat umzusetzen. Ein Stipendium der Universität Paris-Nanterre für Studierende aus Italien, ein halbes Jahr, verlängerbar um weitere sechs Monate. Ich lichtete den Anker; endlich lag auch vor mir ein glitzerndes Meer, bereit, erobert zu werden. Die erste Trennung von Nina seit unserer Geburt: unbewusst, in einer Art Vorbereitung auf die neue Situation, hatten wir begonnen, auf Abstand zu gehen, weniger miteinander zu reden, uns mehr auf uns selbst zu konzentrieren. Es war in jener Phase, als Nina sich entschloss, Maranos Einladung zum Abendessen anzunehmen. Das gibt Ärger, dachte ich damals. Der Mann gefiel mir nicht, ich misstraute seiner aalglatten Art, und die Listigkeit, mit der er Nina umgarnte – wie er ihre Persönlichkeit durchschaute, sie lockte, überzeugte, wie er sie manipulierte –, machte mir Angst. Eine dunkle Vorahnung, wie stark Marano meine Schwester beeinflussen sollte. Ja näher meine Abreise rückte, umso bedrohlicher empfand ich seine Präsenz. Andererseits – ich war auf dem Sprung, ich musste vor allem an mich denken. Kein Einknicken jetzt, keine Ablenkung. Nicht nur, dass es in meinem Leben gerade keinen Platz für Ninas Probleme gab: Ich durfte ihnen auch keinen einräumen.

So lästig und sinnlos uns der Termin im Büro des Vormundschaftsrichters im Parioli-Viertel vorgekommen sein mochte, eines war er gewiss: ein Wendepunkt. Er markierte ein Vorher und ein Nachher. Mit ihm endete nicht nur die gemeinsame Zeit mit Mylène – sie kehrte schon bald darauf nach Nantes zurück, wo sie einen festen Job gefunden hatte –, sondern auch Ninas und meine Unzertrennlichkeit. Vorbei die langen Jahre unserer absoluten Nähe, dieser Beinahe-Symbiose, von der wir ohne die eiserne Disziplin des Sports, die uns erdete, verschluckt worden wären. Die geografischen Koordinaten veränderten sich, verschoben Meridiane und Parallelen unserer schwesterlichen Liebe, die Magie unserer grenzenlosen Vertrautheit. Derweil jagte ein Ereignis das nächste, in einem seltsam galoppierenden Rhythmus, schnell und vollkommen natürlich zugleich. Ich bewarb mich um das Stipendium der französischen Universität, ohne mir große Hoffnungen zu machen. Doch erstaunlicherweise war alles ganz einfach, wie so oft bei Dingen, die wahr werden sollen: das Stipendium bekommen, dank Bekannter von Mylène eine Unterkunft in Paris finden, in aller Eile die anderen Details meines Umzugs organisieren. Ich zeigte es nicht offen, doch ich ging glühend vor Begeisterung, voller Vertrauen; und – wie ich mir selbst insgeheim eingestand – mit einem Gefühl der Zufriedenheit und Erleichterung.

Einen Gegner respektive Sündenbock hatte Nina immer, und wenn es einmal keinen gab, erschuf sie sich einen. Meist war es Seba, nicht so sehr wegen seiner aufdringlichen Besuche (an die hatte auch sie sich gewöhnen müssen), sondern vielmehr wegen seiner passiven Art – „Papa hat kein bisschen Mumm in den Knochen, nie schafft er es, sein Leben selbst in die Hand zu nehmen, kannst du mir mal verraten, warum, Maddi?“ Manchmal war auch ich die Feindin, wenn ich mich um meine Angelegenheiten zu kümmern versuchte und ihr keine Aufmerksamkeit schenkte. Oder Mama, wenn sie nicht oft genug anrief (während der Gucci-Modeschauen im April und Oktober, wenn sie bis zum Hals in Arbeit steckte, herrschte in der Tat absolute Funkstille). Für jeden von uns hielt Nina Tadel, Klagen bereit; sie fühlte sich vernachlässigt, und dieses Gefühl von Einsamkeit übertrug sich in Wutausbrüche, wüste Tiraden und endloses Schmollen. Ihre Freundinnen vom Dienst hatte sie eine nach der anderen abserviert, Nina war allein, und bald schon, nach Mylènes Abreise, würde sie es auch physisch sein, in der Wohnung. Das Einzige, das sie aufbaute, war das Laufen: Nach dem Training kam sie stets gut gelaunt nach Hause, fröhlich, aufgeschlossen, das Zusammensein mit ihr erneut schön. Dann plötzlich verfinsterte sich ihre Miene wieder – nur, dass ich es inzwischen kaum noch ertrug, Opfer ihrer düsteren Stimmungen zu sein. Ich fieberte meiner Abreise entgegen, die immer näher rückte, hatte weder Platz für sie noch für anderes. Nina hatte angeboten mich zu begleiten, als ich meinen verlängerten Pass abholen musste. Wir saßen zusammen im zum Wartebereich umfunktionierten Foyer des Polizeipräsidiums, einem schmucklosen Raum in einem alten, völlig heruntergekommenen Gebäude in einer Gasse hinter der Piazza Scotti. Wir unterhielten uns über Maranos TV-Serie: Sie befand sich bereits im Schnitt, sollte im Frühjahr ausgestrahlt werden. Ich ließ irgendeine Bemerkung fallen, an die ich mich nicht mehr erinnere, eine völlig belanglose Äußerung, die meine Schwester jedoch als Skepsis deutete, als Kritik der ganzen Serie. Oh Gott! „Was hast du denn, Nina, hab ich was Falsches gesagt…?“ Sie war abrupt vornüber gesunken, die Beine gegrätscht, den Kopf in den Händen, mit Blick nach unten auf den Zementfußboden dieses trostlosen Raums. Verdattert sah ich, dass sie hochrot im Gesicht war und Tränen in den Augen hatte. Und während ich noch bestürzt versuchte, mit ihr zu reden, rief jemand „Cavallariii“, und ich war an der Reihe. Wenige Minuten später war ich wieder zurück, mit dem neuen Pass in der Hand; doch Nina saß nicht mehr da, war bereits gegangen. Sie wartete weder draußen auf der Straße noch zu Hause. Erst Stunden später tauchte sie in unserer Wohnung auf, wo ich, um die Zeit zu überbrücken, am Klavier saß und mich zu spielen zwang. Sie sah müde aus, zerzaust und erschöpft, wie jemand, der zu viel gelaufen ist. „Du raffst es einfach nicht, Maddi. Du gehst einfach, bist bald weg, ist dir eigentlich klar, was das für mich bedeutet...?“ Ich schloss den Klavierdeckel, schweigend, denn ich wusste tatsächlich nicht, was ich sagen sollte. Sie lachte, meine Sprachlosigkeit schien sie zu amüsieren. „Hach, meine Schwester... Madame Knallhart, wie eh und je“, sagte sie und umarmte mich fest von hinten. Madame Knallhart und Mademoiselle Watteweich war ein Spiel aus Kindertagen, zwei Charaktere, in deren Haut wir manchmal geschlüpft waren. Dann zog sie ein Geschenkpäckchen aus der Tasche und reichte es mir. „Du darfst es aber erst im Flugzeug öffnen, versprochen?“ Wir hatten vor ein paar Tagen bei Giolitti auf meine Abreise angestoßen, weiß der Himmel, warum sie beschlossen hatte, es mir erst jetzt zu geben. Sie war fröhlich, wieder voller Wärme. Als ich das Geschenk im Flieger auswickelte, fand ich, eingeschlossen in einer durchsichtigen Box, einen Snoopy-Wecker: neueste Technik, verchromtes Display, fluoreszierende Ziffern auf der Stirn des Hundes. Auf der Verpackung ein Post-it: „Viel Spaß in Paris, ich bin jede Minute bei dir!“

Pierre wird es verstehen, wenn ich ihm von meiner Idee berichte, für ein paar Tage allein nach Rom zu fahren; er versteht immer.

Wir haben uns auf einer Geburtstagsfeier in Montreuil kennengelernt. Der Herbst, in dem ich nach Paris kam, war ungewöhnlich warm, und auf der Party erstickte man wegen des völlig überfüllten Raums beinahe. Viel zu viele Gäste zusammengepfercht in einem viel zu kleinen Wohnzimmer; auf einem Tisch in einer Ecke unzählige Weinflaschen, ein paar Champagnerflaschen, in der Menge der eine oder andere kreisende Joint. Ich war schon in Rom mit Nina auf solchen Festen gewesen; mit dem Unterschied, dass das Durchschnittsalter in Montreuil höher war und die Gäste noch mehr darauf brannten, sich gehen zu lassen, sich mithilfe von Alkohol und Gras locker zu machen, jenes verklemmte und verspannte Verhalten abzuschütteln, das in Frankreich, wie ich schon gemerkt hatte, kulturell bedingt weit verbreitet ist.

„Du bist Italienerin, stimmt's?", hatte mich Pierre angesprochen. Schüchternes Lächeln, ein ironisches Blitzen in den hellen Augen, als wäre er immer kurz davor zu lachen. Wir hatten uns erst neben die Eingangstür gestellt, um uns zu unterhalten, dann waren wir auf den Balkon umgezogen. Als Kind hatte Pierre die Ferien in der Toskana verbracht, in Forte dei Marmi, daher kannte er ein paar italienische Wörter (*cavatappi*, sprich Flaschenöffner, war sein Favorit). Das erzählte er mir gerade, als mich jemand von hinten anrempelte und sich die Hälfte des Rotweins aus meinem Glas über Pierres weißes Hemd ergoss. „Oh nein! Entschuldigung, das tut mir furchtbar leid, wirklich." Ich war völlig zerknirscht, doch er brach in schallendes Gelächter aus, unbeeindruckt von den großen violetten Flecken, die sich bereits auf dem Stoff ausgebreitet hatten. Kaum etwas vermag eine solche Nähe zwischen zwei Menschen herzustellen wie ein gemeinsames Lachen, und so kam es, dass wir in der Unbeschwertheit dieser unerwarteten Heiterkeit Gefallen aneinander fanden. „Du warst schön, so unfassbar schön, und ich konnte nicht mehr aufhören, dich anzusehen." Pierre wiederholt es immer wieder, selbst noch nach zwanzig Jahren, und jedes Mal fühle ich mich geschmeichelt, als hörte ich es zum ersten Mal.

Groß, schlaksig, längliches Gesicht, vorspringendes Kinn. Ich finde, er sieht gut aus, mein Mann, auch wenn ich ihn nicht direkt als Schönheit bezeichnen würde. Dünne Lippen, aber niemals verkniffen, ein Zeichen seiner Zuversicht. Er bewegt sich ein wenig linkisch, ein komisches Känguru, das anstatt zu hüpfen mit ausladenden Schritten eher über den Boden schwebt als geht. Gleichwohl ist er nicht weltfremd, mein Pierre, im Gegenteil: Wie ich ist er ein hervorragender Planer, mit dem Unterschied, dass er alles mit deutlich mehr Gelassenheit angeht. Er war spindeldürr, als ich ihn kennenlernte, mit den Jahren jedoch hat er ein paar Kilo zugelegt und das bisschen Bauch steht ihm, lässt ihn reifer wirken, nicht mehr so jungenhaft. Hilfsbereit und höflich allen gegenüber, zu echtem Fair Play in der Lage – nicht umsonst hat er die Diplomatenlaufbahn eingeschlagen, mit großem Erfolg. Manchmal, aber nur äußerst selten, ist er todmüde, ausgebrannt, und in solchen Momenten ist er unnahbar. Dann lässt man ihn, wie ich inzwischen gelernt habe, besser in Ruhe, damit er auf seine Art neue Energie tanken kann – zum Beispiel, indem er Bill Evans hört, seine große Leidenschaft. Er hat keine Geschwister, als Kind war er recht einsam, hatte kaum Spaß. Weil er damals nicht genügend gespielt hat, schwelt eine verborgene Sehnsucht nach Leichtigkeit in ihm, unterdrückt und bohrend wie ungestillter Hunger. Hinter dem freundlichen, geistreichen, jeder Situation gewachsenen Pierre steckt ein Kind, das zu viel allein ist und sich langweilt. Ich habe vom ersten Moment an beide gemocht: Pierre, dem Maßvollen, habe ich mein Vertrauen geschenkt, verliebt aber habe ich mich in den anderen Pierre, in den, der sich insgeheim nach Gesellschaft sehnt.

Seit Langem vertritt er als UNESCO-Delegierter die französischen Konsulate rund um die Welt, eine Rolle, die ihn dazu zwingt, viel zu reisen, viele Menschen zu treffen. In Wahrheit jedoch ist Pierre wie ich ein Einzelgänger, versehen mit einem undurchdringlichen harten Panzer: jemand, der sich nicht in den anderen verliert.

Morgens, bevor die Kinder mit ihren diversen Launen und entsprechenden Bedürfnissen in der Küche auftauchen (Valentina und ihre trockenen Augen, die mich zur Verzweiflung bringen, Sam, der dieses Jahr sein Abitur schreibt, aber seine Hausaufgaben immer erst auf den letzten Drücker macht und mich damit zur Weißglut bringt), und wir noch allein sind, schildert mir Pierre sein Tagesprogramm: Verabredungen, Meetings, Video-Konferenzen über Skype, Mittagessen in teuren Restaurants oder privaten Speisesälen von *hôtels particuliers*. Ich höre ihm zu, im Wissen, dass er in diesem ganzen Gewimmel aus Personen und Worten in der Lage sein wird, sich eine innere Stille zu bewahren, eine Ruhe, die ihm als Panzer dient und ihn stützt.

Rückendeckung gebe ich Pierre, glaube ich, viel; ich kümmere mich zuverlässig um den Haushalt, bin tagtäglich für unsere Kinder da und beides mache ich voller Hingabe, oder bemühe mich zumindest darum. Bei den diplomatischen Anlässen, zu denen ich ihn begleite, bin ich elegant und verbindlich – abgesehen davon, dass ich es tunlichst vermeide, die Frauen, mit denen ich mich dort unterhalte, privat wiederzusehen, ist mein Verhalten untadelig, würde ich sagen. Empfänge, Gesellschaften, Abendessen, Konzerte, Vernissagen, Buchpräsentationen, Einweihungen öffentlicher Orte. An der Seite meines Mannes präsentiere ich mich lächelnd, immer gut gekleidet, besser noch, seit Nina und ich Mamas Garderobe untereinander aufteilen mussten und ich nun traumhaft schöne Teile besitze (nicht nur von Gucci).

Geübt darin, mich über die unterschiedlichsten Themen zu unterhalten, generös meine Stadtkenntnisse an die Ehefrauen der anderen Funktionäre weiterzugeben, jene Damen von Welt, die mir ihre Telefonnummern geben und die ich nie zurückrufe. Bei diesen Gelegenheiten überwinde ich meine Menschenscheu und öffne mich, versuche mein Bestes zu geben. Pierre weiß das; er weiß um meine Geduld gegenüber Menschen, die mich nicht im Geringsten interessieren, die niemals echte Neugier in mir wecken – er weiß um meine Langeweile an Abenden, die wie scharfkantige Felsen in der steinigen Wüste meines Pariser Lebens lauern. Er sieht, wie ich mich anstrenge, und ist mir dankbar dafür; wenn sich unsere Blicke aus der Ferne kreuzen, vergisst er nie mir zuzulächeln, komplizenhaft, freundschaftlich. Als wir uns kennenlernten, war er noch nicht fest bei der UNESCO, arbeitete aber bereits auf Projektbasis für sie, für ziemlich gutes Geld. Ich müsse nicht arbeiten, Pierre hatte es mir unmissverständlich zu verstehen gegeben, nachdem das Stipendium der Universität Nanterres ausgelaufen war und ich, wieder zurück in Rom, über eine Möglichkeit nachsann, nach Paris umzuziehen. „Pierre ist genau der Schutz, den du suchst", hat Nina einmal zu mir gesagt. Und so war es auch, sie hatte recht, meine Schwester, die mir tief in die Seele blicken konnte, sie hatte die Lage der Dinge erfasst, sie hatte erkannt, dass ich die finanzielle Unterstützung vonseiten meines Mannes akzeptierte und immer akzeptieren würde, ich empfand sie weder als Last noch als Unterdrückung, weil sie das Symbol einer Wiedergutmachung war, eine Art Entlohnung – weniger in finanzieller Hinsicht als vielmehr in Sachen Sicherheit. Als unsere Kinder zur Welt kamen, eröffnete Pierre für beide ein Konto, auf das er regelmäßig ein stattliches Sümmchen überweist. Ich kann absolut frei über unser Geld verfügen; wenn ich wollte, könnte ich ein deutlich luxuriöseres Leben führen, als ich es mir und meinen Kindern zugestehe. Stattdessen bin ich, ganz meiner Natur entsprechend, äußerst sparsam. Aus der Mäßigung gewinne ich Energie, mich einzuschränken verhilft mir zu innerem Gleichgewicht. „Konzentriert euch auf eure eigene Mitte, atmet und handelt von dort", riet uns Mylène während des Trainings. Ein Leitsatz, dem ich bis heute folge und der mir dabei hilft, mich auch in einer konsumgeilen Stadt wie Paris der Verschwendungssucht zu entziehen und Kraft aus meinem Inneren zu schöpfen.

So, wie ich Pierre die Fröhlichkeit zu schenken versucht habe, die ihm als Kind fehlte, hat er mir eine Familie geschenkt. Ein Zuhause – das ist es, was wir uns gegenseitig geboten haben. Wir sind ein Zuhause füreinander und tatsächlich haben wir uns auch bald eines erschaffen, nur ein Jahr, nachdem wir zusammen waren: unsere erste gemeinsame Wohnung in der Rue Saint-Georges. Schritt für Schritt, Tag für Tag auf unser Glück setzend wie auf ein scheinbar gutes Blatt beim Kartenspiel. Ohne Höhen, ohne Tiefen, ohne Risse. Sicheres Terrain, auf dem ich gefahrlos vorangehen kann, ohne je zu stürzen: Das ist meine Ehe für mich.

Diese Stabilität, die ich dank Pierre zu Beginn unserer Beziehung gefunden hatte, glaubte ich auch an Nina weitergeben zu können – sogar an Gloria und an Seba. Ich war derart zufrieden, dass ich mein Eheleben für völlig nachvollziehbar hielt. Eine „Mussheirat", aber nicht im herkömmlichen Sinn, sondern weil sie die Wunden der Vergangenheit heilte, Pierres und meine, und in meiner Fantasie sogar die meiner Schwester und unserer Eltern. Pierre ist der erste Mann, mit dem ich Sex hatte, eines Nachts im Landhaus seiner Familie in den Cevennen. Eine und danach unzählige weitere Nächte, in denen wir uns auf einer Matratze liebten, die wir über zwei Treppen hinuntergeschleppt und vor den offenen Kamin gelegt hatten. Die ersten Male, als er in mich eindrang, weinte ich, nicht aus körperlichem Schmerz, sondern weil sich etwas Unbekanntes auflöste und weh tat. Pierre hielt inne, lauschte meinem Schluchzen. Die Vergangenheit, die Leere von einst, die vielen Schrammen meines Carapax: Ich beweinte all das. Wir begannen uns erneut zu lieben, ich klammerte mich an Pierres schlaksigen und mageren Körper, trocknete meine Tränen in seiner Umarmung. Nach dem Beben ungeahnte Ruhe. Befriedigung und Frieden zugleich.

Die ersten Spaziergänge: wir beide allein in der Natur, der Stille in den Schluchten lauschend. Jahrelang hatte ich es nicht einmal im Traum für möglich gehalten und doch war es plötzlich passiert, ich hatte mich verliebt. Die Sonne begann langsam zu sinken, wir kehrten zum Landhaus zurück; wir würden Feuer machen und, nachdem wir kaum etwas gegessen hatten, abermals Sex haben. Selbst heute noch, nach zwanzig Jahren, würde ich mich sofort wieder für Pierre entscheiden. Das ist es, was eine Beziehung fürs Leben ausmacht – wenn man solche Fragen auch rückblickend mit „Ja“ beantworten kann.

„Warum kommst du nicht einfach mit nach Paris?“, fragte ich Nina eines Tages während dieser hektischen Phase, in der ich mich auf meine Abreise vorbereitete. Freunde von Mylène hatten mir ein Einzimmerapartment in der Nähe der Metrostation Alésia vermittelt, zwanzig Quadratmeter mit Kochnische. Freilich, es würde ein bisschen eng werden für zwei, aber wir würden das schon hinbekommen, bestens sogar, wie immer, wenn wir beide allein sind. Ich wusste, dass eine Trennung wie die bevorstehende notwendig, ja lebenswichtig für mich war, dennoch tröstete mich der Gedanke, meinen Auslandsaufenthalt in Gesellschaft meiner Schwester zu beginnen; ich brauchte Nina, bereits damals begriff ich, dass sie mich durch ihr Chaos oft mehr beschützte als ich sie mit meiner übertriebenen Vorsicht. Außerdem wollte ich sie aufheitern, denn ich sah, dass sie schon seit Langem nicht mehr glücklich war: seit damals, als sie Bruno kennengelernt hatte und jeden Abend mit klopfendem Herzen zur Laufstrecke in der Villa Pamphili geeilt war, in der Gewissheit ihn dort zu treffen.

Aber nein, Nina wollte auf keinen Fall mit nach Paris. „Ich brauch einen Job, Maddi, eine Beschäftigung. So halte ich es nicht aus, mit dieser Leere, das weißt du doch.“ Wir waren in meinem Zimmer, in jenen Tagen der Vorbereitungen in ungewohnter Unordnung, der Trolley mit Doppelfach aufgeklappt auf dem Boden – seit Tagen optimierte ich mein Gepäck, legte das eine hinein, nahm anderes wieder heraus. Mir war klar, dass Nina flunkerte: Von wegen Job, tatsächlich wollte sie nicht aus Rom weg, weil sie sich seit einiger Zeit mit Diego Marano traf. Und die Geschichte schien sich für sie allmählich zu etwas Ernstem zu entwickeln, auch wenn sie es nicht bewusst darauf angelegt hatte. Abermals ein Anklammern, diese für Nina so typische Ausschließlichkeit, diese Fixierung auf eine dunkle Leidenschaft, auf die sie schon nicht mehr verzichten konnte.

Die Leere schlug ihr aufs Gemüt, die Tatenlosigkeit bekam ihr nicht, raubte ihr die Kraft – das stimmte. Sie sah stundenlang fern, zappte wie eine Besessene durch die Programme, blieb höchstens einmal bei einer Serie hängen, ansonsten sprang sie ständig zwischen den Kanälen hin und her.

„Schalt aus, Ninutschka. Merkst du denn nicht, dass du verblödest?"

„Lass mich in Ruhe, Maddi; wenn ich mich so entspannen will, ist das meine Sache. Wenn du deine Zeit mit deinen Ich-bin-ja-so-perfekt-und-schlau-Aktivitäten verplemperst, nerve ich dich ja auch nicht. Akzeptier es einfach, okay?"

Reizbar, nervös; bis zu dem Moment, wenn die Klingel der Gegensprachanlage ertönte – dann sprang sie auf, um sich hastig vor dem großen Spiegel im Eingang mit Parfüm einzunebeln und ihr Make-up zu checken. Sekunden später war sie weg. Unten wartete Diego Marano mit seinem an der Ecke zur Via Fonteiana geparkten schwarzen Opel Chevrolet auf sie, startklar in Richtung Laurentina, zu ihm.

Dann kam dieser Anruf.

Vor Kurzem hatte ich Pierre kennengelernt und wir sahen uns erst seit ein paar Wochen regelmäßig. An diesem Tag wollten wir uns im Café Select in Montparnasse treffen, um danach ins Kino zu gehen. Ich war schon auf dem Sprung, als das Telefon läutete. Es war Nina. Das Zimmer im Halbdunkel, ein novembergrauer Samstag mit bleiernem Himmel, kalt – wäre ich nicht mit Pierre verabredet gewesen, hätten mich keine zehn Pferde vor die Tür gebracht. Ich nahm ab, blieb jedoch stehen, als ahnte ich bereits, dass ich mich eines Endlos-Telefonats würde erwehren müssen.

„Nina-Schatz, hallo! *Que pasa*?

„Maddi... oh Maddi."

Und schluchzend begann sie zu erzählen. Von Anfang an. „Also, ich wollte dir nichts sagen, aber mir ging es in den letzten Tagen ziemlich mies, richtig beschissen. Zittrige Beine, ständig war mir schlecht, ich konnte nichts essen. Am Freitag habe ich mich mit Diego getroffen. Diego Marano, du weißt schon, der Serienproduzent..." Eine wie beiläufig eingestreute Bemerkung – typisch meine Schwester, sie wirft einem ein paar Brocken hin, deutet an und verkompliziert dadurch alles, zwingt mich zu manipulativen Spielchen, auf die ich mich jedes Mal einlasse. „Ja, klar... der Produzent, der vor den Sommerferien immer vor der Schule gewartet hat." Diego Marano, gegeltes Haar, schmieriges Lächeln: wie hätte man ihn vergessen können.

„Wir haben uns am späten Nachmittag im EUR-Viertel getroffen, im Giolitti" (schon wieder das Giolitti: fast schon ein Markenzeichen für unsere Sternstunden). „Wir saßen noch nicht lange, da hab ich gemerkt, dass ich nach Hause muss, mir war wieder übel, ich hatte ganz wacklige Beine... Marano hat mir angeboten, mich heimzufahren. Aber ich wollte nicht, ich hab mir eine Ausrede einfallen lassen und gesagt, nein danke, lieber nicht. Mir war schwindlig und irgendwie komisch im Magen, so, als hätte ich zu viel in mich hineingeschaufelt: Schon nach ein paar Löffeln Eis hatte ich das Gefühl, etwas Schlechtes gegessen zu haben, etwas Verdorbenes, Verfaultes, ich hatte einen ganz bitteren Geschmack im Mund."

„Du Ärmste." Die Minuten verrannen, besorgt sah ich die Ziffern auf dem Display des Snoopy-Weckers wechseln, den mir Nina geschenkt hatte und der nun oben auf dem Hängeschrank meiner winzigen Kochnische stand.

„Langer Rede kurzer Sinn, Maddi, mir ging es wirklich beschissen und ich wollte einfach nur noch allein sein. Schließlich konnte ich Marano..." (wie abfällig sie ihn beim Nachnamen nannte) „...dazu bewegen, zu gehen und er hat sich widerwillig davongemacht. Dann habe ich die Kassiererin am Tresen nach der Toilette gefragt, ich musste dringend pinkeln und war kurz davor mich zu übergeben. Und dort, auf dem Klo..."

Ich hörte Nina tief durchatmen, die Nase hochziehen – sie war wirklich am Ende, ich spürte es selbst aus der Ferne. Viertel vor sechs; in ein paar Minuten würde Pierre im Select eintreffen. Ich war nervös, doch ich riss mich zusammen, undenkbar, dieses Telefonat jetzt abzubrechen.

„Ja, und dort, Nina? Was war da?"

„Oh Maddi." An jenem Tag war ihre Periode fällig gewesen, weshalb sie vorsorglich eine Binde eingelegt hatte. Und als sie dort, auf dieser Toilette, den Slip herabzog, bemerkte sie, wie etwas an der Einlage hängenblieb. „Etwas... wie soll ich es beschreiben: eine Art Gerinnsel, ein fester Klumpen, der mir noch zwischen den Beinen hing. Ich hab auf die Binde geschaut und dieses Ding gesehen..."

„Was, Nina? Was genau meinst du?"

Ninas Verzweiflung hallte in der Stille meines Einzimmerapartments wider, was mich noch mehr alarmierte.

„Einen glibberigen gelben Klumpen, mit Fäden aus komischem zähen Schleim. Ich war wie gelähmt, das alles war so bizarr und ekelhaft und schockierend. Ich hatte Angst, Maddi, obwohl ich überhaupt nicht begriff, was gerade geschah. Furchtbare Angst, und ein Gefühl von Leere, von plötzlicher Trauer."

Das war es also: Meine Schwester hatte ein Kind verloren – auf einer öffentlichen Toilette. Es abgestoßen, aus ihrem Inneren vertrieben, das Kind von Diego Marano. Nina, Ninutschka. Meine arme kleine Schwester. Zwei Minuten vor sechs, auf dem Snoopy-Wecker verstrich weiter eine Minute nach der andern. Ich musste endlich los, wenn ich es mir mit Pierre nicht verscherzen wollte, noch bevor wir wirklich zusammen waren.

„Und was hast du dann gemacht, bist du ins Krankenhaus gegangen?"

„Nein, ich hab ein Taxi genommen und bin nach Hause gefahren. Mylène war da, ich hab ihr gesagt, dass es mir nicht gut geht, dass ich mich hinlegen muss. Ich habe sie gebeten, mir ein Glas Milch zu bringen; ich hatte eine totale Gier nach Milch, nur Milch, riesigen Durst nach Milch..."

Auf dem Boulevard, über den ich zu meinem Date hetzte, glänzte der Asphalt nass, weil es inzwischen zu regnen begonnen hatte. Im großen Saal des Select entdeckte ich Pierre sofort, wie er gelassen an seinem Chablis nippte. Allein sein Anblick schenkte mir Ruhe. Mein Liebster – er wusste es noch nicht, aber er war bereits meine große Liebe.

„Ist was, Madeleine, gibt's ein Problem?" Die Bestürzung stand mir wohl ins Gesicht geschrieben; vielleicht war es ein Wagnis angesichts unserer noch jungen Bekanntschaft, ein Kurzschluss, der alles hätte zunichtemachen können; doch ich vertraute Pierre bereits, ein instinktives, tiefes Vertrauen, also erzählte ich ihm von Nina und ihrer Fehlgeburt. Er enthielt sich jeglichen Kommentars, blieb still. Danach gingen wir ins Kino, ins Gaumont Montparnasse in der Nähe des Select. Ich hatte den Film ausgesucht, eine südkoreanische Produktion, eine Liebesgeschichte, mit eindringlicher Langsamkeit und Präzision erzählt, Sequenz für Sequenz, kaum Dialoge, hochpoetische Bilder. Der Plot: ein Ehebruch mit anschließendem Eifersuchtsdrama, der das Paar auf eine harte Probe stellt. Sie betrügt ihren Mann mit einem Arbeitskollegen; der Ehemann will die Trennung. Doch die erweist sich als schwierig, zermürbend; er wird krank, sie pflegt ihn, Schuldgefühle, alles ordnet sich neu. Ich konnte kaum folgen: Ständig dachte ich an Nina, an diesen gelblichen Klumpen, dieses Versprechen von Leben, das einfach in einer Toilette weggespült worden war. Und dabei auch etwas von meiner Schwester fortgerissen hatte. Etwas – eine Leichtigkeit, ein freudiges Ungestüm –, das Nina seitdem nicht mehr hat, zumindest nicht mehr ganz. „Für mich hat das Leben keine Kinder vorgesehen", sagte sie einmal, als wir zufällig (oder zwangsläufig) auf dieses Thema kamen. Wir befanden uns in einer überfüllten U-Bahn auf dem Weg von Manhattan nach Brooklyn, als ich diesen Satz hörte – mitten im Gedränge, mitten im Chaos, das ihren Worten die Wucht nahm, sie aber zugleich verstärkte. Nina erwartete keine Antwort von mir, meine Reaktion war ihr egal. Es war eher eine Art Selbstgespräch, dessen unfreiwillige Zeugin ich wurde: ihre versäumte Mutterschaft laut aussprechen, sich erlauben, diesen Gedanken zu denken, einmal und nie wieder, so, wie sie einmal und nie wieder schwanger gewesen war. Diego Marano (besser gesagt Marano, wie Nina ihn nannte) hat nie von seinem ungeborenen Kind erfahren. Das blieb ein Geheimnis zwischen uns Schwestern, ein neuer Pakt, der uns, wie bei Geheimnissen stets der Fall, geeint, aber auch getrennt hat.

Vierter Teil

Gelegenheiten

Nina ging im Frühling in die USA. Wanderte aus wie ich. Der Herbst hatte unter dem Zeichen meines Umzugs nach Paris und ihrer Fehlgeburt gestanden, dieses schmerzhaften und unsichtbaren Verlusts, einer Trauer, von der nur ich wusste. Kurz darauf war Mylène nach Frankreich abgereist, nachdem sie die wenigen Koffer mit ihren Kleidern (vor allem Sportsachen) vorausgeschickt hatte. Nina blieb allein zurück; es ging ihr furchtbar schlecht, doch sie versuchte dagegen anzukämpfen: Dass sie es war, die mit Marano Schluss machte, gab ihr etwas Kraft und zumindest einen Hauch Selbstwertgefühl zurück. Monate des Ausprobierens: Sie fand einen Job in einer Immobilienagentur, in der eine Freundin von Mylène arbeitete. Sie kaufte sich einen Honda-Roller, feuerrot, glänzend, funkelnagelneu, wie auf den Fotos zu sehen war, die sie mir schickte. Auf diesem Flitzer raste sie kreuz und quer durch Rom, von einer Wohnungsbesichtigung zur nächsten. Es war kein Zuckerschlecken: jeden Tag zahllose Termine bis weit in die Peripherie, in weit auseinanderliegenden Vierteln. Sie war ständig auf Achse, und die Termine waren eng getaktet. Es war keine Arbeit für sie, wie sie als Erste erkannte. Wir hatten kaum noch Kontakt, weil Nina plötzlich keine Zeit mehr hatte; wir telefonierten nur noch am Wochenende, lange Gespräche, in denen meine Schwester nichts anderes tat als sich zu beklagen, jedes Mal noch erschöpfter und unzufriedener. „Weißt du, Maddi, das Problem ist, dass ich nicht der richtige Typ dafür bin; mir fehlt die Geduld, ich lächle nicht genug. Die potenziellen Käufer sind schwierig, ändern ständig ihre Meinung. Vor ein paar Tagen sollte ein Paar einen Vorvertrag unterschreiben, alles war schon fast unter Dach und Fach, schien so gut wie sicher, doch im letzten Moment haben sie es sich anders überlegt. Alles umsonst! Und dann hat mich der Besitzer der Agentur auch noch runtergemacht, weil ich zu optimistisch war und bis zum Ende an einen guten Vertragsabschluss geglaubt habe..."

Der springende Punkt war jedoch, dass die Kunden Nina keine Beachtung schenkten; ihre Rolle beschränkte sich darauf, den Zugang zu den Objekten zu ermöglichen und sie zu präsentieren, Raum für Raum, auf das Öffnen und Schließen von Fenstern, Türen, Schränken, unter Treppen versteckten dunklen Kellern. Als reine Vermittlerin blieb sie selbst völlig im Schatten, das war es, was sie ärgerte, was sie kränkte. „Ich habe eine Tasche voller Schlüsselbunde, Maddi, und während jeder Besichtigung ein trügerisches Gefühl von Allmacht", gestand sie mir in einem unserer langen Wochenendtelefonate. „Abends, wenn ich endlich wieder in die Via di Villa Pamphili zurückkehre, kommt es mir vor, als wäre ich nicht mehr dort zu Hause. Ich fühle mich entfremdet, Maddi, das ist das Problem. Wenn ich zum Laufen will, muss ich in aller Herrgottsfrühe aufstehen, ich schlafe kaum noch, bin ständig hundemüde."

„Du passt schon auf dich auf, oder?"

„Der Arzt hat mir eine Aufbaukur verschrieben, aber die schlägt bei mir offensichtlich nicht an."

Doch die Objekte gefielen ihr; in manche, die sie zeigte, verliebte sie sich regelrecht. Vor allem an ein Domizil hatte sie, wie sie sagte, ihr Herz verloren: eine weitläufige Wohnung am Lungotevere dei Mellini, mit Blick auf den Tiber und dahinter die Kuppel von San Carlo al Corso und die Ara Pacis. „Mir ist klar geworden, warum mich dieser Job stresst", klagte sie ein andermal am Telefon, als sie bereits seit einer Weile arbeitete. „Weil er dieselbe Frustration bei mir auslöst wie damals, als Papa uns die Bilder seiner Hochzeiten gezeigt hat. Die Familien der anderen, das Glück der anderen, die Wohnungen der anderen: all die Dinge, die sich andere aufgebaut haben. Und wir, Maddi, was bauen wir uns auf?"

Derweil entwickelte sich die Geschichte mit Pierre zu etwas Ernstem, wurde jeden Tag verbindlicher, intensiver. Wir waren schon dreimal in das Haus in den Cevennen gefahren und in Paris sahen wir uns ständig, praktisch jeden Abend nach seiner Arbeit. Locker und tiefernst zugleich begannen wir darüber zu sprechen, zusammenzuziehen. Nina erzählte ich nichts von alledem: Ich wollte sie nicht eifersüchtig machen, und außerdem war mein persönliches Glück im Moment etwas, das nur mir gehören sollte, ein Raum einzig für Pierre und mich, zu dem die Außenwelt keinen Zutritt hatte, noch nicht.

Innerhalb von vier Monaten brachte Nina nur zwei Mietverträge zum Abschluss: eine äußerst magere Ausbeute. Sie zog sich eine chronische Bronchitis zu, weil sie ständig mit dem Roller unterwegs war, sie verstauchte sich den Knöchel und war mehrere Tage ans Bett gefesselt. Sie traf sich mit niemanden; ab und zu ging sie samstagabends mit Rebecca aus, der letzten ihrer abservierten Freundinnen, die noch Sympathie für sie empfand, oder vielleicht auch Mitleid, auf jeden Fall rief sie Nina immer noch an, und zwar als Einzige. Dann, im Frühjahr, fand meine Schwester die Kraft, bei der Immobilienagentur zu kündigen; die Enttäuschung unter den Kollegen hielt sich in Grenzen, sie war einfach nicht geschaffen für diesen Job, sogar die Chefin sagte es ihr auf freundliche Weise.

Es war Rebecca, die Nina zu einem Vortrag von Sri Babari mitnahm, einem indischen Guru aus Uttar Pradesh. Spirituelle Liebe auf den ersten Blick. Auf Fotos sieht man den vor Gesundheit strotzenden Lehrmeister charismatisch lächeln, das Kinn von einem weißen Bart umrahmt, der Blick hinter der goldenen Nickelbrille freundlich wie der eines zufriedenen, dicken Katers. „Loslassen", „Freiheit der Stille", „Lebendigkeit der Einsamkeit": Begriffe, die für Nina ein Lichtstreif am Horizont waren. Sie trösteten sie über die Schwierigkeiten ihres aktuellen Lebens hinweg, über das Gefühl des Todes, das nach der Fehlgeburt noch immer ihren Körper und ihre Gedanken beherrschte. Die spirituellen Regeln des bärtigen indischen Meisters offenbarten ihr ein neues Universum – weiträumig, vielfältig und vor allem: fern.

Sie organisierte ihre Abreise wie ich, innerhalb weniger Wochen. Ziel New York, Brooklyn, um genau zu sein. Dorthin, wo Sri Babari in der Montague Street jeden Tag in der Morgendämmerung Hunderte von Schülern und Schülerinnen aus der halben Welt um sich versammelt. In aller Frühe aufstehen, Worten lauschen, schweigen, meditieren, den Rest des Tages mit demselben Enthusiasmus wie in diesen vibrierenden und weihrauchgeschwängerten frühen Morgenstunden leben. Doch es dauerte nicht lange, bis Nina all das auf die Nerven ging. Sie begann zu sagen, die Meditationen würden sie langweilen, das Mantra-Singen sei ihr zuwider. Mit einem Mal wollte es ihr nicht mehr gelingen, sich auf die Leere zu konzentrieren – eine Übung, von der sie mir über Monate hinweg vorgeschwärmt hatte. Auch Sri Babaris Bild ertrug sie nicht mehr: Inzwischen fühlte sie sich von seinem pausbäckigen Gesicht, das sie von der Wand gegenüber ihrem Bett übertrieben freundlich anlächelte, bespitzelt. Diese vergeistigte und leicht dogmatische Welt vertrug sich nur schlecht mit ihrer direkten und freien Natur. Obwohl sie weiterhin in den Meditationsraum in der Montague Street kam, hatte sie sich schon bald selbst aus der Gruppe ausgeschlossen. Sie hatte versucht, erste Freundschaften zu knüpfen, mit einer spanischen Witwe, die sich gerade in New York bei der Schwester ihres verstorbenen Mannes aufhielt, und einer Siebzehnjährigen namens Barbara, Kalifornierin aus San Diego und ergebene Schülerin von Sri Babari, die während der Meditationen zur Freude des Meisters gern in seiner Nähe saß und schon bald zu seiner rechten Hand wurde. Sowohl mit ihr als auch mit der anderen, der Spanierin, hatte meine Schwester jedoch binnen Kurzem Probleme. Das Ungestüm, mit dem Nina urteilte und ihre Meinung kundtat – diese ihrem Wesen so ureigene, verwegene Ehrlichkeit – wurde von ihnen als arroganter Überheblichkeit gedeutet. In Nina Übermaß an „wertendem Verstand“ erkannten sie ein Zeichen mentaler Unruhe – etwas, das der Philosophie der Gruppe und dem Geist einer aufrichtig Meditierenden widersprach. Gekränkt von diesem Unverständnis, zog Nina sich zurück, unternahm am Wochenende nichts mehr mit den beiden. Auch die Abstände zwischen den Besuchen im Meditationsraum wurden immer größer: Sie stellte den Wecker nicht mehr auf halb fünf, wie sie es monatelang getan hatte, um pünktlich zu den frühmorgendlichen Treffen mit Sri zu kommen. Mit Sri Babari selbst war es ihr gelungen nicht zu streiten – sie verstanden sich sogar weiterhin gut. Sie hatten sich persönlich unterhalten, in einem kleinen Zimmer, seinem Büro, ein kurzes Gespräch, das sie mir in allen Einzelheiten wiedergab. Nina hatte ihm ganz offen von ihren Schwierigkeiten erzählt. „Lass dir Zeit“, hatte Sri nachsichtig geantwortet. „Wenn du dir nicht sicher bist, welcher dein Weg ist, sei du selbst. Warte.“ Sie hatte diese Worte als eine Art Segen empfunden, als Erlaubnis, das zu tun, was sie wollte. Zudem fühlte sie sich Sri Babari verbunden, weil sie seinetwegen und dank der reinen Schönheit seiner Lehre den Mut gefunden hatte, Rom zu verlassen und die lange Phase verkrüppelter, zerstörerischer Beziehungen mit Männern zu beenden, die sie niemals so geliebt hatten, wie sie es sich wünschte. Sri Babaris magnetisierende Energie hatte ihr auch geholfen, sich von unserer Geschichte als Töchter zu lösen. Ein wenig Abstand von unserer zerplatzten Kindheit zu gewinnen, deren Narben wir noch immer in uns trugen und die uns daran hinderten, wirklich die Flügel zu spreizen.

Der Segen musste wohl gewirkt haben, denn in dieser Phase tauchte Brian auf. Er und Nina lernten sich in Vermont bei einem Intensiv-Workshop von Sri Babari kennen, an dem meine Schwester teilnahm, um (mehr noch sich selbst als der Gruppe) zu beweisen, dass sie keinen endgültigen Schlussstrich gezogen hatte. Brian war auf Empfehlung eines Freundes dort: Er stand kurz davor, seine erste Kunstgalerie zu eröffnen, war gestresst und erhoffte sich von diesem Meditationswochenende, dem Hamsterrad der Gedanken entfliehen und „abschalten" zu können. Er und Nina hatten sich von der ersten Sekunde an gegenseitig angezogen, Liebe auf den ersten Blick im wahrsten Sinn des Wortes; nach drei Tagen in Vermont fuhren sie zusammen nach New York zurück und seitdem sind sie ein Paar. Sie rief mich an, um es mir zu erzählen, ich ging auf der Rue de Rennes spazieren, als mein Handy klingelte, ich erinnere mich noch genau. „Es gibt wichtige Neuigkeiten, Schwesterherz": Dass es sich um eine echte Neuigkeit handelte, war mir sofort klar, so, wie ich auch spürte, dass diese neue Bekanntschaft etwas Wichtiges, Positives war und nicht nur ein belangloser Flirt oder ein neuerlicher Reinfall. Während Nina sich mir anvertraute, klang sie glücklich, aber nicht überdreht – in ihrer Stimme schwang anders als bisher weder Übertreibung noch Dramatik mit. Bald schon begann sie Brian in seinen diversen Galerien zu unterstützen: eine Verbindung von Beruf und Beziehung, die sich im Lauf der Zeit als positiv erwiesen hat. Es ist eine Art von Beschäftigung, die wie zugeschnitten ist auf Nina: im Namen der Liebe für die Schönheit arbeiten, ein reges Gesellschaftsleben pflegen, eine beinahe leitende Rolle einnehmen, die sie an die Arbeit unserer Mutter erinnert. Alles fügte sich, das Leben meiner Schwester würde kein Kaleidoskop aus verschiedenen zerbrochenen Ninas mehr sein. In ihrer Zeit mit Brian ist sie quer durch die Welt gereist, um Künstler zu treffen, deren Werke und Installationen dann in der Galerie ausgestellt und verkauft wurden. Sie waren zusammen in Sidney, in Shanghai, in Athen und an vielen anderen Orten. Sie hat sich eine Kurzhaarfrisur zugelegt, weil es Brian so gefiel. Sie sah fantastisch aus, als sie uns in Paris besuchte, mit ihrem Gavroche-Schnitt, der längeren Strähne über der Stirn und den im Nacken fast bis auf null abrasierten Haaren. Damals blieb sie das Wochenende über bei uns – ein eingeschobener Zwischenstopp auf dem Weg von Rom nach New York. Am Tag nach ihrer Ankunft spazierten wir zu zweit von zu Hause bis zum Jardin Albert Kahn in Boulogne-Billancourt. Ungefähr fünfzehn Kilometer, ruckzuck zurückgelegt; es war ein Samstagmorgen mit einer milchigen Sonne am Himmel, Nina sah den Jardin Albert Kahn zum ersten Mal, ich zeigte ihr die Seerosen, die japanischen Teehäuser, den mit Tausenden violetten und rosafarbenen Blüten übersäten kleinen Hügel, der den Fuji darstellte. Sie war begeistert, wie jedes Mal, wenn ihr etwas Ruhe schenkt, einen Zustand, den sie normalerweise nicht kennt und daher umso mehr genießt. Und völlig unbeschwert, positiv; die traurigen Liebesbeziehungen in Rom, die düsteren Stimmungen, die vergifteten Worte, all das hatte sie hinter sich gelassen. Obwohl Mama das Haar immer lang getragen hatte, glich ihr Nina mit ihrer neuen Frisur an diesem Tag verblüffend. Fast wie ein Ei dem anderen. Dieser Gedanke rührte mich zutiefst, ließ unzählige Bilder aus der Vergangenheit emporsteigen, von denen manche bereits die Zukunft vorwegnahmen.

Am frühen Vormittag, wenn Pierre und die Kinder fort sind, kümmere ich mich um den Haushalt, organisiere unser Familienleben, bevor ich ebenfalls die Wohnung verlasse. Ich schreibe lange Einkaufslisten, die ich dann bei dem Angestellten bei Carrefour hinterlasse, der dafür sorgt, dass wir zweimal die Woche beliefert werden. Ich rufe beim Zahnarzt an, beim Augenarzt, beim Pranotherapeuten, ich vereinbare sämtliche Termine für uns vier oder sage sie ab – in meinem Kopf existiert ein vierspaltiger Kalender, vier simultane Leben. Ich richte die Sachen her, die in die Reinigung müssen; wenn Linda, eine Peruanerin, die mir seit Jahren im Haushalt hilft, pünktlich auf die Minute um halb neun eintrifft, gebe ich ihr ein paar Anweisungen – nicht besonders detailliert, vor allem besprechen wir gemeinsam, was für den Abend gekocht werden soll. All diese Aufgaben erledige ich wie automatisch, in blindem Vertrauen auf meine Rationalität – die groß ist, inzwischen bin ich reif und selbstbewusst genug, um zu wissen, wie gut ich im Regeln solcher Angelegenheiten bin. Dann gehe ich aus dem Haus. Bei Hitze oder Kälte, bei schönem oder schlechtem Wetter, bei Sonnenschein, Regen oder Schnee, völlig egal; ich gehe, ich kann beim besten Willen nicht in der Wohnung bleiben. Sobald ich auf der Straße bin, marschiere ich los; ich kann stundenlang im käfigartigen Raster der geometrischen Stadt umherlaufen, ohne anzuhalten, in einer unermüdlichen und immerwährenden Bewegung. Pierre weiß von diesen endlosen Spaziergängen, tief im Inneren, glaube ich, ist er sogar ein bisschen eifersüchtig, aber er beschwert sich nicht; er respektiert mich. Er weiß davon und weiß doch nichts

– er weiß nichts von der anderen Maddalena, die mich auf diesen Spaziergängen antreibt und mich gehen, immer weiter gehen lässt. Die nicht Ehefrau oder Mutter ist; nicht Schwester oder Tochter. Eine Maddalena ohne Bindungen, ohne Abwehr, mit porösem Panzer, ganz Wahrnehmung, Vorankommen, Atem und Schritt in Einklang. Frei, allein. Bereit.

Ganz allein, gehe ich stur voran. Ich gehe, bis ich die Beine nicht mehr spüre und die geweiteten Lungen dem Herz den Takt diktieren, schneller und immer schneller. Inzwischen folgt meine tägliche Marschroute nur noch der horizontalen Achse von Paris – der längeren von Ost nach West. Weit entfernte Stadtteile, komplett anders als das 17. Arrondissement, in dem ich wohne: Gegenden voller Menschenmassen, ein lautes und buntes Durcheinander. In den Straßen rund um den Gare du Nord zahllose Clochards, Menschen auf der Suche nach einem Unterschlupf, die auf dem Gehweg oder auf den Bänken entlang der Metro-Gleise alte Decken oder Schlafsäcke ausbreiten und sich daraus ein Lager errichten, oder die in einem auf der Straße aufgebauten Zelt campieren. Ich höre nicht auf zu schauen, beobachte, ohne bemerkt zu werden; in der Passage du Désir, in der Nähe des Gare de l'Est, habe ich eine Frau bemerkt, die immer an derselben Stelle zusammengekauert vor dem geschlossenen Rollladen einer ehemaligen Reinigung sitzt, von der nur noch das verblichene und staubige Ladenschild geblieben ist. Sie ist noch jung: Ihr Teint, obschon vom Wind gezeichnet und stumpf aufgrund mangelnder Hygiene, ist glatt, man erahnt, wie schön sie ohne die Entbehrungen der Armut wäre. Ich bemerke ihre hellen Augen, hungrig, suchend – nach Essen, nach einem würdigen Leben, nach einem wie auch immer gearteten Frieden. Tags darauf kehre ich zurück, um sie zu beobachten, sie ruft etwas wach in mir. Ich sehe, dass sie ein Buch liest, einen Krimi vermutlich, denn der Einband ist schwarz, wie bei den französischen *polars* üblich. Die Lektüre scheint sie zu fesseln, den vielen Seiten nach zu urteilen, die sie seit gestern verschlungen hat. Gleichgültig den Blicken der Passanten – auch meinen – gegenüber, liest sie konzentriert und bemerkt nicht, dass ich sie belauere. Sie trägt eine helle, zerrissene Hose, dazu ein übergroßes türkisfarbenes Sweatshirt, auf dem vorne in schwarzen Großbuchstaben LOVE steht. Am nächsten Vormittag komme ich wieder, um sie zu sehen, und so geht es Tag für Tag. Es ist stärker als ich, kaum bin ich aus dem Haus, führt mich mein Weg letztendlich zu dieser Frau in der Passage du Désir. Der Gedanke, dass ihr kalt ist, dass sie Hunger hat. Dass sie müde ist. Diesmal bemerkt sie mich. „Qu'est-ce que vous voulez, Madame?" In der Frage schwingt eine nervöse Spannung mit, kalt wie die Morgenluft, hart wie ihr Blick im Gegensatz zu den harmonischen Gesichtszügen. „Rien, rien je vous l'assure; juste vous offrir un café, si vous voulez bien", beschwichtige ich sie; aber so, wie ich nichts von ihr will, will sie ganz offensichtlich auch nichts von mir, es ist klar, dass ich störe, dass sie mit meiner Empathie nichts anzufangen weiß.

Also nehme ich mir vor, nicht mehr bei ihr vorbeizuschauen. Am nächsten Morgen spaziere ich woandershin, weit weg, in die entgegengesetzte Richtung, nach Westen und zur Pont de Sèvres, und auch an den folgenden Tagen mache ich schweren Herzens einen großen Bogen um diesen Ort. Ich grüble über mein narzisstisches Mitleid, über meine falsche Großzügigkeit nach und empfinde dabei tiefe Zerknirschung, beinahe Scham. Derweil will mir die Frau nicht mehr aus dem Kopf gehen: Sie ist zu meiner unsichtbaren Gesprächspartnerin geworden. Ich suche nach Antworten, von Zweifeln geplagt, ob ich meine Reise nach Rom antreten soll oder nicht.

„Ich denke, ich werde für ein paar Tage wegfahren, Pierre. Ich war seit der Beerdigung meiner Mutter nicht mehr in Rom. Ich möchte die Stadt wiedersehen; sie fehlt mir."

Wir sind eben erst aufgewacht, Pierre vor mir. Es ist ein Samstagmorgen, die Kinder schlafen noch, durch die halbgeöffneten Lamellen der elektrischen Jalousien dringt helles Licht herein. Es ist „unser" Moment, der Raum, in dem wir allein sind und uns alles sagen, uns über Familienbelange austauschen, vertrauliche Themen besprechen können. Oasen der Zweisamkeit, eingebaut in die Routine eines eingespielten Paares, wie wir es sind, dessen Zeit für Intimität immer knapper wird, geopfert den Verpflichtungen des Erwachsenen- und Elternlebens, zusammengepresst von täglichen Handlungen, die stets aufs Neue das Wechselspiel der Verantwortlichkeiten, das Band ihres Ineinandergreifens, die unerschütterliche Kraft unseres Bundes bestätigen.

Pierre hat die Brille aufgesetzt, um seinen Simenon weiterzulesen – er ist beinahe am Ende angelangt, wofür er Wochen gebraucht hat, seine Gemütsruhe drängt ihn alles auszukosten, auch die Lektüre. Er trägt einen zerschlissenen hellblau-braun gestreiften Baumwollpyjama, und mit diesem Kleidungsstück und dem Kneifer auf der Nase wirkt er viel älter. Ein sympathischer, weiser Alter. Er hebt den Blick von seinem *Mann, der den Zügen nachsah* und sieht mich an, eher neutral als forschend.

„Was für ein seltsamer Wunsch, Schatz. Was erwartest du in Rom zu finden, das du nicht schon kennst? Aber fahr ruhig, wenn du das Bedürfnis hast, warum nicht. Ich kümmere mich um die Kinder, du kannst also unbesorgt verreisen. Ich werde mir ein paar Tage frei nehmen; ich muss sowieso noch den Artikel für den Jahresbericht der Vereinten Nationen fertigschreiben, man hat mich erst letzte Woche daran erinnert."

Pierre, mein Pierre. Wie gut du alles verstehst – und jedes Mal noch vor mir. „Danke, Schatz. Ja, tatsächlich, daran hatte ich noch gar nicht gedacht, aber du hast recht, wenn ich weiß, dass du für mich zu Hause einspringst, ist es viel leichter, euch zu verlassen..."

Er lächelt, ich lächle zurück. Normalerweise sind wir besser darin, über Gesten zu kommunizieren als über Worte, gerade aber möchte ich meinem Mann meine Dankbarkeit auf jede erdenkliche Art zeigen. Ich lege den Kopf auf seine Brust, während ich ihn mit geschlossenen Augen zu streicheln beginne und langsam mit der Hand abwärts wandere, bis meine Finger an den Knöpfen vorbei durch den Schlitz seiner abgetragenen Schlafanzughose schlüpfen. Ich schlage kurz die Augen auf, nehme ich ihm das Buch aus der Hand und lege es weg, dann lasse ich die Finger erneut nach unten gleiten, bis unter den elastischen Bund des Pyjamas. Unter der Handfläche spüre ich sein Glied dank meiner erfahrenen Berührungen hart werden. Abermals schließe ich die Augen, in genießerischer Vorfreude. Wir lieben uns, ein synchroner Akt, weder lang noch kurz, einfach die Zeit, die wir brauchen. Nach so vielen Jahren kennen wir den Körper des anderen in- und auswendig, jedes Detail, das uns am meisten erregt und uns Lust bereitet: herrliche, ausgiebig erforschte Archipele. Ich weiß, dass es eine Stelle auf Pierres Rücken, direkt oberhalb der Lenden, gibt, die ihn jedes Mal, wenn ich sie streichle, verrückt macht, so wie er meine erogenste Zone kennt, auf der Rückseite der Oberschenkel, unterhalb der Pobacken, einen ganz bestimmten Punkt, den er nur ganz leicht mit den Fingerspitzen anzutippen braucht, um mich in Ekstase zu versetzen. An diesem Morgen ist der Höhepunkt besonders intensiv; vielleicht, weil wir schon seit ein paar Wochen nicht mehr miteinander geschlafen haben, vielleicht auch, weil ich nach Rom fahren werde, schwingt in unseren Orgasmen etwas anderes mit, ein leicht schmerzlicher Widerhall, der mich anrührt.

Nach Glorias Tod erfuhren wir, dass in der Familie Recabo noch eine weitere Frau in jungen Jahren einem Herzinfarkt erlegen war. Sie war erst zweiunddreißig gewesen, noch jünger als unsere Mutter. Tödliche Infarkte bei Frauen sind eher selten und zu wissen, dass es sich um eine erblich bedingte Tragödie handelte, tröstete Nina und mich, wenn auch nur minimal. Die Beisetzung auf dem Friedhof von Prima Porta, Sebas verborgener Schmerz, die würdevolle, tiefe Trauer von Marcos. Das Entsetzen von uns Töchtern, völlig unvorbereitet auf einen solch heftigen und unerwarteten Schlag. Alles war schnell gegangen, so verdammt schnell wie die Bewältigung später zäh und langwierig sein sollte. Auch deshalb das Bedürfnis, nach Rom zu fahren, die Stadt wiederzusehen. Einer Geschichte, die ein so abruptes Ende gefunden hat, ein letztes Kapitel hinzuzufügen.

Ich könnte zu unzähligen anderen Orten reisen, einschließlich Nantes, wohin Mylène zurückgekehrt ist. Es geht ihr gut, sie hat sich als Personal Trainerin selbstständig gemacht und obwohl sie gewiss kein junges Mädchen mehr ist, ist sie noch immer in Topform, sie hat einen festen Freund, mit dem sie zusammenwohnt. Immer wieder lädt sie mich ein, allein oder mit Familie. „Wie du magst, Maddi, ich freu mich so oder so", sagt sie fröhlich am Telefon – sie hat uns schon mehrmals in Paris besucht und die Kinder vergöttern sie. Ich fahre nie zu ihr. Es gäbe unzählige Reiseziele, doch das einzige, von dem ich momentan wie besessen bin, ist Rom. Ninas und meine Stadt wiedersehen, für ein paar Tage so tun, als könnte ich ein Mosaik wiederherstellen, dessen Steinchen mittlerweile selbst in der Erinnerung kaum mehr auffindbar sind. Eine Wunde vernähen, die sich nicht mehr vernähen lässt: Gloria lebt nicht mehr, das Blatt hat sich gewendet, jede Partie ist verloren. Derlei Gedanken spuken mir an diesem Samstagvormittag, nachdem alle aus dem

Haus sind, im Kopf herum, während ich den Computer einschalte und endlich meinen Beschluss in die Tat umsetze. Ich kaufe ein Flugticket nach Rom.

Ich habe ein Hotel im Stadtteil Monti gebucht. Ich wollte in der Nähe der Via Borgognona wohnen, frühmorgens durch die prächtigen Straßen spazieren, wenn alles noch ruhig ist, in Stille gehüllt, die Pflastersteine noch feucht von der Nachtluft, keine röhrenden Mopeds, keine Autos. Gloria traf jeden Morgen gegen neun Uhr im Geschäft ein, eine Stunde vor Ladenöffnung. Ich sehe sie vor mir, eine lebhafte, bildschöne Frau, immer bestens gekleidet, die täglich mit den öffentlichen Verkehrsmitteln zur Arbeit kommt, aus einem weit entfernten und alles andere als eleganten Viertel. Sie brüstete sich nie mit ihrer Verantwortung, ihrer prestigeträchtigen leitenden Funktion bei Gucci in Rom. Mit uns sprach sie nie über ihr Berufsleben, und ähnlich hielt sie es, glaube ich, mit Marcos – für den es in der Arbeit gleichfalls gut lief, ohne dass er sich jedoch von einer gewissen Frustration und einer Spur Neid ihr gegenüber hätte frei machen können. Ihr Beruf schenkte Gloria inneres Gleichgewicht, und ganz ihrer Natur entsprechend wäre es ihr niemals in den Sinn gekommen, ihre durch Zufall (oder Glück) errungene glänzende Position hervorzukehren, oder sich der Kompetenz, des klaren Verstandes und der Disziplin zu rühmen, mit denen sie ihre Aufgabe erfüllte. Wir waren sehr stolz auf diese Rolle unserer Mutter. Ihr beruflicher Status war eine Art Wiedergutmachung – etwas, das in unserer Vorstellung die Leere kompensierte, die sie in unserem Leben hinterlassen hatte. Selbst Nina, stets streng und unbeugsam in ihren Urteilen, verstummte angesichts Mamas Erfolg. Er war ein Lichtblick, Glorias Unternehmergeist, mit dem es ihr gelungen war, sich in einer elitären und luxuriösen

Welt zu behaupten, die so völlig anders war als die unsere und auch die ihre. „Nimmst du uns irgendwann einmal zu den Modenschauen mit?“, fragte Nina sie immer wieder. Wie das von Seba verewigte Hochzeitsglück waren auch „die Modenschauen“ in den Augen von uns Töchtern ein abstraktes, fantastisches und unerreichbares Konstrukt. Gloria enttäuschte sie jedes Mal, lächelnd, aber bestimmt, wie sie sein konnte: „Nein, Liebes, ich nehme euch nicht mit; weißt du, ich gehe selber so gut wie nie hin. Ich bereite sie vor, stelle die Kleider zur Verfügung, arbeite an der Konzeption mit, aber bei den Schauen selbst bin ich so gut wie nie dabei.“ Ich bewunderte sie, wieder einmal. Ihre Strenge glich das ganze bisherige Chaos aus, hatte eine beruhigenden Wirkung auf unser durcheinandergebrachtes Leben – durcheinandergebracht durch Entscheidungen, die vor allem die ihren, die unserer Mutter, waren. Außerdem hatte Glorias Geradlinigkeit bei der Arbeit – ähnlich wie der Sport bei Nina – einen positiven Einfluss auf ihre launische Natur. Der Beruf hatte sie verändert: Er hatte sie zu einer strukturierten, ausgeglicheneren Person gemacht. Auch ihr Erscheinungsbild veränderte sich: Zu den sonntäglichen Treffen, die uns zugestanden wurden, kam sie zwar schick angezogen, doch niemals so perfekt und hochelegant angezogen wie an Tagen, an denen sie ins Geschäft ging. Dort verwandelte sie sich in eine andere, trug eine Art Uniform, die Verkleidung war und ihr doch wie angegossen passte, weil sie sich sofort mit ihr identifizierte.

Ich würde in Rom gern Marcos treffen. Wir haben nur selten Kontakt, aber ich denke oft an ihn, in aufrichtiger Dankbarkeit. Er hat unsere Mutter glücklich gemacht, als sie glaubte, nie mehr glücklich sein zu können. Er hat ihr Fröhlichkeit, Seelenfrieden, eine lange harmonische Beziehung geschenkt. Aber Marcos ist nicht da, er ist in Argentinien. Kurz vor meiner Abreise aus Paris habe ich ihn in einer E-Mail über meine Reise informiert und er hat mir geantwortet, dass er eine längere Pause zwischen zwei Filmbearbeitungen genutzt habe, um wegzufahren. Er ist inzwischen ein gefragter Tontechniker, viele Regisseure reißen sich darum, mit ihm zusammenzuarbeiten. Ich stelle mir vor, wie sehr es ihn schmerzen muss, ohne Gloria in Portonaccio zu leben. Nina und ich hatten die Wohnung der beiden am Morgen von Mamas Beerdigung das erste und einzige Mal zu Gesicht bekommen. Nie zuvor: Obwohl es uns seit unserer Volljährigkeit möglich gewesen wäre, hatte sich nie eine Gelegenheit ergeben. Ich war ins Ausland gegangen, Nina ebenfalls, und in den Monaten vor unseren Abreisen war es keiner von uns beiden in den Sinn gekommen, sie endlich einmal zu besichtigen. Mama arbeitete ständig, und ihre Wohnung hatte sich vom Objekt der Begierde, um das unsere Gedanken ständig kreisten, zu etwas Banalerem gewandelt, zum Rückzugsort unserer rastlosen Mutter.

Der kleine Trauerzug war von eben dort, unten auf der Straße, aufgebrochen. Die Wohnung lag in einer Sackgasse, in der dritten Etage eines vierstöckigen Wohnhauses, und war genauso, wie Gloria sie uns beschrieben hatte. Behaglich und gepflegt, zwei helle Zimmer, lilafarben tapezierte Wände, voller Harmonie dank kleiner Einrichtungsdetails – der Kletterefeu in der Hängeampel im Flur, ein Spiegel in Form eines Wals, das Geschirr mit den blauen Tellern in derselben Farbe wie die Küchenvorhänge, ein Poster mit einer Luftaufnahme von Manhattan im Wohnzimmer und daneben unzählige Fotos von uns, gerahmte Schwarzweiß-Porträts, Nahaufnahmen von Nina und mir, die Papa in einem seltenen Anfall von Nettigkeit Gloria geschenkt hatte. Ein Liebesnest: Ich stelle mir vor, wie traurig es für Marco sein muss, dort nun als Witwer weiterzuleben, aber es ist nur ein flüchtiger Gedanke, dem ich nicht weiter nachhängen kann.

Am Morgen meines ersten Tages in Rom mache ich mich zu Fuß ins historische Zentrum auf; von der Via Borgognona aus spaziere ich bis zur Piazza del Popolo, dann die Via Ripetta entlang bis zur Piazza Navona. Wie lange es her ist, dass ich all das gesehen habe; und wie schön alles ist – die Maisonne scheint milde und golden vom Himmel, das Meisterwerk der

Piazza ist eine Augenweide. Aus der Erinnerung steigt ein längst vergangener Sonntag empor, Nina und ich an genau diesem Ort, in Begleitung von Papa. Es war kurz nach Neujahr, rund um den Platz standen dicht an dicht die Buden zum Dreikönigsfest. Papa hatte uns riesige rosa Zuckerwattewolken und Karten fürs Scheibenschießen gekauft: Nina hatte ins Schwarze getroffen und einen kleinen Goldfisch gewonnen, der verzweifelt in der durchsichtigen Plastiktüte zappelte, in der wir ihn mit in unser Zuhause in den Castelli Romani nahmen. Mama war seit ein paar Monaten weg, über das viel zu große und leere Haus wachte inzwischen unsere Großmutter Imma. Mit ihrer Hilfe übersiedelten wir das Fischlein in eine kleine Wanne, in der es nur ein paar Tage überlebte, bevor es im Garten beerdigt und schon bald vergessen wurde. Ich verspüre erneut die melancholische Fröhlichkeit dieses Sonntags aus Kindertagen, während ich vor einem der kleinen Poller rund um den zentralen Brunnen stehe und Berninis Statue des Flussgottes Ganges bewundere. Unsere zerplatzte Kindheit; aus dem Nichts überkommt mich plötzlich die Lust, mit meinem Vater zu sprechen. Ich grabe in meiner Tasche nach dem Handy und rufe ihn an.

„In Rom? Was, um alles in der Welt, machst du in Rom, Maddalena?“ Mein Vater ist völlig verblüfft. Ich habe ihn zu Hause erreicht, in Mailand; schon seit Längerem hat er sein Arbeitspensum verringert, vielleicht, weil er spürt, dass er älter wird, oder auch, weil er weniger Lust, weniger das psychologische Bedürfnis zu arbeiten hat. Er fotografiert noch immer, jedoch in einem gemächlicheren, weniger hektischen Tempo als einst. Er hat keine Lebensgefährtin; ab und an vielleicht eine Geliebte, aber keine dauerhafte Beziehung mehr. Er spricht auch nicht mehr über Astrologie, schwer zu sagen, was ihn zurzeit wirklich interessiert – abgesehen davon, dass er immer noch gern das Glück der anderen verewigt und Kokain schnupft. Obwohl ich ihn kaum noch kenne, bin ich mir ziemlich sicher, dass ihn Glorias plötzlicher Tod aus der Bahn geworfen hat. Wir sehen uns nur selten, das letzte Mal hat er uns vor zwei Jahren in Paris besucht – wie üblich bedrückt, ausgezehrt, das Gesicht von Falten zerfurcht, verschrumpelt, wie inzwischen auch die Haut am Hals, auf den Wangenknochen, an den Ohrläppchen. Das volle Besichtigungsprogramm, gnadenlos: Ganz allein war Papa auf dem Eifelturm, im Louvre, im Haus der Fotografie, in etlichen anderen Museen. Zwei Abende bei uns zu Hause, zusammen mit Pierre und den Kindern, in denen wir nach Gesprächsthemen suchten, ohne wirklich welche zu finden. „Opa ist ein schräger Typ", meinten die Kinder, nachdem er abgereist war. „Er wirkt wie ein Außerirdischer", entfuhr es Sam. Wir waren beim Essen, Valentina prustete los; ich tadelte sie, obwohl die Bemerkung auch mich zum Lachen brachte und ein Volltreffer war. „Wohl eher ein Außenseiter als ein Außerirdischer", berichtigte ich ihn im Stillen.

„Ich bin auf der Piazza Navona, Papa, stell dir vor."

„Ich beneide dich!" Nachdem sich die erste Überraschung wegen meines unerwarteten Anrufs gelegt hat, freut sich Seba, mich am Telefon zu haben. „Und deine Schwester, was sagt sie dazu, dass du einfach so nach Rom gefahren bist, ohne Mann und ohne sie?"

Tja. Nina. Mit einem Schlag wird mir klar, dass der einzige Mensch, der nichts von meiner Romreise weiß, meine Schwester ist. Leyla habe ich davon erzählt, als wir uns neulich in der Nähe des Palais Royal zum Mittagessen getroffen haben, sie fand es großartig, hat mich sogar gelobt („Bravo, Madeleine, kluge Entscheidung; du wirst sehen, wie gut du dich fühlst, wenn du wieder zurückkommst, wie neugeboren!"). Jetzt weiß es sogar mein Vater, der sonst so gut wie nichts von mir weiß. Nur Nina habe ich vergessen zu informieren, keine Ahnung, warum; oder vielleicht kenne ich den Grund doch, und will ihn mir nur nicht eingestehen. Wenn sie mich anruft oder mir Nachrichten schickt – eines von beiden wird sie sicherlich tun – werde ich mir irgendwas zurechtlegen, aber ich werde ihr keinesfalls sagen, wo ich bin. Sonst macht sie einen Riesenterror.

Ich verabschiede mich von meinem Vater und setze meinen Spaziergang fort – die Erinnerung an uns Kinder mit dem todgeweihten Goldfisch hat mich traurig gemacht, ich gehe weiter, ergriffen von einer gleichwohl beflügelnden Melancholie. Beschwingt, zügig, aber ohne Hast schreite ich aus, nicht martialisch wie auf meinen Gewaltmärschen durch Paris. „Dann hast du das ganz eindeutig gebraucht, wenn dir Rom so guttut, wie du mir erzählst, Schatz", meint Pierre, als ich ihn spätabends nach meiner Rückkehr ins Hotel endlich anrufe. Er klingt aufgekratzt, fröhlich; den Artikel für den Jahresbericht der Vereinten Nationen zu schreiben, sagt er, mache ihm Spaß, und – füge ich in Gedanken hinzu, obwohl er es nicht erwähnt – auch die Tatsache, dass er sich das erste Mal allein um die Kinder kümmert, erfüllt ihn mit Genugtuung, schenkt ihm gute Laune.

Am nächsten Morgen laufe ich vom Hotel aus zum Largo Argentina und nehme dort die Straßenbahn der Linie 8. Auf der Viale Trastevere, auf Höhe des Unterrichtsministeriums, steige ich aus und gehe ein paar Meter zurück bis zur Haltestelle der Buslinie 75. Ich möchte Monteverde wiedersehen.

Die Via di Villa Pamphili ist genauso, wie ich sie in Erinnerung habe: lang, zur Mitte hin leicht gekrümmt, mäßig hohe Wohnhäuser (maximal drei Stockwerke) mit ziegelrotem, himmelblauem, hellgrünem Putz. Hie und da kümmerliche kleine Bäume, ein paar Geschäfte. Vor dem Gebäude, in dem sich einst unsere Wohnung befand, lasse ich den Blick nach oben schweifen und kann die Ecke unseres Balkons sehen. Ich lächle, erlöst und wehmütig. Nach diesem Gemütszustand suche ich seit Wochen, seit ich mir in Paris in den Kopf gesetzt habe, nach Rom zu fahren. Das ist er, der Sinn meiner kleinen Pilgerreise: diese befreiende Traurigkeit. Ein Bus fährt vorbei, zu meinem Erstaunen – als wir hier lebten, kam keiner bis hierher. Ich betrete die Villa Pamphili über den Seiteneingang, „unseren" Eingang. Es ist mehr als zwanzig Jahre her, seit ich zum letzten Mal hier war, und doch trifft mich die Explosion aus Grüntönen mit derselben Wucht wie damals. Klare

Luft, Bäume, ein unmittelbar zu Herzen gehendes Grün. Ich biege in den Hauptweg ein, folge ihm fast bis zu seinem Ende und wende mich vor dem Casino del Bel Respiro nach rechts. Die breite Treppe hinauf, immer eine Stufe auslassend, wie uns Mylène anwies, eine Übung, die den Beginn des Trainings markierte. Dann stehe ich auf der Anhöhe. Links neben der Laufstrecke ragt noch immer dieselbe turmhohe Pinie in den Himmel, unter die ich mich setzte und Nina bei ihren Runden beobachtete, bevor ich unter Mylènes wachsamem Blick mit meinen Cardio-Übungen begann, die sie eigens für mich entwickelt hatte. Eben dort, unter dieser Pinie, lasse ich mich auch jetzt im Schneidersitz nieder; ich schließe die Augen, atme tief ein und aus. Um mich herum kein Mensch, nur ein paar Jogger weiter hinten ziehen ihre Bahnen. Ideales Wetter, wunderbar frühlingshaft, nicht zu kalt, nicht zu warm. Welch Wohltat, diese Stille, diese Sonne, so atmen zu können.

Ohne mir dessen bewusst zu sein, sitze ich wohl mehrere Minuten mit geschlossenen Augen da; als ich sie wieder öffne, steht ein junger Mann vor mir und sieht mich neugierig und leicht verwundert an. Er hat große, glänzende Augen, goldbraun, beinahe honigfarben; einen kurzen Bart, recht lange dunkle Haare.

„Guten Morgen! Wie kommt's, dass du so früh am Vormittag hier sein kannst? Musst du nicht arbeiten?" Er lächelt und zwinkert mir zu, was mich unwillkürlich an einen Elf denken lässt, einen Waldelf – besser gesagt einen Pinienwaldelf. Ich schätze ihn auf fünfundzwanzig, höchstens siebenundzwanzig, keinesfalls älter. Ja, das ist er, ein Elf mit munter-freundlichem Mienenspiel, in den Zügen eine Unschuld, eine sanfte Helligkeit, der ich instinktiv vertraue.

„Ich lebe nicht hier, ich bin nur zu Besuch in Rom, als Touristin... aber als eine, die nicht zufällig hier ist", sage ich, amüsiert von meiner bescheuerten Antwort, die für mich jedoch absolut stimmig ist.

Als wäre es die normalste Sache der Welt, beginnen wir ohne jede Verlegenheit zu plaudern. Nach einer Weile („Ich heiße Tommaso, aber alle nennen mich Tommy“) geht er in die Hocke, setzt sich schließlich neben mich. Er trägt ein militärgrünes T-Shirt über einer lockeren weißen Stoffhose – sie wird Flecken bekommen, so auf der nackten Erde, denke ich, aber ihm scheint das vollkommen egal zu sein. Er stellt unzählige Fragen, hört mehr zu als selber zu reden. Ich erzähle ihm von damals, als ich hier gewohnt habe, von den Trainingsrunden auf der Anhöhe, die sich vor uns befindet, breit und feierlich wie ein Altar. Ich erzähle ihm von mir, von Nina, meiner schwierigen und geliebten Schwester, die in Brooklyn lebt.

„Und eure Eltern?“

„Unsere Mutter hat nicht bei uns gelebt, und unser Vater eigentlich auch nicht…“

Auf diese Weise, in Fragmenten, in einzelnen Mosaiksteinchen, offenbare ich einem Fremden die Geschichte unserer zerplatzten Kindheit.

Wieder zurück in Paris, wird es mir später schwerfallen, die Abfolge dessen, was danach geschieht, genau zu rekonstruieren, nicht zuletzt deshalb, weil ich die Erinnerung bewusst verdränge. Plaudernd spazierten wir nach Trastevere hinab, vorbei am Gianicolo-Brunnen auf einem abschüssigen Sträßchen – demselben, das Giacomo Barresi viele Jahre zuvor hinaufgeeilt war, um Nina zu treffen, in freudiger Erwartung einer glückstrahlenden Begrüßung, die ihm jedoch stets verwehrt blieb. Weiter unten, nachdem wir die Via Garibaldi überquert hatten, kamen wir zur Piazza Trilussa. Die Bilder danach sind eher verworren: wir beide in einem Café, ringsum Lärm, viele Menschen, Jazzrock aus vier kleinen Lautsprechern oben in den Ecken des Raums. Tommy nimmt meine Hand und hält sie fest, er küsst den Handrücken, die Berührung seiner Lippen ist zärtlich, warm, ich nehme Hingabe und eine kühne Entschlossenheit wahr, eine Melange aus Absichten, die mich ebenso erregt wie mich die hartnäckige und freche Unschuld, die ihm kurz zuvor ins Gesicht geschrieben stand, beunruhigt.

„Du bist wunderschön, Maddalena. Ich hätte mir nie träumen lassen, jemanden wie dich zu treffen, aber seit einiger Zeit hatte ich das Gefühl, dass etwas Bedeutsames geschehen würde – und sieh an, das warst du." Nach diesen Worten beugt er sich abermals vor, um mir die Hände zu küssen, fährt mir sanft mit der Nasenspitze über die Handflächen, leckt an einem Finger, will schon daran saugen. Ich erröte bis in die Haarwurzeln, während ich merke, wie ich unten, zwischen den Schenkeln, schon ganz feucht bin.

Im Hotel machten wir einen großen Bogen um die Rezeption, weil Tommy keinen Ausweis dabeihatte, wir wollten nur noch so schnell wie möglich nach oben in mein Zimmer und ihn anzumelden hätte alles nur verkompliziert. Also schlich er sich über das Treppenhaus in die vierte Etage und erwartete mich bereits, als ich aus dem Aufzug trat. Zur Mittagsstunde ist ein etwas außerhalb gelegenes Drei-Sterne-Hotel praktisch wie ausgestorben. Die Zimmer sind längst gemacht, die Angestellten an der Rezeption können sich anderen Aufgaben widmen als der Betreuung von Gästen, die um diese Zeit meist unterwegs sind. Die Säle, Aufzüge, Korridore lagen vollkommen verlassen, still wie in Watte gepackt da. Auch wir gaben keinen Laut von uns. Mit einem leisen Klicken fiel die Tür hinter uns ins Schloss, während wir uns bereits gegenseitig auszogen, hastig, mit präzisen Handgriffen, als wäre es nicht die Lust auf Sex, die uns antrieb, sondern eine Notwendigkeit, eine Art Gehorsam einer Sache gegenüber, die größer war als wir. Respekt und Ehrerbietung der einzigen Handlung gegenüber, die in diesem Moment richtig und heilig war. Wir liebten uns auf dem frisch gemachten Bett, die steifgestärkten Laken rochen nach billigem Waschmittel. Sex als notwendiger Akt, als natürlicher Abschluss der gemeinsam in der Villa Pamphili und auf dem Weg hinab nach Trastevere verbrachten Zeit – Zeit der Worte, Zeit des Schweigens und des Lachens, Zeit, uns gegenseitig wahrzunehmen, zu beschnuppern, zu begehren. Pure Lust, ich schrie heiser auf, heftige Erschütterungen eines Orgasmus aus den tiefsten Tiefen. Was mir unvergesslich bleiben wird, ist weder die Situation noch unsere Worte – es ist allein die Freude dieses einen Moments, das weiß ich, weil sie selbst Tage danach noch immer in mir pulsiert. Ein Beben, ich lachte und weinte, alles war im Hier und Jetzt, mein ganzes Ich war bei ihm, bei diesem Jungen. Ich kannte keinen Mann außer Pierre, keine andere Intimität als die mit ihm; alles, was Tommy wollte, war neu, und ebenso neu war mein rasender Wunsch, ihn zu befriedigen – mich wie im Rausch in eine unbekannte Region meines Wesens tragen zu lassen.

Nach dem Liebesakt nickten wir beide ein. Bevor mir die Augen zufielen, fuhr ich ihm mit den Fingern durch die Haare, sie waren schweißnass. „Du spinnst, Maddi", sagte ich zu mir selbst, neckisch, erschöpft und glücklich.

Wir sahen uns noch zwei weitere Male vor meiner Abreise. Vormittags im Hotel, wieder der Schleichweg über das Treppenhaus, um Tommy heimlich an der Rezeption vorbeizuschmuggeln. Kaum war er nackt, küsste ich ihn, er war dünn, hagerer noch als mein Mann, nur Haut und Knochen, die Brust glatt, haarlos wie die eines Halbwüchsigen. Unter seinen Liebkosungen kam ich mehrmals hintereinander, geklammert an diesen Jungen, der ein Freund meines Sohnes hätte sein können – die beiden trennen nur ein paar Jahre. Ich empfing ihn in mir, seine Erregung, potent, aber noch unreif, eine noch unbewusste und auch deshalb so mitreißende Männlichkeit. Von sich hat er mir kaum etwas erzählt: nur, dass er bei seiner Mutter wohnt und einen jüngeren Bruder hat – der Vater hat die Familie vor zwei Jahren verlassen, weil er wegen einer jungen Frau „ausgeflippt" ist, die genauso alt ist wie er, Tommy. Dass er Musik liebt – er spielt ein wenig Klavier, wie ich, glücklich haben wir uns ausgemalt, wie wir zusammen vierhändig spielen würden. „Vielleicht kommst du wieder nach Rom und besuchst mich, tagsüber ist nie jemand zu Hause". Dass er an der Fakultät für Architektur eingeschrieben ist, aber nur halbherzig studiert, er hat bisher nur zwei Prüfungen geschrieben, die Nase in Bücher zu stecken ist nichts für ihn, „ich gehe morgens tausendmal lieber in die Villa Pamphili: Von den Bäumen lerne ich viel mehr als von irgendeinem Katalog, Handbuch oder Professor. Und außerdem hab ich dort dich getroffen. Hätte ich mich in der Unibibliothek verschanzt, um zu büffeln, wäre mir das nie passiert."

Dann kommt der Moment des Abschieds, am Bahnsteig vor dem Zug, der mich zum Flughafen bringt. Tommy hat sich extra schick gemacht, mit einem Jeanshemd über einer schwarzen Hose, er hat den Bart getrimmt, die Haare gebürstet, sich parfümiert. Er will mir zeigen, dass er außer einem Elf zwischen Pinien und einem fantastischen Liebhaber auch ein Mann ist, bereit, mit galanter Selbstsicherheit seiner Rolle als Beschützer, als Stütze nachzukommen. Vielleicht möchte er mir auch noch mehr gefallen, als es eh schon der Fall ist, möchte mich noch stärker an sich binden, indem er seinen Charme entfaltet, dem ich, wie er intuitiv erahnt, machtlos ausgeliefert bin. Ich weiß es nicht. Ich weiß nur, dass unsere Küsse an diesem Morgen auf dem Bahnsteig vor dem Gleis lang und ziemlich verzweifelt sind: Sie erzählen von dem unmöglichen Wunsch, die Vernunft über Bord zu werfen, sich nur noch in diese Umarmung zu stürzen, sich füreinander zu entscheiden, und zu spüren, dass genau dort das Leben wartet. Ein anderes Leben.

Die anderen Fahrgäste, die bereits eingestiegen sind, beäugen uns, aber wir scheren uns weder um sie noch um sonst irgendetwas. „Rufst du mich an?“, fragt Tommy, als ich schon auf dem Trittbrett des Leonardo Express stehe, Trolleys in allen Farben und Größen um mich herum, Touristen aus aller Herren Länder, die sich gestresst abmühen, ihr Gepäck in den Kofferablagen oder zwischen den Sitzen zu verstauen.

„Mal sehen... vielleicht; aber ich kann dir nichts versprechen, ich bin mir nicht sicher.“

Wie soll ich denn jetzt schon wissen, ob mir danach sein wird, seine Stimme zu hören? Sein flehender Blick schmerzt mich, ich bin genervt von seinem zitternden Tonfall. Eindrücke, denen ich unbedingt entfliehen muss; ich kann mich nur in mein Inneres zurückziehen, mich verbarrikadieren in meinem Carapax.

Während vor dem Zugfenster eine verdorrte und völlig zersiedelte, anonyme Landschaft vorbeizieht, muss ich an Gloria denken, daran, wie ihr wohl zumute war, als sie aus Genzano wegfuhr und uns zurückließ. Abreisen, die den bitteren Geschmack der Notwendigkeit haben. Zum ersten Mal habe ich das Gefühl, meine Mutter zu verstehen, ihre Flucht, als wir noch viel zu klein waren, mit all ihren Konsequenzen. Bäume, Lärchen, Kronen von entkräfteten Eichen, überall gelbes Gras und wirres Gestrüpp. Ich sehe diese farblose Ödnis vorbeiziehen und versenke mich darin, nur um nicht an Tommy denken zu müssen, an das Glück, von dem ich mich gerade verabschiedet habe, vielleicht für immer. Und während ich die Erinnerung an meine Mutter heraufbeschwöre, verstehe ich in diesem Zug plötzlich, wie aufgewühlt sie war. In die Höhe getragen von einem Gefühl, das sie wie ein Sturm fortwehte. Genau wie auf dem Foto, mit dem ich als Kind geheime Gespräche führte, jenem am Nemisee aufgenommenen Porträt: Derselbe Wirbelsturm, der sie mit sich riss, will mir jetzt das Haar zerzausen, die Gedanken durcheinanderbringen. Die entfesselte Kraft eines Orkans, der von Sekunde zu Sekunde stärker wird, kostbares Leben, das kurz und laut in meinem Schrei triumphierte, während dieser Junge mich besaß. So oder ähnlich muss es auch Mama ergangen sein. Der Gedanke berührt mich, das Begreifen befreit mich.

„Maddi?“

„Ja, Ninutschka. Ich bin dran, schieß los.“

Das Telefon klingelt, kurz nachdem Pierre und die Kinder aus dem Haus sind. Früher Morgen, für Nina tiefste Nacht. Ihr Anruf ist ein Geschenk: Ich kann mich gerade nicht aufraffen spazieren zu gehen, aber mehr noch fehlt mir die Kraft, den Aufruhr in meinem Herzen zu zähmen.

„Wo, bitte schön, warst du, Maddi? Jedes Mal, wenn ich dir in den letzten Tagen geschrieben habe, hast du mir einsilbig geantwortet. Was ist los?“

„Nichts, ich habe nur ein paar nervtötende Wochen mit Valentina hinter mir. Die üblichen Probleme, du weißt schon.“

„Pubertät?“

„Tja...“ Ich würde sie gern fragen, was mit Brian ist, aber ich halte mich zurück, ich habe keine Lust auf vertrauliche Gespräche, geschweige denn, sie mit ungünstigen Fragen anzustoßen.

„Und du, Nina, wie geht es dir?“

„Besser. Ich hätte es nicht gedacht, aber in den letzten Tagen haben sich ein paar Dinge geklärt.“

„Das freut mich.“

Längere Stille; unser beider Atem.

„Wir hatten eine neue Vernissage in der Galerie, die Ausstellungseröffnung von Svetlana Kodai, einer kroatischen Künstlerin. Svetlana und ich haben uns sofort verstanden. Brian war hundemüde und ist schon nach dem Aperitif nach Hause gegangen, wir zwei sind in der Galerie geblieben und haben bis spät in die Nacht gequatscht... Ich habe ihr alles erzählt, Maddi:

von dem Streit, von meinen Problemen mit Brian, von meinem Entschluss, ihn zu verlassen. Svetlana ist ziemlich reif, sie hat schon einiges durchgemacht im Leben. Sie hat Klartext mit mir geredet."

„..."

„‚Es gibt Züge, Nina', hat sie gesagt, ‚die kommen nur ein paar Mal im Leben vorbei: Die Kunst ist, sie nicht zu versäumen.' Und andere Sachen in der Art, Argumente, die mich überzeugt haben, es noch mal mit Brian zu probieren. Es ist nicht der richtige Moment, um alles hinzuschmeißen. Wir sind jetzt schon so lange zusammen, da darf ich nicht einfach alles wegwerfen, ich muss es wenigstens versuchen..."

Während ich ihr zuhöre, gehe ich zum Fenster und schaue hinaus: Die Magnolie im Hof steht in voller Blüte, die Knospen müssen aufgegangen sein, als ich in Rom war, wenn ich diese bauschigen weißen Juwelen im glänzenden Grün der Blätter erst jetzt bemerke.

„Und, Maddi... was meinst du?"

„Gute Ratschläge, Ninutschka; wenn ich mich dazu durchgerungen hätte, mit dir zu reden, hätten meine Worte nicht viel anders geklungen als die von dieser Dame."

„Sie ist keine Dame."

„Okay, als die Worte von dieser Frau: wobei eine Meinung aus meinem Mund sicherlich auf ein anderes Echo gestoßen wäre."

„..."

„Ich mag Brian, du weißt, dass ich ihn mag: Er ist der beste Mensch, den du je an deiner Seite hattest. Ich hab dir das noch nie so feierlich erklärt, aber..."

„Ja, ja, das weiß ich doch alles. Aber was für ein Ton... du meine Güte, Maddalena, du klingst ja richtig traurig. Was machst du gleich, gehst du ins Fitnessstudio oder spazieren?"

„Ich weiß noch nicht. Ich bin, ehrlich gesagt, gerade ziemlich am Ende, und ich muss noch ein paar Dinge erledigen, Bestellungen, zu denen ich letzte Woche nicht mehr gekommen bin."

„Vale hat dich offenbar ziemlich fertiggemacht. Die Nichte so anstrengend wie die Tante", versucht Nina zu scherzen.

„Ein bisschen, ja... hör mal, Nina..."

„Schieß los."

„Ich dachte... ach nein, vergiss es, ich sag's dir später. Mir ist gerade eingefallen, dass ich dringend die japanische Botschaft wegen einer Sache von Pierre anrufen muss, tut mir leid."

„In Ordnung, dann bis später, Maddi."

„Ja, bis später."

Wenn ich die Kraft finde, werde ich später spazieren gehen. Vorher werde ich Leyla anrufen und ihr vorschlagen, im Lauf der Woche mit mir essen zu gehen. Irgendjemandem muss ich einfach erzählen, was in Rom vorgefallen ist. Es teilen: Das Geschehene beim Namen nennen, bevor es sich als Gespenst in meiner Fantasie einnistet. Es für mich zu behalten, friedlich bewahrt von meinem Carapax, geht nicht. Es ist mir schlicht unmöglich.

Bei meiner Rückkehr aus Rom holte Pierre mich vom Flughafen ab und wir fuhren gemeinsam nach Hause, wo mir die Kinder schon in der Tür entgegenkamen. Sam durchbohrte mich mit scharfem, forschendem Blick – als hätte er alles gesehen. Auch tags darauf, als ich vor dem Abendessen am Klavier saß und den zweiten Satz aus Chopins Nocturne Opus 9 spielte, den ich in letzter Zeit mit mäßigem Erfolg übe, bemerkte ich, dass er mich musterte, als würde er nach einer Antwort suchen. Mein Sohn, der nur wenige Jahre – viel zu wenige – jünger ist als Tommy.

Leyla wird sich meine Geschichte anhören, vielleicht wird sie mir die eine oder andere Träne trocknen, weil sie meine Freundin ist und weil sie es kann. Ich glaube nicht, dass sie über mich urteilen oder mir Ratschläge geben wird. Im Übrigen gibt es nichts zu urteilen oder zu raten. Nur die Möglichkeit, den Kopf einzuziehen und zu warten, bis es vorbeigeht. Den Frieden wahren, verborgen im Inneren meines Carapax. Das, was ich Nina am Ende unseres Telefonats fragen wollte, war, ob sie sich vorstellen könnte, mich für eine Weile in Brooklyn zu beherbergen. Wegfahren, allein, Abstand nehmen. Freiraum schaffen, Stille, die Orientierung wiederfinden, den Sinn einer unvorhergesehenen Begegnung, die mich auserkoren und wie ein Lichtstrahl getroffen hat. Meiner Schwester Nina, der Wärme ihrer chaotischen Persönlichkeit und unserer Nähe, eine Geschichte anvertrauen, die eigentlich typisch für sie gewesen wäre und stattdessen mir widerfahren ist. Ein Ereignis, das nur meines ist, aber auch Ninas sein könnte – und wenn es auch ihres wird, dann wegen dieser unserer inneren Wesenseinheit, wegen dieses unsichtbaren, von nichts und niemandem je zerschnittenen Bandes.

Ich werde sie fragen, ob sie mich für eine Weile bei sich in New York aufnimmt. Aber nicht heute. Ein andermal. Morgen vielleicht.

Im Gedenken an Luigi Spagnol, dem ich zutiefst dankbar bin für seine Großherzigkeit und den Scharfsinn, mit dem er dieses Buch gelesen hat.

Nachbemerkung

Im Rahmen des Hauptseminars *La Traduzione Letteraria* an der Universität Augsburg (Lehrstuhl Prof. Dr. Rotraud von Kulessa, DÜF-Gastdozentur Stefanie Römer) konnten die Seminarteilnehmerinnen im Wintersemester 2021/2022 anhand der Analyse und Bearbeitung des Romans *Cara pace* einen praktischen Einblick in die Fragestellungen des literarischen Übersetzens gewinnen. Für die rege Beteiligung, die vielen fruchtbaren Diskussionen und den kreativen Input ein herzliches Danke an Vera Fänger, Katja Friedlmeier, Rebekka Jochem, Julia Anne Schmitt, Giulia Sterchele, Matilde Zonzini und Prof. Dr. Rotraud von Kulessa.

Stefanie Römer und der *nonsolo* Verlag

Inhaltsverzeichnis

Autorin

Lisa Ginzburg lebt und arbeitet in Rom. Zu ihren bisherigen Veröffentlichungen zählen die Romane *Desiderava la bufera* (Feltrinelli 2002), *Per amore* (Marsilio 2016), *Au pays qui te ressemble* (Verdier 2019) sowie *Cara pace* (Ponte alle Grazie 2020, Finalist des Premio Strega 2021, Premio Chianti 2021 – derzeit in Übersetzung für Brasilien, Frankreich, Spanien); die Kurzgeschichtensammlungen *Colpi d'ala* (Feltrinelli 2006, Premio Teramo 2007) und *Spietati i mansueti* (Gaffi 2016, Premio Renato Fucini 2017); die Memoirs *Malia Bahia* (Laterza 2007), *Buongiorno mezzanotte, torno a casa* (Italo Svevo 2017) sowie *Pura invenzione. Dodici variazioni su Frankenstein di Mary Shelley* (Marsilio 2018); die Biografien *Anita. Storia di Anita Garibaldi* (e/o 2005) und *Jeanne Moreau. La luce del rigore* (Giulio Perrone 2021). Darüber hinaus schreibt sie regelmäßig Beiträge für die Tageszeitungen *Avvenire, Gazzetta del Mezzogiorno, Il Foglio* sowie den Kultur-Blog *Nazione indiana*.

Übersetzerin

©Privat

Stefanie Römer, geboren 1966, studierte Italianistik in Freiburg und Urbino. Nach einigen Jahren in der Medienbranche arbeitete sie als Dozentin für Italienisch. Heute widmet sie sich vor allem der Übertragung literarischer Werke aus dem Italienischen und Englischen und lehrt an der LMU Literarisches Übersetzen. Zu den von ihr übertragenen AutorInnen zählen u.a. Sandra Petrignani, Papst Franziskus, Luigi Capuana, Curtis Sittenfeld und Michael Wolff.

www.nonsoloverlag.de
info@nonsoloverlag.de

9 783947 767106